神様《かみさま》のおねがい
綾瀬詩織《あやせしおり》
御巫理織《ミカナギリオ》
五十鈴穂波《いすずほなみ》

# 神様《かみさま》のおねがい

# プロローグ

まずは自己紹介から始めよう。

僕の背景はありがたいことに平凡だ。両親の仲はすこぶる良好。いっそ暑苦しいくらいの仲の良さ。高校三年生の兄と小学六年生の妹に、中学二年生で真ん中の僕を含めた三人兄妹。両親ともに祖父母は健在だけど一緒に住んでない。

上流階級って誇れるほどお金持ちじゃないと思うけれど、よっぽど贅沢《ぜいたく》しなければ食事に困ることもない…のかな？　親が家計のやりくりに悩んでるのを知らないし。

そんな僕が本気になることなんてほとんどない。特に努力しなくてもそれなりにできるから。けれど結局は『それなり』にしかできなくて続かなくて、何かにどっぷりとはまりたいってこともない。何事にも頑張れない。

やる気のない僕の学力は平凡。『勉強できたところで何？』って感じ。運動は好きだけど積極的じゃない…ただの趣味だしね。けど、やっぱり成績とか態度が悪かったら面倒なことになるから僕は真面目です。

ただ僕の中では上手くやっているつもりだけど、やっぱり親はわかるのかな？　よく「この子にやる気があればなぁ」ってぼやかれちゃう。隠しきれていないのか『隠された力がある！』っていう単なる親馬鹿なのかはわかんない。でも『やらない』から今なわけだし、これ以上は無理だよ？

退屈な日常に色々考えはするけど、僕にはのめりこむだけの『何か』がない。やっぱり人は欲がなければやる気をなくすんだと思う。だって僕には『絶対に必要だ』って感じるような心の底から望むようなものが思い付かない。

すぐ思い付く欲しい『もの』はゲームだけど…ゲーム好きの兄貴が大体揃《そろ》えちゃう。あ、そういえば僕と妹は成績もしつけもお小遣いも、何となくだけど緩い気がするのは多分兄貴のお陰かもしれないね。

あとは何だろう？　真面目にしてるから先生に受け

は良い方だし、学校には友達がいる。対応は素のはずなんだけど、何故か年上からの受けが良いみたい？　知ってる範囲では今のところイジメもないし、ある意味順風満帆な生活を送ってると思う。

　そんなわけだから特に不満があるわけでもない。えらく老成している僕であったマル。単に日常に起伏がないとも言えるけれど。

　うん、だってさ。

　よく知っている日常を、いつも通り過ごすだけだから毎日は平凡になる。今の日本は不慮の事故とか災害を除けば『死ぬことが難しい』から、それこそ海外に強制的に連れていかれるとか、大事件に巻き込まれるとかがないならいつも通り。僕の日常を『非日常』が塗り潰さない限り、頑張る必要ってないよね。

　そんなしょーもないことをつらつらと考えながら、僕こと御巫理織《ミカナギリオ》は、いつもの日常を繰り返すべく学校に向けて一段高い床板に座っていた腰を上げた。

　知らずに出た溜息《ためいき》に少し脱力し、玄関から家に向かって声だけは元気に「いってきまーす」と叫んで学校に出発する。

　こうしてまた、新しい『平凡な一日』が始まる。

　……いや、始まるはずだった。

第一章

# ◆神様とおねがい

彼はとても困っていた。いや、困り果てていた。

一つ一つは瑣末《さまつ》なものではあったが、積み重なって複雑に絡み合った結果、手が付けられぬまでに育ってしまっていた。

放置していれば確実に悪くなる未来が予想できるがために彼は手を打つが、一瞬好転はするだけですぐに新たな問題が発生して絡み合い、さらに複雑さを増して大きくなっていく。目の前の複雑怪奇な問題群が好転することを願って何度も何度も根気強く手を打ち続ける。

そうしてあるとき気づいてしまった。いや、前々から気づいてはいた。けれど、言葉に……明確な判断を下すことはしたくなかった。もう少し、あと一手で事態が少しでも良くなっていくと自分ですら既に信じていないことに。

これを手遅れ・手詰まりと呼ぶが、彼はそれでもまだ『困っている』のだから問題の深刻さがわかる。認めてしまうことが嫌で…いや、認められない事実だからか。

そう、これはどうしても『解決しなければならない事柄』であるのだ。なのにあまりにも複雑に、ややこしく問題は大きくなる一方で、解決策は見つからない。

いや、一つだけ。たった一つだけ方法はあった。彼が直接手を下すのだ。

それはとても簡単であったが禁じ手であり、まさに最後の手段。むしろその手段を使う際は全てが台無しになってしまう。たとえば将棋の盤面をひっくり返してしまうような…そんな一方的な『破壊』を行うようなことだった。

だからどうしても彼が直接関わることはせず、打つ手も一手一手効果を見る必要があった。影響力が大きすぎ、手を出せない無力さを噛《か》み締めながら、どうすれば解決するのかを悩み続けていた。

打つ手は全て弾《はじ》かれては取り込まれ、彼の持つ駒はどんどんなくなっていく…まさに将棋のように…。

「はい、というわけで。『オープニング』を見てもらったわけだが感想はいかに？」

　感想とか求められても困る、が今の率直な感想だった。

　単に壮大なBGMと共に、妙に耳に残る渋い美声でナレーションが流れただけ。映像や明確な説明もない。わかったことと言えば…恐らく目の前のナニカが困っているくらいだろうか。情報はあまりにも心許ない…どころか不親切極まりない内容だ。

　結果、無言で返す他なく、むしろ心中を全力で吐き出さないことに『自画自賛したいくらいだ』と考えるほどに問われた側は呆《あき》れ返っていた。

「反応がない、ただの屍《しかばね》のようだ？」

　質問なのか、確認なのか。新たな言葉を投げかけてくるが、問われる側の御巫理熾はそれどころではない。

　何せ『玄関を開けたらそこは白い世界でした』としか言えない。周囲には何もなく、ただただ白い地平。いや地平と表現していいのかもわからない光景が広がっていたのだから。

『立っている事実』から地面が存在するのがわかるだけで、影もないため境界がわからず、境界がわからないから地面かどうかの判断がつかなかった。

　どこまで続いているかもわからないその光景の中でも異彩を放つのが、目の前にふよふよと揺らいで視線の高さほどに浮かぶ光の玉《ナニカ》。

　強烈に思い浮かぶ言葉は『どうしてこうなった』だけだった。

「で、ここどこ？」

「第一声がそれとはなかなか豪胆なものだ。この『狭《はざ》間《ま》の空《そら》』に引っ張ってきた者は大概混乱して叫び倒し、体力と精神力をすり減らしてからしか話を聞かないというのに」

　それはそうだろう。前置きも説明もゼロでいきなり荘厳な曲とナレーション。自分の頭が狂ったのか、狂った奴に何かされているかのどちらかくらいしか思い付かない状況で、先に挙げた二案のどちらでも発狂するくらいの恐怖はあるはずだ。

あまりに白すぎる周囲が空間認識を奪うため、そもそもそんなことを考えられるほど余裕があるかもわからないが。

「人間ってさ、情報が足りなさすぎると壊れるって知ってる？」

「うむ、人とは何とも脆弱《ぜいじやく》な生き物なのだろうか」

「手詰まりのくせに偉そうに…」

「つぐ！　なかなか言うなお前！」

事実、理織自身も混乱している。というより、混乱が一周して裏返り、逆に落ち着いているだけ。

発狂したのか、狂人に攫《さら》われたのかはわからないが、どちらでも最悪に違いなく、『騒いだところで仕方ないな』と諦めの境地に至っていた。なので少しでも情報収集を行おうとするも、光の玉が視界に入ってあからさまにテンションダウン。

いくら非日常を望んでいても、『悪夢の世界に連れ込んでくれ』など誰も言ってない。

「…ねぇ、人魂さん、僕は死んだの？」

「君は死んでいない。そして私は人魂ではない」

「ぁーそうか、そりゃ『人を馬鹿にする人魂』って矛盾するもんね」

「そういう解釈をするのか…まぁ、良い。自己紹介が遅れてすまなかった。私はいくつかの世界を管理する『神』になる」

威厳のかけらもない不審な光の玉は誇るでもなく宣言したが、簡単に信じられるはずがない。少なくともこんな目に遭っている中で鵜《う》呑みにするような者はいないだろう。

理織は胡散《うさん》臭そうな目で光の玉を眺め「神様…？」と呟《つぶや》く。

「概念上は、といった感じか。まぁ、動物園の園長みたいなものだ」

さらりと失礼な物言いをする光の玉。連れ込んだ理織に対して『お前は動物だ』と言っているに等しいわけだが、相手は一切気づいていない。

空気が読めないのだろうか、と理織は考えるが…単に『そう考えているだけ』なのだろうと変に納得してしまった。だから無意識に見下し、気づかずに失礼を働く。全ては『存在のレベル』が同じではないから。まさしく園長《ヒト》と動物《ペット》の差なのだろう、と理織はあっさり諦める。こだわっても仕方ない、と。

「ふーん？　で、そんな神様が何の用？　僕は学校にいくのに忙しいんだけど。今のところ皆勤賞だから、遅刻したらどうしてくれるの？」

何か雲行きが怪しそうな現状を変えるべく、牽制《けんせい》する理織。

少なくとも相手は理織をどうにでもできる相手だ。夢なら醒めれば済むが、そうでなかったときの対策は立てておくべきだろう。

ちなみに皆勤賞なんかどうでも良い。

「その辺は抜かりない。この空間は君の世界の時間より遥かに早いようにできている」

「あぁ…あの部屋のパクリ…だから『白い』のか」

「理解が早くて助かるが、インスパイアされただけだからな？」

わざわざ言い訳してくるあたりに小物感が漂う。だが、きっと色んな意味で自分より遥かに強靱《きょうじん》なのだろうと思うと理織は残念で仕方ない。

「まぁその辺はどうでもよい。私のねがいを聞き入れて欲しい」

ここにきて不意に『この神様の声、ナレーションと同じだなぁ』と理織は気づいてしまった。となるときっとBGMや文章構成も自作なのだろうと想像し、理織は少しだけだが神様に親近感がわいてきた。

…が、それはそれ。理織の返答は一つしかなかった。

「え、嫌だけど」

脊髄反射のレベルで、神の言葉に被せるくらいの即答。

これは『何故、神様の…いや、初対面の人のねがいを無条件で聞く必要があるのか？』の問いに等しい。そんなもの、考えるまでもなく答えは『NO』だと決まっている。もしかすると喜んで受ける者もいるかもしれないが、理織はそこまでお人よしではない。

あまりにも理不尽な願いに理織は改めて『この神様やっぱり小物感がパない』などと烙印《らくいん》をこれでもかと

いうほど押し付ける。

「いやいや、待ちなさい。せめて内容聞いてからでも遅くないだろう?」

「え、内容聞いてからなら断れるの?」

「……」

「おい、なんで黙る」

どうやらちゃんとした拒否権はないらしい。そもそも『断られることを想定していない』とかいうオチじゃなかろうかと理織のカンが囁《ささや》く。いや、この神様ならそうに違いない、とさくっと理織は結論付け、有利になるように話を進める。

「神様、よく考えてみてくださいよ。いきなり『誘拐』して、次に『お願いの強要』。このままいけば最後には『脅迫』ですよ?」

光の玉に視界があるかどうかはわからないが、ひとつ、ふたつ、みっつと握った指を広げて告げる。『貴方のやっていることはとてもおかしなことだよ?』と正論をぶちまける。

「神様に会うのは初めてなんだけど、神様って脅迫するの?」

「いやいや! そんなことはないぞ!」

「そっか、なら『断っても良い』ってことだよね?」

「う…うむ、だが話だけは聞いてくれ」

この短時間で主導権が逆転した。

いや、願いを聞き入れる側が主導権を握るのは当然なので元に戻っただけなのかもしれないが、あまりにも上手くいくことに理織は内心『この神様やっぱりチョロイ!』と喜ぶ。また、下手《したて》に出る様子から、手詰まりなのは本当らしいので「何事も聞いてからですね」と説明を促した。

内容を聞かないことには判断が付かないし、ただ突っぱねるだけでは相手側から反発が出てくることも理織はよく知っていた。

どちらにせよ実力行使されると負けるのだから、下手に出ていれば間違いはない。

「さて、先程『手詰まり』の話を聞いてもらった件だ。私が管理している世界の一つに問題山積みの世界がある」

言うに事欠いて『管理している世界の一つ』ときた。つまり単に神というだけでなく、いくつもの世界を管理している管理者のようだ。

これだけダメさ加減を振りまいているが、実は結構凄い神様なのかもしれない。ただ理熾にとってはどうでも良いことなので話を進める。

「それって早いところ滅亡した方がいいレベルじゃ？」

「まぁ、正直もうダメだろうなとは思ってはいる」

まさかの同意に心の中で『ダメなのかよ！』と勢いよく突っ込みを入れる理熾。

全くの無関係なはずなのに『こんな神様に見放されるってよっぽどだよなぁ…』と何だかその世界がいたたまれない感じになる。

「え、だったら用はないよね？　僕を早く解放して欲しいんだけど」

「そこで最後の一手を打ちたい！　そう、君にはその手詰まりの世界を救って欲しいのだ！」

どうやら理熾の話は聞かないことにしたらしい。恐らく会話をすれば言い負かされると判断したからだろう。どこまでも残念な神だった。

理熾は『くそう…勢いで押せると思ったのに』と悔やむが、そんな方針をいつまでも掲げられていては話にならない。相手が聞こえないフリをしないような内容に徹することにした。

「それで、打つ手って何なの？　手詰まり状態で適当に一手打っても迷惑なだけじゃないの？」

「うむ、確かに手詰まりではあるものの、現実は遊戯盤とは違う。たった一手でもどんな状況をもひっくり返せる可能性があるのだ！」

今にも事故で死ぬかもしれないし、逆に宝くじが当たるかもしれない。どこでどんな『一発逆転』があるかわからないのが『現実』というものだ。言っていること自体は理熾でもわかるが、だからこそ手詰まりなんだろうな、と白い目で見てしまう。

むしろ現在進行形で監禁されていることを考えれば本当に『何が起こるかわからない』と納得もできる。可能性というくくりで言えば、何事も『低いだけ』で起こりえるのだから仕方ない。

「そして最後の、ほんとに最後の最後の一手としてリオ、君を送りたい」

「いや、意味わかんないし」

相変わらずの即答。誰が好き好んで『これから必ず終わる世界にいく』のか。むしろ逆転劇を起こしてこいとは理織に限らず荷が勝ちすぎ。内心は『できるか馬鹿神！』で、理織のような一般人に…いや、子供に求めるべき限界を超越している。

だが神はお構いなしに強気の態度で「そう言われるとは思っていた…が、あえて言おう、君はいくべきだ！」と続ける。

理織は重ねて「いや、意味わかんないし」と即答したが、効果は…いまいちのようで、勝手に説明を続けてくる。何ともメンタル面だけは神懸っていた。是非とも違うところで発揮してもらいたいものだ。

「その世界というのは、剣と魔法のファンタジー世界だ」

「…ファ、ファンタジーッ⁉」

その言葉は聞き逃せず、反射的に聞き返した。内心ヤバイと思っていてももう遅い。そして本心から『思わずというのはあるらしい』と悟る。

神は食らいついた獲物《リオ》を逃さぬように言葉を重ねた。

「そう、ファンタジーだ。君が望む『非日常』に属する環境だ。ふふふ…どうだね、少しは興味が出てきただろう？」

実を言うと理織は、この『非日常《白い世界》』を楽しんでいた。

最初は混乱もしていたが、情報が増えるにつれて、見えるものが広がるにつれて、意味のわからない自称『神』と妄想世界の話は面白く、ただの夢物語で終わっても十分元は取れていた。

最悪『終わる世界』にいかされることを考え、好条件を引き出すために素気ない態度で通していたのに、思惑を見抜かれた理織は悔やむ。その反応に好機を見出した神は畳み掛けてくる。

「だがいきなりいけと言われても戸惑うだろう。だからいくつかの条件を付け足そう。一つ、向かった世界での死亡、または世界の救済によって帰還するよう手配する。二つ、元の世界は君が玄関を開けた瞬間に凍結させてあるため、日常への支障はない。三つ、帰還までにどれだけの時間を使っていようと、今の一三歳の年齢に戻すと確約しよう」

嘘《うそ》か真か、帰還のハードルはかなり低い。二度と戻れないとか、同じだけ時間が進むといった可能性を色々と考えていたが、どんな状況下でも『元に戻る』のなら良い条件だろう。何よりも注目すべきは『世界を救えなくても良い』ところだ。諦めたとしても日本には戻ってこられるのだから。

好奇心にぐらつく意思。畳みかけるように光の玉は「どうだ？」と訊いてくる。恐らく危険は今の比じゃない。むしろ『終わる世界』を救いにいくのだから、比べる方がどうかしている。それでもやはり『異世界』となると興味を引かれる。

日常に飽き、退屈を感じる理織は、どうしても非日常に惹《ひ》かれてしまう。今のように特に報酬らしい報酬がなくとも迷うほどに。

そうして理織の中でいくつもの事柄を天秤《てんびん》にかけてしばしの黙考を経て結論は出た。

「ふふふ…神、いや、神様！　それはなかなか面白い提案だね！」

「気に入ってもらえて良かった。早速準備を始めたいのだが、構わぬか？」

「え…いや、待って。まだ訊きたいことがあるんだけど…うん、成功報酬とか？」

一度仕切り直す。ハイテンションで起こす行動は良いことがない、と理織の短い人生経験から導き出す。自分を落ち着けるのに、質問を考える。

しかしそんな時間は与えられない。

「ふむ…今は時間がないので報酬は成功時に用意しよう。なに、世界を一つ救うのだ。大概の望みは叶《かな》えると約束しよう」

「何その太っ腹。逆に気持ち悪いんだけど」

「太っ腹にもなる。ただいくら時差があるとはいえ、壊れゆく世界がいつまで持つかわからんので急ぎたい。向かってすぐに問題に直面しても、右も左もわからないままでは解決できないだろう？」

「確かに…なら、準備始めてもらえる？」

「心得た」

一度受け入れてしまえばあとは早い。先程までの警戒など微塵《みじん》も感じさせぬ聞き分けの良い子供になっている。

やはりどれだけ背伸びしていても結局ただの一三歳。むしろここまで不審者《神》をやり込めていることを賞賛するべきだろう。

「うわぁ、どうしよう⁉　魔法だよ、魔法！　超楽しみ！　というか剣とかも使わないといけないし…そうか、魔法剣士になれば良いのか！」

一人で考える未来はどこまでも広がっていく。今まで運動は完全に無駄な能力だと思って、身体を鍛えていなかったことが悔やまれる。

こんな事態を想定しろという方が無茶だが。

「さて、準備ができたわけだが…少し話がある」

「なーに、神様？」

音符マークが付きそうなほどの上機嫌。とろけるような表情で問う。この変わりようには神も若干引き気味だが、理織はそれなりに顔が整っているのでとても可愛らしく映る。

男なのに。

「いってもらう世界の名前は『スフィア』という」

「うん、スフィア…良い名前だね！」

「気に入ってもらえてよかったが、スフィアに着いてしまうと私は基本的に関われない」

「あーそういえばＯＰ《オープニング》で『直接の手出しができない』とか言ってたね」

サラッと理織は答えたが、そのタイミングは連れてこられたばかり。混乱の真っただ中どころか最高潮のタイミング。そこへいきなりの説明なのだから『覚えてない』のも十分考えられた。そんな神の確認は杞憂《きゆう》に終わり、ならばと話を進める。

「基本的に通信不可。【神託《オラクル》】による一方通行の形になる」

「え、まだ何するか聞いてないけど？」

そう、単に『世界を救え』と言われても、何をどうすれば世界を救えるのかもわからない。嬉《うれ》しすぎてあまり気にしてなかったが、解決方法を聞く必要があるのは頭の片隅にはあった。いや、そもそもどうして『世界が手詰まり』なのかもわかっていない。

　しかしそんなことは神も承知しているだろうし、いく前後に当然説明があるだろうとも思っていた。それが転送間近になってこれだ。

「『話ができない』ってどういうこと？」

「【神託《オラクル》】によって、ある程度指示できるから問題ない」

　重ねて言うあたり、万全の体制を敷いているのかもしれない、と考え理熾は引き下がる。

　だが気になることはまだある。相互の連絡が取れないとなれば、神の指示を理熾が間違って受け取るかもしれない。最悪正反対の意味に取ることもありえるだろう。そのあたりの対策はどうなのだろうか。単に新たに【神託《オラクル》】とやらを発令するだけなのかもしれないが。

「ちなみに【神託《オラクル》】を無視した場合は？」

「罰則はない。ただし、提示された【神託《オラクル》】を解決した場合は報酬を受け取れる」

「報酬……って？」

「その時々で変わるが利益になるものばかりだ。慣れるための簡単なものも用意してあるから、あとは現地《スフィア》で確認して実践してみてくれ」

「わかった、何とかする」

　今更ごねても遅い。むしろ腹を括《くく》るべきタイミングだと理熾は様々な質問を飲み込んで頷く。その様子に光の玉は気を良くしたのか「では、転移開始だ」と相変わらずの渋い美声で宣言した。

　すぐに身体の周りを淡い光が包み始める。身体の端から暖かさを感じ、視線を向けると端からゆっくりと光に溶けていっていた。どう見ても危険な感じがする光景だが、理熾に忌避感はない。単に『あぁ、異世界への転移って時間掛かるし難しいんだなぁ』とぼんやり考えていると神が付け足した。

「あぁ、そうだ。向かう先は手詰まりの世界と言ったな？」

「え、うん。そうだね」

「だから極力影響を小さくしたい。いや、正確には暴発しないために影響を小さくせざるをえない」

「うん？　それで？」

　まず、何故このギリギリのタイミングで言い出すのかと疑問に思う。もう四肢は光に解けていて、胴体と頭しかない状態なのに、と。しかも残る胴体も光への変換は止まらずにどんどん進んでいく。もっと前もって言えよ、と失礼ながら理熾は思っていた。

「影響を小さくするため力は絞らせてもらう…だから君の能力は君自身のままだ」

　理熾は神の言葉に「は？」と耳を疑う。頭の中で反《はん》芻《すう》するのは『君自身のまま』のところ。

　世界を救えと求められる『英雄』が、ただの非力な子供の能力しか持たないと言ったのだ。それでどうやって世界を救えと言うのだ。たまらず理熾は疑問をぶつける。

「『世界を救え』って言っておきながら力はない？」

　能力なしでどうにかなることなのか、と理熾の思考はさらに加速する。しかし、そんな希望的観測も光の玉は沈黙で返答したことで思い至る。

　光の玉も『解決する方法がわからない』と言っていたと。

　つまり方法も力もなく『世界を救え』と結果だけをご所望なわけだ。そこまで考え、理熾は自分が甘かったと認識する。どうやら目の前の光の玉は神ではなく悪魔の方だったらしい。

「ただの子供に世界を救えって？　むしろ生きることすら難しいんじゃないの⁉」

　理熾は平凡だ。むしろ同世代と比べると『頑張らなかった分』能力は周りより低い。日本人の平均くらいはあるが、世界を救うには絶望的に足りないはずだ。

　何よりただの子供が世界を変えられるなら、大人がとっくにひっくり返しているだろう。

「うむ、残念ながらスフィアの同世代の子供と比べても格段に落ちる。まぁ、スフィアは魔獣やスキルや魔法があるから仕方ないのだが」

　スフィアでの能力が理熾の力に比べて格段に低い…つまり相対的に理熾の力が破格に大きいという逆の展

開も打ち砕かれる。それにしても同世代と比べても劣るなら、ますます目的から遠ざかる。

現地人より貧弱なのに、彼らが解決できない問題を何とかしてこいとはあまりにも酷《ひど》い要求だ。

「無理でしょ⁉」

「大丈夫、何とかなる！　あぁそうだ。誰でも自身の能力を見られる魔法がある。自分に対してだけだが、着いたら確認してみると良い。

ただこれも『世界の情報』から引用することになるので、補助するスキルもなく高頻度で閲覧すると過負荷が掛かる。それと情報量に比例して負担が増して頭が焼き切れる可能性があるから注意して欲しい」


（ふっざけんなぁぁぁぁぁあああ‼）

早口に説明をしていたのは、理織が消え去る直前だったからだろうか。あまりのことに大声で叫んだつもりが、既に頭まで光に解けていたらしく神には届かなかったようだ。

淡い光に意識まで解けていく中、理織は『うん、これからどうしよう？』と静かにぼんやりと最後に思った。

# 第二章 ◆優しくない世界

ぱちりと目が開く。

目に入るのは澄んだ青空にアクセントを付けるような白い雲。優しく吹く風には仄《ほの》かに土や草の香りが乗り、長閑《のどか》さと自然を感じさせる。理織はぼんやりとする頭を軽く押さえながら身体を起こして周囲を見渡した。

人工物など見当たらず、遠くに何かの影が薄っすらと見えるかどうか。境界線も曖昧な見渡す限りの平原だった。街中にいきなり淡い光に包まれて登場したら何事かと思われるからだろうか、などと地面に生える柔らかい草を撫《な》でて座りぼんやり考える。

端的に言えば『現実味がない』というのが一番の感想だ。そう『あれは夢だったんじゃないか』と思えるほど、送られたはずの『異』世界は日本の風景と変わらない。もしかすると植物や土の成分などが違うのかもしれないが、理織に見分ける知識はない。

とはいえ、いきなり目の前に化物がいるよりはマシだろう。ともかくあの光の玉の言葉を信じるなら、ここが恐らくスフィアと呼ばれる世界。

異世界初心者を放り込んだこの場所は『安全圏だといいなぁ』と希望的な思いを馳せつつ、様々な疑問を隅に置く。

能力がスフィアの一三歳以下で、人影も人工物も存在しない平原に放り出されている時点で全くどうでも良くないが、とりあえずそれらの現実を理織は一度頭を振って横に置いて行動を起こす。

何ができるかもわからないままでは、できることすら見落としてしまうのだから。

「嘆くのも喜ぶのも後回し。まずは自分の現状確認……って、能力を見るってどうするのかな？　魔法なんて使ったこともないんだけれど…」

もしも狙っているなら最悪だ。無知を理由に何もしないのはダメだが、何をして良いかもわからない状況ではさすがに途方に暮れる。理織が『やっぱりあの神は邪神とか悪魔の類かな？』と本気で思い始めたときに、意識の端に《!》のマークが飛び出してきた。
何だろうかと意識を向けると情報が溢《あふ》れ出た。

【神託《オラクル》】自分の能力を確認しよう!
達成内容*ステータス『ステータス』と意識して唱えれば閲覧できます
また、慣れれば意識するだけでも可能です
報酬*五〇〇カラド

なんともゲームらしいお達しだが、この世界に取扱説明書なるものは存在しない。つまりこの【神託《オラクル》】が『いくつか用意している』と神が言っていた一つなのだろう。

「【神託《オラクル》】ってこう出るのか。これはチュートリアル的な感じ? というか、カラドって何だろ……お金なのかな?」

疑問ばかりが撒き散らされる中、とりあえず【神託《オラクル》】に沿ってステータス欄を開くことにする。まずは己を知らねば何にもならない。弱いのは確かだが、ちゃんと『弱さの確認』をしないことには、ただ生きることすら難しい。

(というか生まれて初めて教えてもらった魔法がステータスを見るだけって…まぁ確かに元の世界ではなかったけれどさ。それにきっとこれしかできないってことでもないしね!)

理熾はできるだけポジティブに考え、「ステータス」と口ずさんだ。

託】自分の能力を確認しよう！
成内容：ステータスの閲覧
ステータス』と意識して唱えれば閲覧できます
また、慣れれば意識するだけでも可能です
報酬：500カラド

名前：ミカナギ リオ

年齢：13　　職業：---

Lv：1　SP：10　HP：65　MP：20

筋力：15　敏捷：10

体力：10　知力：20

✻スキル

パッシブ　：---

アクティブ：---

ユニーク　：スキル取得

上から順番に見ていく。

この世界に来たばかりの理熾の職業は当然無職。となれば職業欄に入っている『---』はおそらく『空欄』を示すのだろう。もしかすると職業の捉え方自体が違うかもしれないので一概には言い切れないが、大きくも外していないだろう。

「あれ？　職業欄が空欄だとして、なんで魔力と幸運が『---』なの？　まさか……ゼロってこと⁉　『ファンタジー世界』って紹介受けたのに魔力がないってどういうことだ！」

数値の知識がないので大小は気にはしなかったが、魔力ゼロだけは許せなかった。この無記入の示すところは『もしかすると魔法を使えない可能性がある』ことに他ならない。世界を救う報酬も特に用意されていない理熾にとって、この『ファンタジー要素』こそが報酬だというのに、何もかもが詐欺にしか思えない状況だった。

だがこの現実がファンタジーと浮かれていた理熾の頭を一気に冷やす。そして能力値を改めて見直し、溜息をつく。一般的な能力値がどれくらいかは基準がないのでわからない。だが、神が保証するのは『同年代にも劣る』という一点。当然、この数値が最下限と考えて間違いない。

（影響を出さないためかどうか知らないけど、誰もいないってどうなの？　むしろ人とかいるのかな？　まさかリスの惑星的な動物しかいないとかってオチじゃないよね…？）

軽く絶望しながら『生き残るだけでもハードル高いよ』と頭を抱えて嘆く。

――ピロン

頭の中で何かが静かに鳴った。耳が拾う音とは違い、頭に直接響くような感じと表現すれば良いのだろうか。ある意味急にファンタジー感を増した状況に驚く。

「何だろこの音？　あぁ…【神託《オラクル》】のクリア音かな…？」

意識を先程の【神託《オラクル》】へ向けると情報が更新され、〈報酬を受け取りますか？《Ｙｅｓ／Ｎｏ》〉と質問される。『カラド』が何なのかもわからないので放置したいのだが、意識の端でチラついて鬱陶《うっとお》しい。

たとえるならパソコン画面で繰り返し『プログラムが更新されました。再起動しますか？』と表記されているようなものだ。一応主張を抑えることはできるようだが、それでも気になることに変わりない。

【神託《オラクル》】の報酬により五〇〇カラドを取得しました

頭の中にメッセージが響くものの、身の回りに変わったことはない。

仕方なくあまり使うなと言われているステータスを意識して改めて開くと、新たに『所持金』の欄が追記され、しっかりと五〇〇カラドとなっていた。

「まじめに無一文だったの⁉　人生ハードモードってレベルじゃないよ⁉」

思わず叫ぶ。何が自分は老成している、だ。恥ずかしい…と理熾が一人羞恥心を抱える中、空気も読まずに新たな《！》マーク…【神託《オラクル》】が発生した。すぐに報酬目的で開いてみる。本当に何も持たない現状ではこの『チュートリアル』こそが生命線だった。

【神託《オラクル》】周囲を警戒せよ！

達成内容＊「野うさぎ」の発見
平原とはいえ獣の領域、常に注意を怠らないようにしましょう
報酬＊五〇〇カラド

無一文…今は五〇〇カラドを持っているとはいえ、所持金は多いに越したことはない。

それにステータスを見ただけでもらえる五〇〇カラドがそれほど高いとは思えない。日本円に換算すると五〇〇円なんてオチじゃないことを祈るしかない。

（あの神《バカ》も『影響は小さく』って言ってたし！　これもその一環なら酷いけどね！）

そんな悪態をつきながら捜索を開始する。といってもうさぎ狩りなどしたこともない。結局歩きながら目を凝らす以外方法がない…が、平原は平和。本当に何もない。

クローバーみたいな雑草やタンポポのような花。モンシロチョウ的なものまで舞っている。ステータスが開けなかったら、異世界だとは思わないくらい見分けがつかない。

（うさぎくらいならこの自然にいても不思議じゃないな…何せ『野』うさぎっていうくらいだし）

そんな感じで野うさぎを探しつつ頭を働かせる。とりあえず『今は』命の危険はない。だが、神の言葉を思い返せば体力《タフさ》を要求される世界なのがわかる。転移間際にも『魔獣がいる』などとも言っていた。つまり『今のままの理織』ではまず勝てない。

（今何かに遭ったらまず殺される。けどここなら見渡せるから、よほどのことがない限りお互いに見つけられる。まぁ、そんな中でも野うさぎは見つけられてないんだけどさ。そういえば迷彩色って目立つ気がするけど、草むらとかだと全くわかんないんだっけ…？）

検証も不可能な能力値は最早何も言うまい。今後絶望するときに存分に絶望しようと棚上げし、スキル欄を思い出す。パッシブ、アクティブと表記された欄は共に空白で、ユニークの項目に【スキル取得】があるだけ。

『スキル』の項目がある以上、持っている、もしくは取得できるという予想は簡単に立つ。しかしわざわざ【スキル取得】のスキルはおかしな話だろう。

（もしかしてスキルを手に入れるのに凄く苦労するってことなのかな？）

たとえばスキルが『生まれ持ったもの』といった制限があるなら、たった一つしかないこのスキルも随分と使い勝手がいいように感じる。しかし比べようもない今では、スキルの多い少ないはさっぱりわからない。

（あぁ…不幸だなぁ。そりゃ不幸か…幸運ゼロだし…って派遣した神様にすら見放されてるんじゃ？　何で送ったんだよ⁉）

凹《へこ》むだけ凹みながらも、頑張って野うさぎを探すが見つからない。

チュートリアルに出てくる難易度なので低いはずだが、狩人でもない理熾には難しいのかもしれない。たとえば土の中に潜んでいるとか、狩り尽くした後かもしれない…と、投げやり気味になる思考で捜索を続ける。

体感で二時間くらい探した頃だろうか。当然のように日が傾き、赤みを増して夕日になっていく太陽を見上げる。

（あぁ、そうか…スフィアに着いたのってお昼過ぎてたんだね。というか野原《ここ》で野宿とかして大丈夫なのかな？　暖かいくらいだから寝るのはともかく、お腹すいてきたんだけど…）

いきなり《！》の【神託《オラクル》】の告知が意識の端にいくつか灯《とも》る。思わず「うぉ！」と一人でビビる理熾だが、これは非常にありがたい。影も形も見当たらない野うさぎ以外の【神託《オラクル》】はあるに越したことはない。クリアできるかは別問題として。

とりあえずその中の一つを開いてみると……。

【神託《オラクル》】街の外は危険だ、今すぐ街へ！
達成内容＊街中への避難
　いつ魔物に襲われるかわからない
　能力が整うまで街を拠点に近くで育成だ！
報酬＊ＳＰ５

「ふっざけんなぁぁぁぁぁぁあああ！　こんなとこに放り出したくせにぃぃぃぃ!!」

【神託《オラクル》】を開いた瞬間、思いきり叫んで消費する大事な体力。ぜーはーと全ての空気を吐き出した肺に新たな空気を送り込むが、かなり煽《あお》り耐性がなくなってきている。空腹を感じる身体から熱量を消費した分だけはストレスも発散されたようで少しだけ気分が晴れた。

理熾は大きく深呼吸を入れて一旦落ち着く。

（うん、少し落ち着いた。元の世界ならこんなことでも怒らなかったと思うんだけど…やっぱり命の危険に晒《さら》されてるからかな？）

【神託《オラクル》】には有効期限も書かれていない。そもそも期限があるのかも不明だが、とりあえず受諾するため《Ｙｅｓ》を選択して他のものも開けていく。

電気の光のない夜の暗さ思うと、早々に『街』に移動しなくてはならない。

【神託《オラクル》】見つけたあいつをやっつけよう！
達成内容＊野うさぎの討伐
　野うさぎはとてもすばしっこい
　子供でも一〇歳くらいであれば負けないが油断はするな！
報酬＊一〇〇〇カラド

どうやら野うさぎは子供でも狩れるらしい。ただ逃げ足が速いとわざわざ入っているあたり、今のように見つけるのも難しいかもしれない。

（索敵《サーチ》&討伐《デストロイ》ってことね。なるほど、わかります。ゲームなら普通のことだけど…僕に動物を手に掛けられるのかな？　いや、それ以前に負けたらどうしよう…いや、むしろ負けるんじゃないかな？）

不安だけが積もる情報でしかなく、ぐったりしながらも次を開く。何も知らず持たない理織にとって、断片的であっても情報と報酬は喉から手が出るほど必要なのだから。

【神託《オラクル》】ちゃんと装備しなきゃただの荷物です
達成内容＊武器・防具等の装備
　所持している装備を身に着けよう
報酬＊魔力値1

お約束といえばお約束の内容だが、報酬が『魔力』となれば理織は少しだけ高揚する。

（おぉ、これで僕も魔力ゼロじゃなくなる！　魔法使えちゃう!?）

子供らしく一人静かに脳内で宴を催していたが、すぐに我に返り『…って、装備品どころか荷物すらないよ!?』と喉から飛び出しそうだった声を必死に抑える。

手元にあるのは理織が身に着けているものだけで、ブレザータイプの学生服に運動靴。春先だったことでブレザーの下に二枚シャツを重ね着しているが、動いたせいか、それとも叫んだせいか…少し暑い。

それにしても学校へ向かう際に持っていた肩掛けのデイパックすらないのはあまりにも酷い話だろう。追い剝ぎにあったような身なりだった。

【神託《オラクル》】今どこ!?

達成内容＊地図へのマーキング
自分がいる場所がどこか確認しないなんて馬鹿のすることです
地図などに位置を確認してマーキングしてください

報酬＊魔力値1

またも魔力の報酬に一瞬だけ高揚するが結局は無理。地図どころか食料や着替えすら持っていない現状で提示するチュートリアルではない。

(だから着の身着のままで地図なんてないよ！　むしろ神《オマエ》が馬鹿だよ！)

当り散らしたい衝動を抑え、心の中で悪態をつく。別に誰に見られているわけでもないので叫んでも誰の迷惑にもならないのだが、どこで動物に襲われるかもわからない。

【神託《オラクル》】使って初めて意味がある

達成内容＊アクティブスキルの使用
アクティブ欄に入っているスキルを使用してみてください
初めのうちはスキルを意識すると『発動（Yes／No）』が出るので、Yesにて発動してください
※（Yes／No）は今後省略することもできます

報酬＊MP5

要求されている内容は誰でもわかるが、理熾のスキル欄は空っぽだ。
あえて外してきているとしか思えない【神託《オラクル》】の数々に、穏やかな理熾も『あの馬鹿神、滅ぼしたい！』と殺意を持ち始める。そろそろ真面目に情報な

り、報酬なりが手に入る【神託《オラクル》】が出なければふて寝に移行しそうなくらいだ。

【神託《オラクル》】スキルを取ってみよう
達成内容＊ユニークスキル＊スキル取得の発動を手に入れてください
スキル発動を意識すると取得可能な一覧が表記されますので選択後、最終確認《Ｙｅｓ／Ｎｏ》のうち、Ｙｅｓにて発動してください
報酬＊ＳＰ５

勢いのままに『不可能』の烙印を押しかけたが、理熾は人知れず（ようやくできるものが出てきた！）と大喜びする。これだけ焦《じ》らされたのだから当然かもしれないが、すぐさまご注文の【スキル取得】を意識する。

スキル取得
＊ＳＰを消費してスキルを取得できる
消費ＳＰが10以下のものから選択できる
※ユニークスキルを除く

現れた項目を見てステータス欄のＳＰの意味を知って一つ回答を得たが、新たにスキルの所有限度の疑問が増えた。たとえば一〇個しか持てないのなら吟味する必要があるし、消せるなら使い捨ても可能だ。

だが当然答えなどなく、調べることもできないので考えるだけ無駄だとあっさりと思考を放棄。理熾は『初めてだしとりあえず使えそうなのを一つ手に入れればいい』と軽く考え、意識して【スキル取得】を選択すると…さらに説明枠が展開した。

スキル取得

＊現在、取得できる技能がありません
取得に関しては、スキル名・効果の知識が最低限必要です

「うがぁぁぁぁぁぁあああ!!」

感情の閾値《いきち》を振り切った理織が大声で叫んでダンダンと地面を踏みつける。もしも周りに誰かがいたら大惨事だったろう。今は人どころか動物すら見当たらないが。

「思わず叫んだよ!?　これまで頑張って抑えてたのに！

ありえない、ホントにありえない！　馬鹿神はスフィアを滅ぼしたいらしいな！　あの説得は何だったの!?」

ふーふーと荒い呼吸をしながら心を落ち着ける。ここで暴走しても何にもならない。むしろ悪化しか招かない。体力を使い切って野垂《のた》れ死になどまっぴらごめんなのだから。

（落ち着け、落ち着くんだ理織。今はまだ慌てる時間じゃ……いや、十分慌てる時間な気がする……？）

ゲームなら混乱のバッドステータスまで付きそうな追い詰められ方をしながらも、まだ開いていない【神託《オラクル》】を開ける。これ以上悪い知らせがないように。いや、あったとしても事前に知れるのはいいことのはずだと思い込んで一心に。

【神託《オラクル》】夜は危険がいっぱいだ！

達成内容＊野宿
夜は夜行性の獣にとって絶好の狩場だが、危険を承知ならば狩りに向かうのもいいでしょう
ご利用は計画的に

報酬＊体力5

「ぎゃ――――！　やっぱりいいいぃぃぃぃぃぃー!?」

とりあえず叫んでおいた。後に理織はそう語ることになるが、わざわざ日本から異世界のスフィアに渡り、世界を救いにきたのにこの扱い。悪辣とも思えるあまりにも厳しい異世界の現実に絶望感を隠せない。

「異世界の風がこんなに冷たいとは思わなかったよ！　まさか転移初日で死ぬかもしれない…しかも獣に生きながら食べられて…あ、あ、ぁ…あの馬鹿神覚えてろよ！　というかマジでどうしよう…サバイバル知識ゼロなんだけど…？」

そんなことを叫びながら最後の【神託《オラクル》】を開く。そう、最後のだ。

【神託《オラクル》】身体に良い草がある
達成内容＊薬草採取五束
薬草を採取してみよう
これで君も冒険者の一人だ！
報酬＊アルスへの地図

【神託《オラクル》】内にある、『地図』の文字を見てようやくほっと一息ついた。

（あぁ…ようやくまともなのが来たよ。けど地図《モノ》の報酬もあるんだね。そういえばお金も出てるし、そんなもんなのかもしれないか。でもこれでようやく最初の街を目指せるね……で、『薬草』ってどんなの？）

目標となる薬草の特徴へと思い至り、改めて叫ぶ羽目に。まさかこの段階で『自分で調べろ』などの仕打ちが待っていればさすがに自殺ものだったが、そこまで酷い仕様ではなかったらしい。

薬草の【神託《オラクル》】をさらに開くと特徴と画像を見れたが、あと少し気づくのが遅れたら自殺しかねなかった、と少し落ち着いた理織は思い返す。命をギリギリで繋《つな》いだ理織は現実逃避気味に『それにしても異世界がこんなに冷たいとは思わなかったな……』と頭を回す。

現状はようやく手がかりを得ただけ。夜を迎えれば夜行性の魔物とやらに食われかねないので、この日の高さからすると最悪でも約一時間以内にクリアしないと危ない。一刻を争う中、理熾は自嘲気味に『血眼ってこういうことをいうのかな？』と必死に探すが、全く見つからない。さすがの幸運値ゼロだが、そもそも素人が見つけられるモノではないのかもしれないと絶望の声が聞こえ出す。

「くそう！」

理熾の焦りを気にせず時間は過ぎ去り、忍び寄るように夜が近付けば悪態もつきたくなる。

日の光がなくなってしまえばもう終わり。暗闇を見通すだけの目を理熾は持たず、何より真っ暗闇の見ず知らずの場所で探索しながら行動する能力も度胸もない。日本と違ってまさに光源が一切ないのだから、理熾でなくとも不可能だろう。

いっそのこと群生地を教えてくれればそれで済む話だったのに、と何とか見つけた要求の数の半分、二束を握り締めて探し回る。このまま薬草が見つからなければ朝には魔物の餌になる可能性が高い…と、神が保証している。頑張って何とか話題をそらしていたが、薬草を見つけたところで街に辿《たど》り着けるかも微妙だ。近いのならば見えているはずなのだから。

（あぁ…自分で考えてさらに凹んできた。とりあえず決めた優先順位を消化していこう！　今は薬草！）

それから程なくして残りの薬草が群生しているのを見つけて摘み取ると、理熾の心情に一切関係なくピコンと軽いクリア音がした。

躊躇《ためら》う時間はない。すぐに報酬を受け取る。目の前の空間に光が集まったかと思うと地図が現れた。「これでとりあえずアルスって街までいける！」と理熾はテンションを上げながら喜び、手にした地図を開いて現在地を確認…。

「って、目印が全くないじゃないか!!」

手に持っていた目印も縮尺もない地図を地面にペしと叩《たた》き付けて叫ぶ。周囲を見渡しても何もないから目印は仕方ないにしても、縮尺までなければ絶望的だ。

（この平原、僕に対して鬼畜すぎる！）

理織は嘆きながら踏み付けたくなる唯一のヒント《地図》を拾い上げて凝視する。

中心に書かれているのは報酬と同じ名前の街アルス。右下の刻印を見てみると一応北っぽいマークがある。アルスのすぐ南にぽっかりと円形の平野が広がり、その周囲は全て森。つまり現在地と方位さえわかればアルスに辿り着ける…が、そこまでだ。

周囲に目印や方位磁石などがないため『どちらが北か』がわからず、方角がわかったところで現在地がわからないので残念ながら何の役にも立たない。

（これはヤバイ、まじヤバイ。そもそも迷っているから地図が必要なのに、地図にすらちゃんとした目印ないとか何かもう無茶苦茶だよ！）

暮れていく日を背景に思考を走らせ続け、理織は『まだ手はある！』と顔を上げた。地図を睨《にら》みつけ、暗くなる空を気にしながら指差す。焦っても仕方がないが、ゆっくりと周囲が闇に閉ざされる中では心ははやり続ける。

程なくしてピコンと軽い音がして、報酬が支払われた。

「なるほど…なら、あっちに向かえば何とかなるかな…？」

不安はある。間違っていれば最悪正反対に向かう可能性もあるのだから。だが辺りは薄暗闇になってしまっている。完全な夜に閉ざされるのは時間の問題で迷っている暇がない。即断即決、ダメならダメで仕方ないとやけくそ気味に足を踏み出す。

縮尺がないので距離はわからず、歩くのは時間が掛かりすぎ、走るのは体力を使いすぎる。凹凸や背の高い草がなく迂回《うかい》せずに済み、月明かりのお陰で完全に真っ暗でもなかったことでまっすぐ進むことだけは可能だった。

故にできる限り音を殺して小走りで進む。暗い夜道では隣に魔獣が忍び寄って来ても気づけない、と呼吸はすぐに荒くなって精神をすり減らす。そんな永遠とも思える時間を、月明かりだけを頼りに『体力10にはつらすぎる』と基準もわからないまま能力値のせいにしながら。

ようやく『何か』が視線の先に見えてきた。凄く大きな黒い平面…だと思う、としか表現のできないものが。

（あともう少しでアルスに届く…ッ！）

そう自分を奮い立たせて士気を上げ、薄い月明かりしかない中ようやく黒い壁に到着した。

アルスだという確信がないまま、理織は壁に触れた瞬間緊張の糸がぷつりと切れた。気力が萎え、膝は曲がって崩れ落ちてしまう。立ち上がる余力など最早ない。

（あ…だめだ、もう動けない）

体力の限界を振り切って動き続けて現在に至る。ここでは結局野宿と変わらないことは百も承知だが、身体はもう動きそうにない。せっかく壁際まで来たものの、理織は緩やかに意識を手放した。

——ピコン！

真っ黒な意識の端で何かが知らせる。一瞬『何の音…？』と疑問が浮かんだが、確認する気も起きず、考えるのも億劫《おっくう》になり意識を手放す。

しかし、すぐに揺さぶられる。全身が気だるく反応する気力は生まれない。様々な反応を諦め『後で…』と自身に言い訳して意識を閉ざす。が、やはり身体に衝撃を受け『何だよ一体……』と思ったのが運の尽き。意識は急速に覚醒へと向かった。

「432q｜三|]31e;:!?」

「…え？」

「[@./]fdsa.@e[wa/fwafewa.vs？」

「あー…おはよう？」

霞《かす》む視界。聞き取れない言葉。頭をふらふら揺らしながら軽く目をこすり、理織は寝ぼけた頭で反射的に返答した。

（…返答？　『返答』って何だ⁉）

思い至り、一気に目が覚める。

即座に状況を確認しようと目を開けると、視界が真っ白に塗り潰された。それが『明るさ』だと座るように起き上がった理織が気づき、とりあえず恐怖の一夜を乗り越えたらしいことを知る。しかし現状はそれで済みはしない。

理織が返答した『相手』がいるのだから。

（あれって槍《やり》だよね……鎧《よろい》を着たおじさんがこっちを気にしている？　もしかして僕が不審者？）

槍を向けられていることを知り、回り出した頭がようやく状況に追い付いた。玄関を抜けて白い部屋で説明とも言えない説明を受けただけで異世界《スフィア》へ転送。着替える時間も場所も服もなく、状況不明のままの状態で野うさぎハンター（仮）に勤しみ、結果野うさぎどころか動物すら見つけられず、夜に追われて終わりの見えないマラソンをして今に至るわけだ。一日も経たない短い間に随分と濃い時間を過ごしたな、とぼんやり現実逃避をする。

そして今目の前に立つ者は異世界の住人なのだから言語が違って当然。だが救うべき世界の現地人と、会話も成立しないのにはどうにも釈然としないものがある。

（まさかあの馬鹿神、翻訳機能とかも付けてないの？　どんだけ難易度上げれば気が済むんだ…意思疎通もできずに何を為せって言うんだ！）

明らかな神災《じんさい》に、理織は『あいつマジか…』とうなだれるしかない。

この世界を知らない理織は彼がどんな立場の者で、どんな会話を望んでいるかもわからない。何の手掛かりもないまま武装している相手と会話をしなくてはならないのに、だ。

とはいえ放置しているわけにいかない。何かしらの反応は必要だが、ぐるぐると頭が空転してうだる中、相手も理織に言葉が通じないことを理解したらしい。それだけでも伝わったことで、ただワタワタするだけだったのが少し冷静さを取り戻してくる。

そこでふと視界の端に《！》がいくつか見える。どうやら新たな【神託《オラクル》】が発生したらしい。この苦境を何とかできる方法があるかもしれないと思い、すぐに開いていく。

【神託《オラクル》】第一街人発見!?
達成内容＊街へ入れてもらう
　街の守護者が君を見つけたが、今の君は身分証を持たない不審者だ
　何とか取り入って街の中へと入れてもらおう！
報酬＊幸運1

思わず座った姿勢を横に倒してパタリと地面に伏せて絶望する。どう考えても順番がおかしかった。

（会話も筆談もできないのにどうやって中に入れって!?）

大声を上げるわけにはいかない絶賛不審者扱いの状況下。必死に心の声が漏れ出るのを抑え、すぐに次の【神託《オラクル》】を開くことで頭を切り替える。

【神託《オラクル》】街の近くは安全？
達成内容＊ミニゴブリンの討伐
　街の中は安全だが、外は別
　その証拠に街の近くでも魔物と呼ばれる敵対者が出没する
　これを難なく倒せればまさしく君も討伐者だ！
報酬＊駆け出し討伐者の粗悪な指輪

（今じゃない！　これは今じゃない！　今はそれどころじゃないよ⁉　空気読めよ【神託《オラクル》】ぅぅ！　今なら怒りだけであの馬鹿神焼き尽くせる気がする！）

二度どころか三度も心の中で絶叫する。何とか心の中でだけ怒りを消化していくが、余裕がないため、表情は少し引きつってしまう。待ってくれない状況を背に、意識の切り替えに全力を投じる。こんな場違いな【神託《オラクル》】開いて精神と時間を浪費している場合ではなかった。

（少なくとも敵対者じゃないことだけ伝えないと……そうか！）

閃《ひらめ》いた内容が正しいかどうかはわからない。けれど行動に移す。何もしなければただ悪化していくだけだと判断して、薬草を取り出して渡す。いや、押し付けた。相手は戸惑っているが、言葉が通じないため、最早ジェスチャーだけで乗り切るしかない。

とにかく敵対の意思だけはないことを示さないと最悪この場で殺されかねない。ここが本当にアルスなのかすら理熾は知らないのだから。

（いつから僕はこんなに必死に生きるようになったのかッ⁉）

自問自答しながら、何とか薬草を差し出してプレゼントを思わせる動作をする。ついでにお腹を撫でて空腹アピールも忘れない。何か食べさせてくれれば御の字だ、と伝わるか否かは後回し。ダメならダメで仕方ないと必死に。

そんな理熾の様子に相手は少し警戒心を解いたみたいで、構えていた槍を下げてくれ、何とか切り抜けられそうな気配がする。

（まだ【神託《オラクル》】が残ってるか…あの神ホントなんなのさ…。あれ、いつから僕はこんな器用に違うことを同時にできるようになったんだろう？　…環境の変化って凄まじいな…）

ジェスチャーしながらも手持ちの【神託《オラクル》】を全て消化しておく。後で『あのとき開いておけば！』なんて後悔しても遅すぎる。何となく『開かなければ良かった』と思う確率は高そうだったが。

【神託《オラクル》】読み書きは必須！
達成内容＊文字の習得
スフィアでは当然『日本語』は使えない
文字も言葉も違うが、努力次第で覚えられる！
報酬＊スフィアの常識

（必須なのは知ってるよ！　今まさに必要に迫られてるからね！）

余裕ができたからか、感情のままに叫びそうになるのを必死に押し留める。昨日と違って今はすぐ傍に武装したおじさんが、何だか可哀想な目でこちらを見ている。

そんな哀れみの視線だけでも十分痛いのに、ここでいきなり叫び出すような下手を打てば、和らいだ警戒心が再燃する。最悪敵対行為と見做《みな》されるため、叫ぶに叫べず、泣くに泣けない。

（死んでも死に切れないってこういうことを言うんだね！　また一つ賢くなっちゃったヨ！）

内心で燃え盛る怒りを静めていく。理織の心の防波堤が崩れるのも時間の問題となってきた。何をきっかけに崩れるか、本人でさえもわからない。

【神託《オラクル》】会話を楽しもう♪

達成内容＊言語の習得
相手の言葉を聞き、自分の言葉とすり合わせをしていこう
いつかは流暢《りゅうちょう》に話せるようになるさ！
報酬＊スフィアの常識

（あぁぁぁあ⁉　全く楽しめないし、『いつか』じゃダメなんだよ！　それじゃ遅すぎるんだよ！）

おじさんが優しい目をしながら促してきてくれた……どうやら理熾の鬼気迫る必死さが認められたらしい。少なくとも捕縛を目的にはしてないように見える。

ようやく状況が落ち着いてきたため心に余裕が出てきた。そんな中、最後の【神託《オラクル》】を開く。

【神託《オラクル》】必須技能のない君へ

目的＊【言語知識】の取得
スフィアで困っている君に言語知識《バイリンガル》というスキルをお教えしよう！
これで今日から君もスフィア人！
報酬＊ＳＰ５

「だから、なんでこのタイミングなんだよ⁉」

心の中での無音の絶叫のつもりが、思わず叫んでしまった今の理熾に心の余裕は皆無だ。先程までのにこやかな表情から一転、警戒の表情へと切り替わるおじさんを見て『すぐ話せるようになりますから！』と慌てる理熾。

急いでユニークスキルの【スキル取得】を選択する。

スキル取得

＊言語知識《バイリンガル》（ＳＰ10）

　消費が10だったことに秘かに感激する。散々精神を逆撫でされた理熾からすると逆に意外な結果でもあった。あの神のことだから『無駄に消費SPが高い』とか、『最低限の知識が足りません』などの理由を付けて取れない可能性が頭をよぎったからだ。

（というか初めて取るスキルが会話能力ってどうなってるの！　これって生きる上で必須でしょ⁉）

　内心の突っ込みで消費した時間分、おじさんとの心の距離が遠くなる。時は金なり、と取得するとすぐにピコンと軽快なクリア音が響く。

　が、今はそれどころではない。おじさんに対する弁明ターンだ。

「あ、あー、テステスッ！　ただいま言葉のチェック中！」

　やけくそ気味に放つ言葉はよくわからないものだが、色々と手一杯なので仕方ない。急に喋《しゃべ》り出した理熾を見て、おじさんが「あ…あぁぁ…？　あれ、話せたのか？」と返事が返ってきた。

　習得するのは【言語知識《バイリンガル》】で良かったらしいが、話すだけでえらく時間と精神を使ったものである。上手くいったことに内心狂喜乱舞の理熾だが、通じるのなら事情説明をした方が良い。一体何をどう説明して良いかもわからない状況だが。

「すみません、動揺してしまって…思わず母国語で喋ってました」

「そうか、なら良いんだが…にしてもいきなり叫び出してどうしたんだ？　そもそもこんなところで何しているんだ？」

　まっとうな疑問だった。

　次の言葉で全てが決まる、と気合を入れて切り抜けるべく頭を働かせねばならないが、実はまだ起きて一〇分も経っていない。あの暗闇のマラソンを終わらせた翌日とは思えないハードスケジュールだった。

「あ、その辺もすみません…寝ぼけてたみたいで…母国語が通じなくて『ここはどこだ⁉』って混乱してました。

それとこの野原を通ってきたんですが、気づいたら夜に…でも夜は危険ですし、命からがらここまで何とか逃げ延びたんです。結局中に入る前に気が抜けて崩れ落ちてしまって…」

「なるほどなぁ…苦労したねぇ」

何とか納得してもらえたらしい。実際何一つ嘘もついてないので矛盾もない。あまりの混乱ぶりに薬草を渡したのも効いたらしい。理織は思わずホッと一息入れてしまう。

ちなみに薬草はそのままおじさんに渡すことにした。持っていたところで理織には使い道がわからないし、売るにしても相手がいない。何よりおじさんは少し嬉しそうだったので、今更取り返すのもはばかられた。

「それにしても、夜にここまできたとはねぇ。夜行性の獣に遭わなかったのは幸いだった。最近はこの辺もかなり物騒になってきていてね…討伐依頼がギルドにいくつも出ている状態だよ」

そんなおじさんの感心が滲《にじ》んだ言葉は理織を凍らせる。どうやらあのまま平原で夜を過ごすのはかなり危険だったらしく、行動したことが正解だったと知れたのは何とも嬉しいことだ。

（いや、少なくとも街の外で寝てたしあんまり変わらないような気も…。でもおじさんみたいに見張りはいるし、警戒もしてるからここまで近いと安全なのかもしれないね）

そんなことを考えながら理織は「ええ、ホント運が良かったです」とにこやかに返したが、スフィアに着てからのことを考えると『どの口で』と思わず感じる。諸々をひっくるめて『幸運がゼロだしね！』と自身の能力を嘆きつつ、一人心の中でテンションを上げるのもつらくなってきた。

そろそろ頭のギアを落としてもいいかもしれない。寝起きでなければもっとマシな対応もできるのだろうが。

「で、君は誰かな？　身分証とかあるのかな？」

「それが手持ちに何もなくて…すみません」

「うーむ…そうなると一度詰所に来てもらうことになっているんだが良いかね？」

「はい、ご迷惑お掛けします」

理織はしおれた感じで受け答えをする。いや、実際かなり疲れきっているので嘘でもない。

とりあえず詰所へ向う最中に、クリアした【神託《オラクル》】を確認しておく。ステータス系は受諾の許可なく勝手に取得されるらしいとも知る。

（SP5×2、体力5、スフィアの常識×2…たまたま物が報酬じゃなくて良かった。って、常識二つもいらないよね？　僕が常識ないから二つ…って、うるさいわ！）

変なテンションはまだまだ健在だった。寝起きからいきなり生死の問題を突きつけられればこうなるのも無理はない。

そんな中「というか…あの平原の先って森じゃなかったか？」と世間話のように鎧のおじさんからそんな質問が飛び出した。今まで余裕がなくて考えてなかったが、確かに昨日確認した現在地は平原のほぼど真ん中で、周囲は緑の表記。むしろ周り全てが森の状態。更に言えばその森の一角にこの街はあるのだ。

だから森に沿って走ればいつかは辿り着く。ただし縮尺がないため、いつになるかはさっぱりわからず、森の外周を回るのは体力と時間を考えればありえない。どうしても最短距離でアルスを目指さなくてはきっと生きていられなかっただろう。

そうなると最初にどの方向を目指すかが問題になるが、この世界もどうやら球形らしいとすぐに知ることになる。それは『日が傾いた』ように、太陽がちゃんと仕事していたからだ。ならば極点があり、いくら杜撰《ずさん》な観測技術でも方角は存在する。現に地図上には目印などはなかったが、方角だけはあった。

つまりわからないなりにもその方角を目指せば『近付ける』わけだ。とはいえ、目印もないので現在地がわからない。そのままアルスを目指すのはさすがに分の悪い賭けだった。

さくさくと短い草と地面を踏む音がするだけの長い沈黙が横たわるのみ。結局、冷や汗を流しながら理whoは『聞こえなかったフリ』を決め込んだが、何か話さなければという焦りが少しずつ理熾の中で増し、場を繋ぐように「えーっと…」と言いよどむ。

しかし、続く言葉はない。ここで適当なことを言ってしまうと不信感が溢れ出てしまう。そうならないための情報が圧倒的に足りない。常識さえわからない理熾が何かを発信するにはまだ早すぎるのだ。

前を歩くおじさんからの質問は単なる…本当に本心からの疑問でしかなく、答えなど求めていなかった。それは、まずこの見た目子供にしか見えない理熾には悪意らしきものがないからだ。

確かに言葉に詰まっていて言い分が少しおかしいが、見た目通りの子供ならそれくらいは当然だ。言えないことやわからないこと、説明できないことは子供に限らず誰にでもある。全ての疑問の答えがわかるなら研究者などいらない。むしろそこら辺の子供より言葉遣

(せめて理論武装くらいはしたかった。というか初日にデッドエンドってどんな無理ゲーだよ。いくらなんでも死ぬのは早すぎる。まずは現在地を地図から探し出した。あとは太陽とかの位置を必死に思い出して方角を決めて、地図を睨んで平原を渡った。目印も何もないから、逆に一直線で良かったのも幸いしたかなぁ)

なかなか過酷だった、とまだ丸一日経っていない濃い過去を理熾は思い出す。

現在地を特定した方法は、失敗条件や制限時間もなかった『現在地を指し示せ』の【神託《オラクル》】を逆手に取り、地図上の平原を手当たり次第に『マーキング』をしただけ。あとは『報酬が支払われたところが現在地』というわけだ。

(できるかどうかの賭けで上手くいって良かったけど…おじさんに何て言えばいいんだろ……)

いはしっかりしているし、ちゃんと『自分の考えを言える』のには驚くくらいだ。

同時に違和感が強いのも確かだった。儀礼服に似た装いなのに動きにくさを感じさせず、どう見ても旅支度などしてない格好だ。だというのに『あの平原を渡ってきた』とか『寝ぼけて母国語で話した』と、あまりにもちぐはぐな言動。

それに子供が二カ国語以上を話せるのはこの世界だとかなり珍しいだろう。その結果が『一体この子は何者なのだ？』となるのは仕方がない。

「まぁ、落ち着きなさい。詰所にいけば簡易ながらステータスを閲覧できるものがあるから、少しは説明の足しになるだろう」

言葉を詰まらせる理熾を見ておじさんは優しく対応する。まだスフィアに到着して一日と経っていないが、これだけ右往左往した後だ。理熾にとってはこのおじさんはまさに心のオアシスだった。おじさんがオアシスって何か嫌だが。

ただ和んでいる時間はない。状況整理のために先程手に入れた常識の報酬を受け取る。その中にあったのは『通貨』と『ギルド』。さらにギルドと関わる部分で国のことを少しだけ。

現在地はあの地図のアルスと呼ばれる街。所属する国はアルスを含む五つの大都市と土地を管理する小国で、【神託《オラクル》】の報酬で受け取った通貨《カラド》は、現在いる『ガーランド国』のもの。つまり国際通貨ではなく、小国であるために世界的な価値はそれほど高くない。

といった常識よりも衣食住の全てを持たない理熾の喫緊の問題は、『この手持ちの五〇〇カラドで何ができるか』だけだ。常識内に存在した特に重要な宿の値段は、ギルド提携の宿屋が朝夕二食付きで一泊五〇～七〇カラドらしく、日本円にして約五万円相当。

（【神託《オラクル》】も捨てたもんじゃないね！　いや、でも宿屋が安いだけなのかもしれないし、まだわかんないか……）

神情報に警戒心を持つ理熾は、素直に情報を受け取ることはもうないだろう。

次にこの国についてだが、スフィアの国家は、正確な国民の『戸籍情報』を持たず、大体の人口しか知らない。しかし当然『国家に所属する人数』……たとえば軍属だったり、貴族だったりという特別な者の数の把握はしている。それすらわからなければ害獣からの防衛も、他国との戦争や防衛もできないのだから当然だが。

結果、国には『国民の身分証明ができない機構』になっている。地球と比べて人口は圧倒的に少ないので把握はできそうなものだが、各土地の管理人以外正確な数字を気にしないのだろう。毎日のように増減する人口を処理するのは無駄な労力との判断なのかもしれない。

対して『ギルド』は、個人の管理を前提としたほぼ全世界で通用する仕事斡旋《あっせん》組織になる。このギルドは登録者別に番号管理を行い『登録者の証明』を行う。要は国とは違って『身分証明』が行えるということだ。

そのために登録時の際は手数料が必要になり、ついでに更新料…年間いくら、という感じで支払いを義務付けられている。当然ながら支払わなければ身分証明は行われない。

登録のメリットは『身分証明書の発行』『身分保証』『仕事斡旋』の三点。

身分証明と身分保証がかぶりそうなのだが少し違う。身分証明は『私は誰か』を証明するためのもので、戸籍を『自分から登録しにいく』ような感じか。対する身分保証は『何かあればギルドが責任を持つ』という旨の良し悪しを無視したギルドの意思表示だ。

たとえば『着の身着のまま、見知らぬ土地で商売を始められるか？』と問われれば誰もが首を横に振るだろう。しかしギルドに登録していれば、登録者の『保障』をするため可能となる。

これでもし詐欺行為などで信用問題に発展すると、ギルドから被害者には賠償。登録者には各国の法に照らし合わせた上でギルド独自の制裁を行う。

これは『登録者を管理・制裁するための保証』でもあるのだ。

そんなギルドの本業は『仲介業』で、窓口が仕事の依頼を受け、有能な登録者《ギルド員》に紹介する。達成時にギルドは『仲介料』を、依頼者は『結果』、ギルド員は『報酬』をそれぞれ手にする。

その他、ギルドは素材・資材関連の売買も行っているので、それらの販売益も少なくない…といった頭に詰め込まれた『スフィアの常識』の復習をしている間に、詰所と呼べるような建物が見えてくる。大きな門扉の横にこぢんまりと鎮座するその建物は、大型スーパーなどの物資運搬口のような様相だ。

ここにきて持っている知識があまりにも偏っている理織は不安になってきた。

（この常識って多分断片的なんだろうなぁ…きっと。今は『お金の知識』と『ギルドの知識』の二つしか持ってないし。くそぉ…ギルドの話なんてギルドへいけば聞けるのに…何で今いるガーランド国の知識がほぼゼロなんだよ！）

心の中で悪態をつく中、一つ疑問が浮かび上がる。ある意味致命的な話でもあるのだが。

（あれ、そういえばステータス見られるんだよね…大丈夫かな？　そもそもステータスって他人から見られるものなの…？　いや、見られるって言ってるんだからそこは確定か。けどそうするとプライバシーもあったもんじゃないなぁ）

改めて自分のステータスを開く。これを見たところで何がわかるのだろうかと。

名前：ミカナギリオ
年齢：13　　職業：---
Lv：1
SP：10　　HP：69　　MP：23
筋力：16　　敏捷：12
体力：16　　知力：25
魔力：1　　幸運：1
所持金：500カラド

※スキル
パッシブ　：言語知識《バイリンガル》
アクティブ：---
ユニーク　：スキル取得

端的にいえば能力値が増えていた。

【神託《オラクル》】による報酬があったため、魔力は上がっていて当然だが、その他の数値も上がっている。したことといえば夜中のマラソンくらいで心当たりがない。

（増えたことはいいことだけど、理由を早めに知らないと何となくまずい気がするッ！）

多少動揺するが、能力は高い方が良いだろう。好意的に受け取りながらも、早急に世界のルールを調べないといけない。近付く詰所を眺めながら色々と考えていく。この間、起きてから体感一時間くらい。つまり理熾は壁際にいただけで、街の入口からは遠かったことになる。

当然それだけ警備も緩く、下手をすれば…いや、下手をしなくても獣の餌だった可能性が高いことを思い、改めて自分の運の良さを噛み締める理熾。世界認定の幸運はたった1だが。

詰所に入って一つ目の扉に案内された。ドラマで見るような狭い部屋に椅子と机だけ。取調室のようなところ…思わず掛札を見ると似ているのではなく、そのまま取調室だった。理熾自身が不審者扱いなのだから待遇に問題はない。ただ初めてのことに情けないやら、怖いやらで泣きそうになる衝撃を秘かに受けていた。

「汚いところですまないな。ともあれ、そこに座って楽にしてくれ」

部屋に入るとすぐに声と共に椅子をすすめられて座る。

こちらはひ弱な現代っ子。一時間も歩けばくたくた…というより昨日は歩き通しの走り通し。しかも徹夜のような状態で終わりのないマラソン強要である。更に言えば人生初の…それもテントなどの風除け、日除けもない完全野宿。どう考えても身体は疲れきっている。

今は単に危機感から頭が冴《さ》え、なおかつアドレナリン出まくりでナチュラルハイなだけである。

「さて、これから簡単にでも話を聞きたい。いくら僻《へき》地《ち》とはいえ、この街の守護を任されている身としては素直に答えてくれるとありがたい」

言葉は厳しいものだったが、おじさんの態度は優しいまま。先程とは違う意味で泣きそうだった。あの馬鹿な神にも見習ってもらいたいものだと理熾は思う。そして「頑張ります」と意気込みを伝える。一体何を頑張るのかは理熾自身でも不明だ。

「さて、それではまずは身分証から…」

「ごめんなさい、ないです」

意気込み虚しく、一歩目であっさり大転倒。おじさんは顎に手を当て「ふむ、そういえばそうだったな」とさすり、あっさりした様子で「それがあればすぐ終わったんだがね。では次に君の名前は？」と質問を変えた。

この世界の名前を知らないので理熾は少し黙る。日本の常識で答えるなら『苗字・名前』のセットだが、異世界では何と名乗れば良いのか判断に困ったのだ。少し悩んだ末にとりあえず言われた通りに名前だけを答えた。

「理熾、といいます」

「リオっと…じゃぁ出身地は？」

「…わかりません」

「は？」

そう、わからないのだ。アルス以外の名前ではガーランドという国の名前しか知らない。ここで適当なことを言ってしまうのは簡単だったが、それを外したときのリスクが大きすぎる。かといって『異世界です』なんて言った日にはきっと放り出される。それこそ身分証もないのだから、素直にわからないと告げる。

「すみません」

「そうか、何か事情があるのかもしれないね」

答えないのではなく、わからないのなら問答していても仕方がないと諦めたようで、やはりあっさりと方針を変え、高さ三〇センチ、一辺五〇センチくらいの謎の機材を「よっこいしょ」と取り出した。ただし精密機械なのか、そうっと机に載せた。

「とりあえずステータスを読み取るから、この台に手を乗せてくれるかな？」

相変わらず優しく伝えるおじさんに促されて手を乗

せると、傍で見守るおじさんは何もしていないのに箱の表面がコピー機のように一瞬淡く光って消える。しばらくすると取調室の壁に理織のステータスが表示された。

（手をかざすだけでステータス読み取って、しかもその情報を壁に反映させられるの？　科学で言うなら無線で飛ばしてるとかだけど…ここって剣と魔法の世界らしいから魔法なのかな…？）

あまりにも手軽にやり取りされる通信能力に理織は驚く。事前情報がゼロだと一々大変だ。一応科学がないとは聞いていないのでWi-Fiがないとも言い切れないが。

名前：ミカナギ　リオ
年齢：13　　職業：---
Lv：1

❋スキル
パッシブ　：言語知識《バイリンガル》
アクティブ：---

「一三歳…って、Ｌｖ１⁉」

ステータスを見たおじさんが驚いた姿に、不安げに理織は視線を送るが、気にせずステータスを読み進めていた。

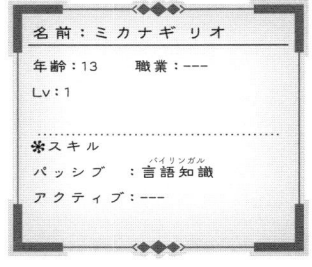

「なんとも、話すだけでなく文字まで書けるのか。【言語知識《バイリンガル》】とはまた珍しいスキルを持っているな。全く、何にしてもこれでよく平原を越えてこれたものだ」

上から順番に情報を見下ろしながらしきりに感心している。やはり運が良かったらしい。それに年齢が若なかったこともあり、その思いはひとしおなのだろう。

理燉はおじさんが感心する姿を見ながら『【言語知識《バイリンガル》】は珍しいのか』と違う方向に感心していた。確かに何も話せなかった理燉が、手にした瞬間不自由なく会話が成立するのだから、非常に有益なスキルだろう。むしろスキルを持つとこれほど劇的に変わるのを知るキッカケでもあった。

（文字も書けるとか『スキル』と言われるだけあるね。あぁ、そういえば【神託《オラクル》】の読み書きの報酬も出てたっけ？）

機能制限なのか、読み取れるステータスには能力値やユニークスキルは含まれていない。『尋問代わり』にするには少し無用心にも思えるが、たったこれだけである程度の問題を解決できると思えば一つの手だろう。

無事死線をくぐった理燉は「ハハハ…ホントに運が良かったです」と答える。心の底からの感想だった。

「全くだ。Ｌｖ１では悪事を働くこともできまい。そもそもそんなこと最初っからわしは思ってないから良いんだがな！」

ようやくおじさんも理燉の『安全』を確信したようで豪快に笑う。理燉はというと、内心『この人マジで僕を泣かしにきてる！』といった感じに少しうるっときていた。事情聴取ともいえないような内容であっさりすぎる気もするが、理燉はありがたかった。街の外は危険なのだ。力が付くまで出てなるものか、と。

「あぁ、そうそうリオ君は一人旅なのだろう？　これから先何があっても『身分証明』は必要だと思うからギルドに登録しておくと良い」

「ありがとうございます。すぐに取りにいきます」

さすがのオアシスぶりを発揮し、街へ入ることを許可された。まさか今後のことまで心配してくれるとは思っていなかったため、改めてうるっときてしまう。あまりにも厳しいスフィアの歓迎ぶりに理燉の涙腺は随分と緩んでいるようだった。

とりあえず街へ入ることだけは何とかなった、とホッと一息入れ詰所を後にする。

（けど街で何すれば良いんだろ？　今までの【神託《オラクル》】見てみても全部チュートリアル的なものしかない。結局スフィアで僕が解決する問題を一つも知らないわけなんだけど…とりあえず放置で良いか。それより目の前のことだ。やらないといけないのは宿の確保とギルドへの登録…あとこの信じられないほどの疲れを取るために寝ること。まだ朝一くらいの時間だけどまずは宿屋へ！）

　踏み出す足は軽い。大きな門の横にある詰所に隣接する小さな勝手口を軽やかに抜け…る前に街の地理などさっぱり知らないことを思い出す。そのまま数歩も進まずに立ち止まって数秒考え、すぐに出てきた部屋へと引き返す。わからないことは訊けば良いと頭を切り替えて。

　ただ第三者から見るとあまりに無防備な考え方でもあった。

「さっき出たばかりじゃないか。どうした？」

「すみません。おすすめの宿屋と、ギルドへの道を教えてください」

　そんなぶしつけとも言える問いにも「あぁ…なるほど」と本人も失念していたようで仄かに笑う。

　理織は『あぁ、何かお父さん的な感じだなぁ…まだ一日経ってないのに、家を出たのが凄く昔のようだよ…』と早くもホームシック気味に色々ありすぎた昨日今日を遠い目をして思い浮かべる。

「そうだな…ならば『あけみや』という宿を紹介しよう。少なくとも飯は保証する。リオ君もできれば安上がりの方が良いだろう？」

「はい、ありがとうございます。でもすぐに仕事が見つかるかもわからないので、ずっといられるかわかりませんけれど…」

「そうなのか。まぁ、わしの名前を出しておけば少しは安く…そういえば自己紹介がまだだったな。わしの名前はギルバートだ。職業は見ての通り、このアルスを守るのが仕事だ」

「何から何までありがとうございます。改めまして御巫理熾です」

今度は不審者ではない理熾で改めて挨拶をする。

思わず笑い合うのは、短いながらも信頼感が生まれたからかもしれない。すぐに用意してくれた簡単な地図とギルバートのサインが入った紹介状をもらって理熾は今度こそ詰所を出発した。

# 第三章 世界の常識

いろんな意味で山場を越えた理織は先を急ぐ。その理由は単に『疲れているから』という心からの主張も含まれる。スフィアに到着してからほとんど休憩らしい休憩はしていないので仕方ない。

勝手口のような扉を抜けて街に入るとピコンと音が鳴るが気にしない。とりあえず疲れを取らねば……と歩を進めると程なくして宿に着いた。

玄関をくぐって受付へ。そこでは女性が何かの作業をしていた。

理織の拙い知識で搾り出した答えは『チェックアウトの準備かな？』程度だったが、入る側の今は関係ない。

「すみません」

「はーい、どうしました？」

声を掛けるとすぐに顔をこちらに向けて笑顔で対応してくれる。忙しそうだったのに申し訳ないと感じる理織だが、相手は仕事なので気にしていない。

「宿泊をお願いしたいんですが、空いてますか？」

「何名様でしょうか？」

「一人です」

「確認しますので少々お待ちください」

子供相手に非常に丁寧に対応してくれる。むしろ子供が一人で宿を取りたいと言っても通る事実にこっそり驚いている理織。一悶着起《ひともんちゃく》きるかと身構えていたのが馬鹿馬鹿しくなる。そして身構えていたことで忘れていたものを思い出してすぐに出す。

「あ、すみません、これを忘れてました」

つい先程書いてもらったギルバートのサイン付きの封筒だ。

疲れで頭がぼうっとしてるせいか、一拍置いたようなタイミングになってしまった。最初に割引券を出すシステムなのに後出しする客のように迷惑極まりないなと理織は思う。しかしせっかくもらった紹介状を無下にするだけの余裕もない。客とは勝手なものだった。

理織の取り出した封筒を見て、受付嬢は一瞬目を見開いたと思ったら頭を抱えて「ぁー…」とカウンターに突っ伏してしまう。そんな誰がどう見てもガッカリの主張に慌てる。

（アレ？　何だか頭抱えてるよ！　もしかして渡しちゃダメなやつだった!?　ギルバートさんオアシスじゃなかったの!?）

勝手に設定した内容で暴走する脳内。続ける言葉が見当たらず「えっと…？」程度の残念なものしか出ない。やはり疲れているらしい。

「あぁ、すみませんお客様。ギルバートは私の父でして、この宿のオーナーになります」

「は？」

「紹介状を見せていただきますね」

「え、はい」

復帰後、サクサク進める受付の女性にそう答えるのが精一杯だった。

ただギルバートはアルスの門番のはずなのに宿のオーナーでもあるらしい。言っていることはわかるが、意味がわからなかった。

（あれ、どういうことだ？　ギルバートさんが宿のオーナーってなんなの？　てかこの人のお父さんで…お金持ちなの？　え、全くわからないんだけど…？）

軽く混乱する。理解が追いつかないとはこのことだろうか。紹介状を読む短い時間を非常に長く感じる程度に緊張した末、受付の女性が溜息交じりに口を開いた。

「やっぱり…まぁ、仕方ありませんね」

「な、何がですか？」

「お客様…いえ、リオ君。宿泊料は特別に無償だけど、食事は実費なので悪しからず」

「えぇ!?　嬉しいけどそんなこと良いんですか!?」

「いや、全然良くないよ？　こんなこと普段ないんだけど…お父さんが君のことを何か気に入ったらしくてさ」

何故だか素泊まりが無料《タダ》になったらしく、もう一度意味がわからないと思う。オーナーからの紹介だとすれば意味は通るが、そこまで仲良くなった覚えはない。

（宿で商売してるのに無料って何か怖い。剝がれるような身ぐるみないけど、超怖いっ！）

元不審人物の理織は嬉しさの反面恐怖を覚える。まさか迷子センターでもあるまいし、理織を預かっても得はない。何より期限が決まっていないあたりがギルバートに不利益すぎて怖かった。

だがこの街と言わず、スフィアに根なし草な理織は日ごとに必ず出費が発生する。拠点となる場所がないから当然だ。食費は言うに及ばず、住居もなければ服も今身に着けている一着のみ。手持ちの金額を考えると五日ほどで使い切ってしまうため、どれだけ節約しても一カ月と持たない。

だからなけなしの生存本能を全開にして生き残った今、一番の問題は『所持金』だ。どれだけ手持ちを使わず、むしろ増やすかを考えなければいけなかったのが、いきなり宿代が無料《タダ》になってしまった。

（これが幸運1のリアルラックなのか!?　あぁ、きっと揺り返しがあるんだろうなぁ…嫌だなぁ…）

嬉しいことがあってもすぐに凹む理織。スフィアに来てからというもの、神絡みで良いことゼロだからこその恐怖心だ。

普通の神経をしているならこの申し出も、人身売買などの裏があると思えば納得できるような条件のため断るべきだろう。だが力も技術もない理織は、このままだと盗人などの犯罪者や、男娼の真似事や物乞い一直線だ。

所持金は心細いを通り越してなきに等しい理織では、怖いから嫌だと言っていられない状況でもあり、多大な不利益の可能性を無視して好意的に受け取る選択をする。

「凄くありがたいです。もし何か僕にできることがあれば言ってください！」

「うん、ありがとう。部屋は206号室ね」

「わかりました。でも、ホントに良いんですか？」

「良いも何も、オーナーが言うんじゃね。気になるならこの街に留まる間はお父さんの相手してもらえるかな？」

「はい！　…そういえばギルバートさんって、ただの警備員さんじゃなかったんですね」

「…え？　あー…そうだねぇ…。身内が言うのもなんだけど、凄く変わってると思う」

歯切れの悪い物言いが気になったが、今はとにかく部屋で休憩したい。宿のランクなど理織にはわかりはしないが、そこには柔らかいベッドがあることを信じてダイブしたい。

一刻も早く体力回復を…と考えたところでハッと気づく。

（お腹すいた！　そういえば昨日から何も食べていない！）

地球で取った朝ごはんが最後の食事。安堵《あんど》したためか、丸一日何も食べていない事実に気づく。

スフィアに来てから何も口にしていないことを忘れるほどの色々な出来事があったので仕方ないが。

「すみません、ご飯って食べられますか？」

「うん、この向こうに食堂があるよ。五カラドくらいで私が出すから声掛けてね」

返事を聞く否や、我慢しきれない空腹感に急かされて食堂へ駆け込んで注文する。勿論《もちろん》狙いは「おすすめください！」で決まりだ。

全く知らない世界。何を食べれば正解かもわからない。だから美味《おい》しいなら何でも良い。むしろ今は『質より早さだ！』と意気込みながらも本人は何か違う気がしていたが。

出てきたのは茶色いパンと見た目コーンスープの二つ。パンには炙《あぶ》ったベーコンっぽいスライスが何枚かに葉っぱが挟んである。加えてほんのちょっぴりチーズらしきものが入っていた。開けてみてはないが、きっと美味しいソースが掛かっていることだろう。

（これってハンバーガー的なヤツでは⁉）

こんなところで出くわすとは思っていなかったファストフードに目を輝かせる。実は普段食べさせてもらえないので、手軽でさほど値段も高くないのにファストフード理織にとっては『ごちそう』だった。

空腹も手伝って、一気にかぶりつく。第一の感想は『そう思っていた時期が僕にもありました』だったが。

（食べてみると全く違う…歯ごたえ抜群で香ばしいパン。こういうのを薫り高いっていうんだろうなぁ…しかもほんのり甘い。ベーコンだと思っていたのは魚？さっぱりした白身っぽい味がする）

まさかのフィッシュバーガー。見た目とのギャップが凄い。さらにチーズだと考えていたのはどっちかといえばタルタルソース。マヨネーズっぽくはないので南蛮漬けといった方が正解かもしれない。素晴らしい、とごくりと飲み下す。

最後にスープ。味はコンソメスープが一番近いかもしれない。お腹に優しい温かさと味で、とろりとしたスープの中に具だくさん。普段ならこれだけでも満腹になりそうなくらい具が入っている。

空腹補正もあるだろうが、ギルバートが誇るだけあって信じられないほど美味しかった。

（あぁ、スフィアに来て初めて『幸せ』を感じたかもしれない）

夢中で頬張るバーガーに多幸感を噛み締め、スープと幸運を飲み下す。日本での大人一人前以上の量を食べ進めている中、またもはっと気づく。ここ数時間のうちにこうした気づきを何度も繰り返していた。

（お金ってステータス上でサラッと増えてたけど使い方って…？　値段も訊かずに頼んだけど、まさか高級

料理じゃないよね⁉）

既に八割ほどが消費されているため、何を言ったところで遅い。それに『お金は持ってるけど出し方がわかりません』などと言ったところで信じてもらえるはずもない。

打開策の見えない理織が頭を抱えていると、受付の女性が声を掛けてくれた。

「何も言ってなかった私が悪いんだけれど、四カラドもらえるかな」

それを聞いた理織は『今の所持金で一〇〇回食べられる！』と瞬時に計算し、一カ月は持つことがわかり少しだけ安心した。が、やはり手にしている金の遣い方がわからない。

（これ、ヘルプ画面とかないのかなぁ……ないよなぁ……。日常にヘルプとかあったら学校いらないしなぁ…）

一人頭を抱えるのは変わらない。ぐるぐると『お金』『四カラド四カラド』と意識をしていると、握った手に違和感が生まれた。手を開いてみると見知らぬ硬貨が握られていた。

受付の女性はそれを支払いと考えたのか、理織の手の平からさっと拾い上げる。

「ありがと。ご飯だけでもやってるけど、普通は宿泊だから付いてるんだよ。でもリオ君は特別だから次からは先払いでお願いするね」

硬貨を持っていってしまう受付嬢。

理織は視線を手の平に戻して呆然《ぼうぜん》としながらも、この世界って大概『意識すると実現するんだなぁ』と気づく。ついでに『そういえば受付さんの名前知らないなぁ』とも。

理織には残された時間がどれだけあるかわからない。さらには問題自体も不明だから、何をどれだけやれば安心かがわからない。頼みの綱である【神託《オラクル》】でも特に触れられていないことから、今はまだ準備期間だとは思うが確信はない。本当この世界は理織にとって優しくないと嘆息する。

残り時間がわからない以上、後悔しないためにも現状できることをやりきる方が良い。

（お腹膨れたし次はギルドへゴーだ！）

疲労で重い身体を考えないことにしてギルドへ向かうとすぐ見つかった。何せアルスの街中で背の高い建物を目指せばいいのだから。ちなみに他に高い建物は領主館くらいしかない、とはギルバートの娘が教えてくれた。用はないので覚える必要もないが。

ともかく身分証明書が必要だ。その次は仕事探し……というよりギルドに入るからにはそちらが本命である。仕事の斡旋も、派遣《ギルド員》から始めて本採用になることもあるらしいとはスフィアの常識からの知識だ。

（というか…真面目に僕は何しに来たのだろう？）

生きていくのすら不自由な身で、神様のお願いの根本を疑うレベルになってきている。まさか一番信用できるはずの〝神〟の言葉を最も疑わなくてはならないとは夢にも思わないだろう。

そんなことを考えながら入ってすぐの総合受付のカウンターへ向かう。巨大なギルドでは、窓口で訊いた方が早く済むだろうと考え、できる限り笑顔で声を掛けた。

「すみません、身分証の発行はどこでできますか？」

「こちらで対応いたします。登録料は三〇〇カラドです」

顔の片側を髪で隠した眠たげな表情を浮かべた、制服に身を包んだ若い受付嬢の対応は淡々としたもの。一度で知りたいことが全て出てきたので良かったが、手持ちの金額を思うと理織は『超高い！　所持金が風前の灯《ともしび》だ！』と笑顔が引きつった。

嘆いたところで身分証は必須。そもそもギルドに加入できなければ仕事ももらえず、個人でやるにはツテが皆無。選択肢など最初からない。また、こうした単なる手続き系で値引き交渉など行えるわけがなく、理織は心で泣きながら仕方なく支払った。

「ではこちらに手を乗せてください」

言われた通り、少し厚みのあるタブレットのような物体に手を乗せる。

仄かに光って消えるのは詰所のときと同じ。違うのは壁にステータスが表示されないことくらいか。こんな公衆の面前で個人情報《ステータス》を出されてはたまらないが。

「ありがとうございました」

「終わりですか？」

「はい、以上です。ギルドカードはすぐに発行されますのでしばらくお待ちください。その間にギルド利用について、いくつかご説明させていただきます」

理織は『あれ、順番逆では？』と感じたが、この世界においてギルドは常識。しかも派遣業をほぼ独占している世界規模の仲介業者なので、支部ごとの些細《ささい》な誤差はあっても大筋のルールは同じ。ここまでくれば『関わらずに生きる』こと自体が難しく、実は説明すら必要ないような身近な存在だった。たとえるなら近くのコンビニに買い物にいくようなレベル。

だからこそ説明されても『今更』なのだろう…。理織以外は。

「今いただいたステータス情報はギルドにて保管いたします。また、ギルドが持つ情報は秘匿され、外部に出ることは基本的にありません。ただし犯罪、正当な理由がある場合の要請、著しい規約違反の以上三点のいずれか、または複数に該当する場合に公開対象となります。最後に、これらの情報は所属ギルドからの要請に応じ、更新作業が発生する可能性がありますのでご理解よろしくお願いします」

何かあれば罰する立場なのに『情報提供はできません』では話にならない。犯罪者や規約違反者の情報を開示するのは当然だろう。

「すみません。二つ目の『外部からの要請』って、どんなときですか？」

「そうですね…たとえば難易度の高い魔物の討伐や、希少な魔法薬の精製要請などでしょうか。難易度から達成しうる者が限られる場合、パーティやギルド員の名前や所在を提示することがあります。とはいえ基本的に担当地域での受注者探しになりますので遠方の者

に打診がいくことはまずありませんが。また、指名依頼の場合は条件のすり合わせ等で依頼者側に一定の情報を渡して改めてご判断いただく場合があります」

対処可能な者が少ない場合は、斡旋業の権限で受注者の情報を渡すらしい。ギルドは依頼をギルド員に渡すことで利益を上げているのだから当然といえば当然だ。

そのまま依頼を拒否するのも、塩漬けするのもギルドにとっては損失でしかないのだから。

（指名依頼なのに場所がわからなかったら頼めるかどうかもわからないしね）

わざわざわかりにくく説明されているような気もするが、理熾は『携帯電話の契約のことを思えばこんなものか』とあっさり納得する。後で「聞いていない」などの言葉を言えないようにしているのだろう。

「わかりました」

「では続きを。ギルド員が引き受けられる内容は、調合・調薬・錬金・鍛冶・道具作成など多岐にわたります。中でも一番わかりやすいものは討伐と作成でしょうか」

聞けば聞くほど何でも屋。特定のことに特化しているわけではなく、日常的に『困ったこと』の全てが依頼として上がるようだ。理熾は『ゲームとか漫画に出てくるのって採取・討伐・護衛くらいしかないけどなぁ』と一つ一つ自身の知識と現実との差を埋めながら先を待つ。

「これらの依頼内容によって窓口《カウンター》が違いますのでご注意ください。ご自分の能力に合った依頼を引き受けていただければ幸いです。また、素材等の買い取りは各カウンターで対応いたしますのでご利用ください」

ついでに「目的とは違うカウンターでも依頼を受け付けるが時間は掛かる」とやんわり嫌がられた。恐らく本来のカウンターとは違う場所で受注・報告をする者がいるのだろう。

受付嬢目当てなどの理由で。

（なるほど…魔術士・錬金術士・鍛冶士・冒険者のギルドを統括しているのかな？）

理熾は手持ちの知識に変換しながらサクサク頭に叩き込んでいく。

それぞれが個別管理するより一元管理した方が簡単で効率的。大本の情報にそれぞれの窓口の情報を追記するだけで良いし、互換性を持たせられることから、やり取りを円滑化できることだろう。

「受けられる依頼は一つ上のランクまでとなっていますので、受注の際は『依頼のランク』に注意してください。ちなみに下位ランクの依頼をこなしても明確な罰則はありませんが、やりすぎると周囲と軋轢《あつれき》が生まれかねませんのでほどほどにお願いします。この依頼のランク設定はギルド内部の規定から算出されており、公開されてから変更されることは稀《まれ》です。変更されるのは対象・環境等の新情報や、依頼主からの要請のみに限っております。このため、資格のない受注者が『どうしても受けたい』と申し出ても受理することは不可能です。あまりに強硬な場合は処分も検討されるので行動には注意してください。また、カテゴリーの違う分野に関しては『それぞれのランク』が設定されることになります」

当然な話だった。たとえばドラゴン倒せるからといって、薬や武器を作れるとは限らないのはわかりやすい理屈だ。つまりギルド員の統括管理は行うが、あくまでもその情報を各分野で流用するだけのようだ。親会社と子会社みたいな感覚だろうか。

（あっちこっち登録する必要がなくて便利だけど、全部のランクを上げるのは面倒だし能力が丸くなりすぎる。結局得意分野のランクしか上がらないなら統括する意味はあまりないような…？　まぁ、ギルドの方針なんてよくわかんないけど）

組み上がっているシステムに突っ込みを入れても意味がないと少し考えあっさり思考を手放す。

理熾の考えがまとまったのを確認したかのようなタ

イミングで続きを話す。どうやらこの受付嬢、やり手のようだ。どう見ても眠そうなのだが。

「先程から説明させていただいているランクは、特別ランクのSをトップにAからGの八段階が存在します。当然リオ様の現在のランクはどの分野でも最低ランクのGです。ランクは依頼達成状況などから引き上げられますが、ランクによっては昇格試験が発生することもありますので頑張ってください」

　そうして説明は終わりを告げたらしく、すぐに「ご質問は？」と問われた。情報整理に夢中な理織は首を横に振ると、受付嬢はすぐに『退席』の札を窓口に掛け「では失礼します」と席を立ってしまった。

（『頑張って』とか言われてもなぁ…正直今は何にもできないんだよね）

　とりあえずギルドへの登録は手をかざして金を渡すだけで終わってしまった。最早ギルドに用はない。当初の予定通り帰ってベッドに入って疲れを取る……と考えていたのだが、予期せぬ出来事が起きていた。

　そう、開始早々の『三〇〇カラドの出費』である。

（もう少しゆっくりできるかと思ったけれど、様子と仕事内容見にいくかぁ。少なくともこれからはもっと怖い目に遭うはずだから討伐だよね。作成系で『生き残る』ってのも難しいだろうし、【神託《オラクル》】も討伐系だしね。でもやだなぁ…こんな無力が討伐系のカウンターいくとかどう考えても絡まれるよねぇ）

　何だかんだ言っても理織はスフィアを救う気でいる。『神に頼まれたから』という建前ではなく、与えられた難問・課題を解決するのは退屈を嫌う理織にとって最高の遊びだった。ただその目的を達するために、戦力が必要になるだろうと思うと気が重い。うなだれながら『とりあえず討伐カウンターかぁ…』と非常に重い足を踏み出した。

　改めて総合受付に戻って先程とは別の受付嬢に場所を訊くと、どうやら一階の裏手…それも奥にあるらしい。歩き進めるといつの間に出たのか、新たな【神託《オラクル》】があった。

内心『開きたくないなぁ…』とは思うものの、理織はスフィアについて何も知らず、生活基盤もない。加えて能力までないのだから、【神託《オラクル》】による報酬がなくては生活すら難しい。

【神託《オラクル》】ギルドとはなんぞや？
達成内容＊ギルド登録
世界最大の組織、仲介業ギルド
ギルド員として参加し、身分証をゲットせよ！
報酬＊手ごろなナイフ

既に達成された【神託《オラクル》】が目に入る。『後受けでも良いなら嬉しい』と思いながら理織は開くと、すぐにクリア音が鳴った。どうやら【神託《オラクル》】は終わった内容でも問題ないようだ。

この場で報酬を受け取ると目立つので、近くにあったトイレに引っ込んで取り出した。しかし武器や防具の装備の仕方など現代っ子は知るはずもない。雑に腰に差すだけにして先を急ぐ。

【神託《オラクル》】資料を探せ！
達成内容＊ギルド内の参考資料の閲覧
情報とは力なり
持つ者と持たざる者の違いを見せ付けろ！
報酬＊経験値10

珍・し・く・わかりやすく、有用な内容だ。しかし警戒感MAXの理織が見ると意味が変わる。

（この『資料の閲覧』ってどれくらい読めば良いんだろう…？　あの馬鹿神だし、開けばOKとか逆に資料全部読まないとダメとかそんなニオイがぷんぷんするんだけど…）

今となっては全てにおいて信用がない。そんな風に討伐カウンターを目指して歩く中でもどんどん【神託《オラクル》】を処理していく。

【神託《オラクル》】討伐カウンターは危険がいっぱい!?

達成内容＊ギルド員に絡まれる
色々貧弱な君へ
屈強なる討伐カウンターに弱卒などはいらん！
自らの強さを示さねばここは通すわけにはいかないのだ！

報酬＊ＳＰ10

（なんで絡まれるのが【神託《オラクル》】に入ってるんだよ！
確かにテンプレだけど！　というか強さを示そうにも最弱《スライム》（？）にすら負けそうなのに！）

向かう先は前途多難なようだ。

【神託《オラクル》】初めての魔法

達成内容＊魔法を使う
科学文明との最大の違いは魔法が存在すること！
つまり君には初体験が待っている！

報酬＊魔術のススメ

（『魔術のススメ』って…魔法使えたら報酬いらないよね？　いやいや、いくら馬鹿神でもさすがにそれはないよね…？　ないと信じたい！　きっと効率のいい使い方とか、色々な属性の説明とかだよね！　そういやそもそも『魔法』って見たことないなぁ…どんなのだろ）

こうしてツッコミどころ満載の【神託《オラクル》】を開くたびに神へのヘイトがたまっていくが、残すところあと一つ。
今回は精神に余裕があるため叫ぶことなく心のツッコミだけで事なきを得る。この場には理織以外もいるのである意味幸いかもしれない。

【神託《オラクル》】役職者は忙しい
達成内容＊ギルドマスターとの会話
人脈は力なり
世界最大の組織、仲介業ギルド
その支部を運営するギルドマスターと会話せよ
報酬＊ＳＰ10

（これで最後…っと。にしても初心者に出す課題じゃないよね…どれだけ考えても光の玉《カミ》の意図がわかるわけないか。『影響を最小限』とか言ってたけど、どれだけやっても『解決できない道筋』立ててるんじゃないだろうな…）

疲労に積もる気苦労を重ねながら開いた【神託《オラクル》】は、何故だかピコンと音が鳴り報酬が支払われた。わかることといえばクリアしていた、という結果だけ。しかし理織に思い当たる節はない。

（あれ…？　どっかでギルドマスターと話したらしい？　この街に来てから何人かと話してるからそのうちの誰かだろうけど……基準がわからないんだよね。挨拶だけでも報酬もらえるのかもなぁ？　あぁ…ギルバートさんだったら良いなぁ…いや、だとすると門番とかやらないよね）

思わず半眼になりながらも適度にスルーしていく。スフィアに来てからというもの、スルースキルの向上に目を見張るものがある。主に神様《クライアント》のせいなのだが。
考えに耽《ふけ》りながら到着した討伐カウンターと呼ばれる一角で「ここかぁ…」と呟いて周囲を見渡す。物々しい威圧感というか、空気感というか、チンピラ風というか…確かに見るからに『討伐』という雰囲気がしていた。

先程の【神託《オラクル》】にも『絡まれろ』とあったことを思い出し、『超いきたくない』と理畝は強く思う。そういった方面の方々とはお近付きになったことないから気が気でない。

ただ、いつかはいかねばならないし、むしろ毎日来る可能性が高いので尻込みしても仕方がない。

（まずは受付で挨拶をして好印象を与え……って、何か凄い威圧感放ってる人が座ってるんですけど⁉）

意を決して踏み込んだというのに、真っ先に声を掛けるべき受付には『私、超不機嫌です』と言わんばかりの雰囲気を放出している女性がいた。改めて関わりたくないと強く思う理畝だが、ここで退いてしまえば二度と来る気など起きないだろう。

（アレに話しかけるのってかなり難しいような気がするんだけど…。でも資料の場所訊く必要あるしなぁ…）

しかも何故だか他に誰もいない。初めて来たのでどれくらいの人数が標準かわからないが、それでもゼロはあまりに閑散としすぎだろう。依頼の受け手がいなければ仕事が回らないのだから。

ともかく、心を決めて笑顔で声をかけてみる。

「おはようございます」

「おはようございます」

受け答えは普通らしい。ただし表情のせいか言葉がトゲトゲで不機嫌に聞こえる。初対面でこれではさすがに印象が悪すぎる。

思わず苦笑いに移行しながら目的を完遂するために続ける。なんにしても今更引けない。

「お伺いしたいんですが、魔物とかスキルの資料ってありますか？」

「はい、あちらに」

指差す先を見てみると確かに本棚が見える。しかし棚数も本の数もそれほど多くはない。日本で言えば、病院の待合室や食堂にある暇潰し程度のもの。

探すというほどの量ではないが、女性は気を利かせたのか「何をお探しでしょうか」と訊いてくれるが、訊かれた理織は『今の段階で何を探せばいいのか？』と疑問に思う。

あまりに情報がなさすぎ、片っ端から読み漁《あさ》った方が良いかもしれないとも考えたが、どちらにせよ優先順位は必要だろう。


（って、決まってるよね。どう考えても一般人よりも低い能力を引き上げる方法だよ。魔物の情報を集めたところで弱かったら使えないし、今は自分の非力さを埋めないことには何やっても相手に勝てない）


結論は相手の分析よりまずは自身の強化。現地人《スフィア》の一三歳より貧弱な身体を強化しなくてはならない。少なくとも『全くダメ』から、せめて『少しはマシ』程度には。

「うん、スキルの資料が読みたいです」

「それでしたらあちらの三番書架になります」

表情や声はともかく、意外に親切な対応に理織は「ありがとうございます」とお礼を告げ、示された書架に向かう。討伐カウンターに限らず、『カウンター』と区分けされている一角は、大病院の待合室くらいあって意外に広い。その空間に誰もいないのだから、深夜の病院にいるような感覚だ。


（なんで誰もいないのかな？　もしかしてこの街の討伐カウンターって廃れてる…？　でもギルバートさんは『忙しい』って言ってたし…もっと朝早くから出掛けてる？　ぁーそっか。スフィアの夜は怖いし、僕もできたら暗くなる前に帰ってきたい。ならこの世界は凄く健康なんだろうね。日本じゃ生活逆転してる人もいたしなぁ…）

勝手に現状の理由付けを行いながら、言われた書架から適当に数冊引き抜いて近くにあった椅子に腰掛けた。あまりに資料の数が少ないことが気になり『大きな街なのに資料ってあんまりないんだなぁ』と思いながら、スキルの資料を開くとピコンと音が鳴った。確認するまでもない。あの【神託《オラクル》】だ。

理熾は改めて『やっぱりあの神様の設定おかしいよね？』と溜息をついた。

第四章

# ◆スキル考察

討伐カウンターでの資料漁りを終えて一息つく。まだ基礎的なところしか読めていないが、一通りスキルの説明に目を通し終えた。そうして理熾ははてさてどうしようかと悩む。

資料を読んだ感じではこうだ。

スキルはパッシブ、アクティブ、ユニークの三つの種類に分類される。ここまではスキル欄を見ればわかる事柄だが、この中でもパッシブスキルは『常に能力を発揮するスキル』で、主に能力の強化や耐性など、要は『基礎能力を強化する』のがパッシブスキルと言える。

次にアクティブスキル。パッシブと違って『使用するタイプ』のスキル。

主にMPや疲労といった代償を必要とするが、パッシブと比較して強力な効果を持つ。当然代償となるMPや体力が不足すると使えなくなるため注意が必要だ。

ユニークスキルは『固有スキル』とも言い換えられ、種族特性や才能、独自開発等により獲得した特別なスキルとされている。特徴は所持するスキルによって千差万別。使用に際しMPや体力に限らない代償が必要だったり、逆に何も必要としなかったりと特殊性を持つ。

共通することは、基本的には強力なものが多いことと、所持率が非常に低いこと。これによりユニーク持ちは『能力が高い』とされている。

この他にも、スキル・能力に限らず『熟練度』と呼ばれるものがある。要は『どれだけ使いこなせているか』を意味する指標だ。

たとえば理熾の今のメイン武器は、【神託《オラクル》】で手に入れたナイフになるが、今日握ったばかり。既にスキル持ちでナイフを扱う者には当然足元にも及ばない。これは『同じスキルを持っていても』だ。そしてこれこそが『熟練度』と呼ばれるモノの差。手にしたスキルに強弱《レベル》が存在するということだ。

（だから昨日の夜のマラソンでＬｖも上がってないのに能力が増えていた）

天井をぼんやり見上げて結論付ける。そしてここからが本番だ。

そもそも理織は能力値が低い。もしかするとスフィア人より『伸び率』は優遇されているかもしれないが、影響を抑えるために現状は同世代のスフィア人よりも明らかに劣る。万が一、伸び率に補正が掛かっていたとしても、スフィア人の天才以下のレベルだろう。これは神自身が『影響を抑える』と言っている以上絶対だ。要は理織の基礎能力《スペック》はスフィア人の常識内でしかない。

この話になると改めて泣きたくなるが、実際かなりの問題だ。現状の理織は一般常識の【言語知識《バイリンガル》】を除けば、【スキル取得】というユニークを一つ持っているだけ。状況を覆すには唯一の利点である【スキル取得《ユニークスキル》】を駆使する必要がある。しかしスキルは反復練習を行えば手に入れることができるため、『強いか？』と問われれば首を振るしかない。それも横に。

一般的なスキルは今理織が調べているようにギルドで公開されている。むしろ公然として語られるようなレベル。スキルを持っている方が便利だし、何より『技術の証明』になる。地球的に言えば資格だ。

そうして目的のスキル…たとえば槍を使えば【槍術】、剣を振れば【剣術】、料理をすれば【調理】といった風に、反復練習を続けると『世界が認める』こととなり、その証拠がステータスに追記される。これが俗に言う『壁を越える』ことに当たる。

好き嫌いと才能の差はある程度存在するが、前提条件さえ揃えれば手に入るのだから『スキルの取得は容易』という事実に落ち着く。

ただスキルの習得には天才でも一般的に一カ月を要し、壊滅的に才能がなければ一年経っても手に入らない場合もある。つまり練習期間が必要なことと確実に手に入るわけではないのがネックと言え、これらを無視できる理織は非常に強力なスキル…と思いきや、大きな弱点も存在する。

（簡単に手に入るけど、熟練度の差で結局負けるっていうね…）

ネックになるのはやはり先程の『熟練度』だ。

スキル持ちは重宝されるが、熟練度は使用頻度によって上がっていくことになるため、技術の高さが何より重宝される。つまりスキル持ちの行動は『広く浅く』ではなく、『深くさらに深く』と技術を深化・特化させるのが一般的な方針になる。

理織の持つユニークはスキルを『取る効果』しかなく、スキルを『育成する』わけではない。そして低ランクのスキルをいくら集めても、熟練度が明確に存在するこの世界では技能を極めた『専門家《スペシャリスト》』を相手に理織は全く歯が立たない。

つまりこの【スキル取得】に関しては、強さではなく『物珍しさ』でユニーク欄に入っているだけだと予測できる。ここまで考え、あまりにも厳しい現実に改めて息をつく。

（この世界の人より弱くてどうやって世界を救うんだろうなぁ）

問題解決を頼まれている以上、溜息しか出ないこれらをどうにかしなくてはならない。難易度設定がイージーモードであるはずないのは承知の上だが、力がない上に環境がハードもしくはヘルモードとは何とも恐れ入る。

絶望していても始まらない、と理織は頭を切り替える。どちらにせよ手持ちの【スキル取得】を駆使し、まずは生き残らなくては話にもならないのだ。しかし思い浮かぶのは悪いことばかり。

時間は誰にでも平等に進むので、スキルをいくら取れても全ての熟練度を上げられない。逆に全てを均一に上げていくとどうなるか…考えるまでもなく万能ではなく、器用貧乏になる。しかも器用貧乏の中でも全体的に熟練度が低い劣化版。これでは専門家に追いつくどころか引き離される一方だ。簡単に思い付くこれらの事実に眉間に寄るしわを揉《も》みほぐしながら、器用貧乏が専門化に勝る可能性を模索する。

(だから僕が求めるものは『パッシブ』にこそある)

本来であれば効果の高いアクティブスキルを手に入れたいところだが、様々なスキルを取ることだけに特化した理織には、熟練度を上げる時間がないから使いこなせない。対してパッシブは寝ても醒めても効果を発揮する『常時発動型スキル』のため、育てる必要がなく『所有期間』で強弱が決まる。

(熟練度は『使えば使うだけ強化される』ってこと。【短剣術】の話で言えば、最低限でも『常に短剣を持っている状態』が必要。逆に言えば『持っていないと上がらない』わけで、パッシブ扱いでも効率がいいとは思えない。常に短剣を握ってるとか、どんな変質者だって話だよね！　だからパッシブはパッシブでも、寸分の狂いもなく『常に効果が発動するスキル』を選ばないと意味がないんだけど……この辺りの境界線がとても難しいなぁ)

こうして理織はパッシブスキルを改めて見直す。色々と重複効果が出ればきっと重宝するだろうな、と考えられるものを列挙した。

※HP回復速度上昇(SP10)
※MP回復速度上昇(SP10)
※身体能力強化(SP5)
※成長力強化
※状態異常耐性
※必要経験値減少

資料を見て理織が抜粋したパッシブスキルは六つ。中にはSPの表記すらないものも存在する。これでは選択肢はほとんどないと言っても良い。

（【スキル取得】の制限がSP10だから下の三つは表示ないのかな？　結局このスキルって『何でも取れる』ってわけでもないんだね…当然のように10よりも必要なのがあるんだろうって、あれ？　Lvが上がってるや。さっき資料見た報酬のお陰かな。これでちょっとはマシに…いや、たったLv2でなるわけないよね）

理熾の頭の中は色々と騒がしいが、どうやら自分のLvが上がるとSPも少し増えるらしいと知る。ますます器用貧乏化がはかどるというものだ。

（これでいくつか取れるようになるかな！　はぁ……そんなことより魔法使いたいなぁ…魔力7しかないけど）

嘆いても始まらない。まずは生き残ることが優先だ。死んでしまえば魔法がどうのこうのなど言っていられないのだから。そしてこれが一番の大発見といっても良いかもしれない。

**＊武術指南（SP5）**
**＊魔術指南（SP5）**

理熾が脳裏に浮かべるのは二つのスキル。

これらは本来であれば元となる【剣術】などを持った『退役者』が、その経験を生かして教える際に手に入れるスキル。そんな経緯を持つスキル所持者は、『教えられるほどに技術を理解している』意味でわりと凄い人だ。道場などを思い浮かべれば理解が進むだろう……参考資料にそう書いてあるから間違いない。

（けれど僕は【スキル取得】があるから『逆転現象』が起こせる。練習時間・努力・技術とかの前提条件をフル無視して手に入れられる。そう、この二つのパッシブスキルを使って、自分の指導ができるんじゃないかな、ってね。これから取る指南系統の熟練度上げつつ、自分の能力を強化するという一石二鳥！　逆転の発想って大事だよね！）

　資料を眺めて自分のスキル構成を考えていく。

　理熾の持つユニークの一番の利点とは、まさに『前提条件無視』にある。

　本来であればその者しか持ち得ないようなスキルであっても、ＳＰコストさえ支払えば手に入る。当然、一般には存在しない【スキル取得】の制約を満たす必要があるが、この『前提条件を無視できる』のは強力な武器だ。ただやはり使いどころが難しい。

　理熾にとってはまさに死活問題。役に立たないスキルを手に入れてしまえばＳＰというライフラインを削ることになるだけ。レベルも能力も低く、ユニークスキルも微妙。スキルを取ればそれだけ強くはなるが、きっとそれだけ。ちゃんとした天才や、イレギュラーな存在には恐らく歯が立たない。下手をすると一般人に毛が生えた程度かもしれない…それくらい理熾は自身の能力に疑問を持っている。

（ともかく、【剣術】とか一種類だけを取るのは勿体ない気がするんだよなぁ…特化するってことは逆に『それしかできない』って意味だし。総合格闘術とか『何でも入ってそう』なのないかな？）

　だからこうしてスキルを簡単に選べずにいる。

　それに理熾は『どんな問題か』がわからないため、臨機応変を求めるには高レベルの器用貧乏になるしかない現状がある。こうして手持ちのＳＰで最大限の利益を手にする方法を資料片手に唸《うな》っているのだ。

（どう転んでも使える【身体能力強化】と【武術指南】は取っておこう。これからどのタイミングでＳＰ消費するかわかんないし、今は二つだけにしよう）

　魔法を使えない中、【魔術指南】は意味がない。随分と長い間考えて泣く泣く諦めた結論は妥当なもの。だが取る段階になって決意が鈍ってしまう。

　結局のところ理熾は『スキル』を理解も実感もして

注釈に『ユニークスキルを除く』となっていたのでユニークスキルに関して深く調べていなかった理織は、『ユニークスキルでも上がるのか』と喜ぶ。

制限が上がったので、すぐに先程表示されていなかった三つを確認した。

> ＊成長力強化（ＳＰ20）
> ＊状態異常耐性（ＳＰ15）
> ＊必要経験値減少

広がった可能性は二つ。基礎Ｌｖの低い理織は【必要経験値減少】が一番欲しかったが、手に入らないのは仕方ない。

選択肢は取得の是非と手にするならどちらか一方。選ぶならば…と考えを広げる。

（正直スフィアの環境を考えると【状態異常耐性】は必須だと思う。僕の身体が弱いんじゃなくて、スフィアに対して免疫がないはず。何かあったらそれだけでいない。最初に手に入れた【言語知識《バイリンガル》】は劇的ではあったものの、『普段通り』に戻っただけ。何より緊急事態で深く考えるタイミングもなかった。

（あぁ…これで無駄技能だったら目も当てられないね。ＳＰに余裕があれば別なんだけどなぁ…）

しかし今は違う。今後のことを考えるとミスれないプレッシャーで溜息しか出ない現状。未来を思うほどに憂鬱になるのは何とも本末転倒だ。

色々な『最悪』に辟易《へきえき》しながらも覚悟を決めスキルを手に入れる。

> **スキル取得Ｌｖ２**
> ＊ＳＰを消費してスキルを取得できる
> 消費ＳＰが20以下のものから選択できる
> ※ユニークスキルを除く

するとあっさり【スキル取得】のＬｖが上がった。

病死まっしぐらだけど、今は病気より物理的に死にそうだし、ここはリスクを取って【成長力強化】かな。でも本当にいつ何があるかわからないしできる限り早めに取るべきだよなぁ）

追加で【成長力強化】を取得すると残りＳＰはたったの５。生命線《SP》は使い尽くしたことになるが、やはり世界はそんなに甘くなく、残念ながら【スキル取得】のＬｖはそのままだった。

最後に自身のステータスを確認する。確認しすぎるとまずいとは聞いているが、それよりも確認しない方が危ないので目を瞑《つむ》るしかない。

名前：ミカナギ リオ

年齢：13　　職業：---

Lv：2　SP：5　HP：79　MP：29

筋力：22　敏捷：18　体力：22

知力：32　魔力：6　幸運：2

所持金：196 カラド

武器：手ごろなナイフ

防具：学生服（ブレザー型）　運動靴

※スキル

パッシブ　：言語知識《バイリンガル》　武術指南NEW　成長力強化NEW
　　　　　　身体能力強化NEW

アクティブ：---

ユニーク　：スキル取得Lv2
　　　　　　・SPを消費してスキルを取得できる
　　　　　　・消費SPが20以下のものから選択できる
　　　　　　※ユニークスキルを除く

小さく一言「よし…ん？」と呟いて不思議に思う。ステータス欄に『武器』と『防具』の項目が増えていた。

ナイフを腰に差したので武器はわかるが、何故今更になって防具の項目が出てきたのだろうか。そもそも

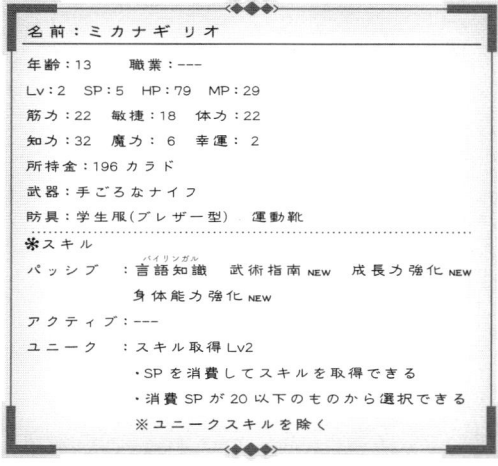

服や靴は最初から身に着けていた。装備品に含まれるなら、魔力が報酬の『装備しろ』という【神託《オラクル》】をクリアしていたはずだ。

今回も結果的にクリアしているだけなので、やはり悪意が見え隠れしている。ステータス欄の所持金や装備などのように、『後出しで出てくる問題は今後も続きそうだ』とまで考えを広げ…思考を打ち切った。

今度は何度も往復する手間を省略するために依頼を探す。考え方が完全に効率主義に傾いていた。疲労が募ると『楽しよう』と無意識に効率を上げるのかもしれない。

依頼書が貼り出されている掲示板《ボード》に近付く。この辺は漫画やアニメで見る『ギルド』と同じような作りで、大きなボード三枚にそれぞれ採取・護衛・討伐の依頼が貼り付けられていた。

一番上にあるSランク依頼から順番に、下になるほど低ランクの依頼が張られており、低いほど数は多い。

理熾は内容を確認するべく、掲示板《ボード》の前に立って片っ端から依頼を見ていく。無理そうなら別のカウンターで仕事を探さないとな、と諦めモードで。

【採取】大量の薬草
＊依頼者　コザック
＊依頼内容
できる限り早く大量に薬草が必要になりました
どなたか、早急に薬草五〇束の納品をお願いします
＊報酬　一〇〇カラド

ここに来て【神託《オラクル》】で探し出した薬草の価値が発覚する。それにしても『急ぎ』の二文字が付いている割に一束二カラドと価格が非常に安い。

（集めるのもそうだけど、持ち歩く方が大変じゃ…この人はその辺わかってるのかなぁ…？）

最初に説明してくれた受付嬢から『クレームは受け

付けません』とも聞いているので、疑問には思うものの口には出さない。ギルドが受諾した内容なので大丈夫だろうと言い聞かせて。

【護衛】サーゼルまでの護衛
＊依頼者　アルタッド商会
＊依頼内容
グレンを経由し、サーゼルに向かう道中、盗賊・魔物の討伐をお願いしたい
報酬とは別に、戦闘一回に付き一〇〇〇カラドのボーナスを追加する
また、討伐時の戦利品は参加者にて分配してもらって構わない
＊報酬　護衛者全員で一〇〇〇〇カラド

（そっか、護衛って依頼もあるんだっけ。ついていくだけで一万…今の手持ちの五〇倍くらいの報酬かぁ。やっぱり遠いのかな？　何にしても護衛系は最低でもE以上しかないね。相手を倒す能力と商隊を守る能力が必要だから仕方ないんだろうなぁ）

【討伐】ゴブリン系種族
＊依頼者　ギルド
＊依頼内容
対象は全てのゴブリンで、右耳にて討伐数のカウントを行います
また、上位種族の場合は討伐ボーナスをつけさせていただきます
常設依頼ですのでいつでもご利用ください
＊報酬　一体につき五カラドから

（【神託《オラクル》】でもミニゴブリン討伐があったっけ。護衛は無理でも討伐なら…いや、今の僕の力じゃ何やっても無理か。やるなら薬草だろうけど…あの数を持ち運べるとは思えないしなぁ）

スキルの勉強に酷使して疲労した頭で掲示板《ボード》を眺めていると、不意に背後から肩を叩かれ「よぉ、坊主。

まさかお前、何か狩りにいくのか？」と声を掛けられた。その瞬間、まさしく全身がビクリと……比喩じゃなく身体が一瞬浮くほどに驚いた。

ギギギと油が切れた人形的な感じで後ろを振り向く理熾。そこにいたのは見上げる身長でところどころに傷跡がある筋骨隆々のおっさんだった。

（えぇぇぇぇぇ！　まさかのテンプレ⁉）

そんな感想が出たのは言うまでもなく、同時に理熾の意識内ではピコンと音が鳴っていた。身長の低い理熾の肩に手を置いているので、まさに覗《のぞ》き込まれるような体勢。理熾は即座に『どう考えても勝てない！』と判断して固まった。

何せ『絡まれる条件』の【神託《オラクル》】がクリアされているのだ。どう考えても絡まれている状況だろう。

「どうした、坊主？」

ニカッと聞こえてきそうな笑顔で訊いてくるが、どう見ても凶悪面だ。

（新人いびりだとしたら即死ルート！　そうじゃなければ普通にしてれば大丈夫！　むしろ普通以外の選択肢があった時点で終了！）

理熾の脳みそフル回転である。最近使いすぎで回転数の落とし方を忘れているような気さえするが、とにかく話し掛けられている以上返事をしなくてはいけない。

「えっと、今日初めて登録したんですが……」

「おぉ、なら新人《ニュービー》か！　初日でいきなり討伐カウンターとはなかなか見どころがあるな！」

考えていたより随分とフランクだ。いっそ馴れ馴れしいといって良いのではないだろうか、と理熾は驚き、絡まれているはずの現状に疑問符が浮かぶ。

（…もしかしてさっきの【神託《オラクル》】って『ギルド員に話・しかけられたら・・・・・』クリア？）

しっかり消化された【神託《オラクル》】を見ると、本当にもう何が基準かわかったものじゃない。ただ単なる『威嚇行為』にしか見えない『筋肉』の面構えに、何とも不利な人生を送っている気がする理織。

失礼にもほどがあった。

「ありがとうございます。何もわからないので右往左往してました」

「そかそか、そりゃ大変だな！　坊主くらいの年で討伐ってなかなか…つーか、全くいないが腕に覚えでもあるのか？」

「いえ、全然」

被せ気味にキッパリと言い切る。ないものはないのだ、とむしろ胸を張るくらいに。

見栄を張っても意味はない。ハッタリはかますべきではあるが。ちなみにその差は理織にはあんまりわかっていない。

「何だそりゃ。それなのにこんなとこによく来たな…絡まれるぞ？」

物凄く不思議そうに首を傾げる『筋肉』だが、理織は微妙な顔をするしかない。まさに今がその状況なのを本人はわかってないらしい。

「いや、お前が今まさに絡んでるんだが。つーか、お前の体格と顔で近寄るなよ。年端もいってない新人が泣いちゃうだろ！」

暴言とも受け取れる言葉を使うのは、『筋肉』の後ろにいたローブ姿で杖を持った少し背の低い男子だった。その他にも三人顔を見せ、合計で五人。全員が物珍しそうに子供の理織を囲んでいるのだから、外野から見ると完全に新人いびりだった。本人たちにはそんな気はサラサラないのだが。

「あ、初めまして」

「これはご丁寧にどうも。こいつに見つかったのは災難だったね。まぁ、こんな見た目の悪いヤツもゴロゴロいる場所だから、慣れておくといいと思うけど…」

「おい、待て。それは単なる悪口じゃねぇか！」

筋肉とローブが言い合いを始めた。依頼を終えてきたのか、これから受けるのかは不明だが、なんとも仲の良さそうなパーティだ。

「まぁまぁ、新人の前で喧嘩《じゃれあい》なんかせず仲良くしなよ」

割って入ってきたのは光の加減か、オッドアイに見える青年。一応止めてくれてはいるものの、やはり現在進行形で絡まれていることには変わりなかった。

ごつい『筋肉』と口の悪い『ローブ』に『オッドアイ』が口々に言い合う中、理熾が頑張って返す。

「えっと、実は今日は下見にきただけなんです。ちょっと色々あってほとんど寝られてなくて…まだ早いけれど、これから宿に戻ろうかと」

「なんだ帰るところだったのか。そりゃ悪いことをしたな。すまん」

筋肉があっさり頭を下げた。本当に良い人のようだと理熾は一安心する。どちらにせよ絡まれたところで剝ぐような身ぐるみもないので気にする必要はないかもしれない。むしろこれを契機に面倒見のいい先輩と関われたと考え、喫緊の問題であるスキルについて質問することにする。

ただこの先輩たちの能力やランクはわからないが。

「いえ、気に留めてもらって嬉しいです。少し教えて欲しいんですが、パッシブの【格闘術】の使い勝手は良いものですか？」

パッシブであり、攻撃方法である『○○術』。剣・槍・短剣・弓など様々ある。読んで字の如く、剣を使えば【剣術】、槍を使えば【槍術】といった感じだ。そんな中、格闘技…【格闘術】なるのも存在する。

これだけの筋肉なのだから、殴り合い特化だろうと理熾は当たりをつけて訊いたのだ。今一番欲しいのはスキルの情報…しかもパッシブの攻撃手段である。できる限りどの状況下でも実力を発揮するためには無手…素手でも戦える方がありがたい。

「うーん…俺の本職は【盾術】だからなぁ。前衛の意見はどうよ？」

視線を向けた先は受付から戻ってきた四人目のメンバーである細身の女性。前衛には到底見えなかった。理熾の前衛に対するイメージはごついからだ。

「そうね…基本的に装備の攻撃力がイマイチ。使うのが『自分の身体』だから、早いし動きやすいのは確か。

あと言えることは武器が使えなくなったときには結構便利って程度かしら？」

「まぁそうだよな。魔物と殴り合うようなことは普通しないし、『軽くて早い』ってメリットを考えると防具も当然ゴツイのを選べない。そもそも殴り合いは『対人戦』が主だから、討伐目的だと手段に選ばれないはずだよな？」

「その通り。攻防共に決定打に欠けて早いだけ。それならよく切れる短剣でも握っていた方がよっぽど良いと思うわ」

人は身体能力が低い分を道具で補うため、基本的に『武器を持つ方が強い』のは事実だ。結果、彼らの話す通り、武器を持たない戦い方は廃れてしまっている。

【格闘術】にしても手甲などの武器兼防具は装備できる。だが手甲を重くするのは難しく、射程も腕の長さまで。となると他の武器のように遠心力や重量などの要素で攻撃力を上げられない。

では逆にパーティの盾として機能するかといえば、手甲が重ければ速度が落ちて避けられず、手甲如きでは敵の攻撃を受けきれずといった塩梅《あんばい》だ。総評に『使えなくても短剣を持つ方が良い』といわれる理由が列挙され、理熾も「そうですよね…」と同意してしまう。

理熾には所持金が少ない事情もあったからの質問とはいえ、突きつけられたのはなかなか厳しい現実だった。

「まぁ、装備がなくなったときだけは逃げるのに便利だから！」

慰めなのか、何なのか。もう一度利点を告げてくれるが、生き残れるかの瀬戸際の理熾からすると微妙な表情しか浮かべられない。ただ今までの説明で何かが引っかかる。理熾は頭をひねるが答えは出ないままだった。

そんな生きた情報を処理しているとふっと一瞬意識が遠のく。頭を振ってすぐに復帰したが、どうにもそろそろ限界らしい。

「参考になりました。ありがとうございます」

理熾は切り上げるべく声を掛ける。一応宿まで戻れる程度の体力は残っていそうだが、睡魔やら疲労やらを思い出した身体は急にふらつきだしたのだ。何だかんだいってもLｖ2…というよりは一三歳の子供。

昨日・今日とあまりにもハードな時間を過ごしてきた。限界を感じるのも無理もないだろう。

「おいおい、大丈夫か？　目に見えてふらふらだぞ？」

筋肉が心配してくれるのを見て、理織はふらふらしながらも『多分良いお父さんになるだろうなぁ…相手が見つかれば』とかそんなことをぼんやり思う。

やはり先輩に対して大変失礼だった。

「あまり大丈夫じゃないみたいです。思ったより体力使い切ったみたいなのでそろそろ帰ります」

言葉を飾る余裕もなく、意識すると一気に疲れが出てきてしまったので正直に伝える。

「おう、そうかそうか。呼び止めて悪かったな、そうだ坊主の名前は？」

「あ、遅くなりました、理織っていいます」

「リオか。またな」

「はい、ありがとうございました」

そう言って理織は討伐カウンターからふらふらと出ていく。その後ろでボソッと「何となくお前は大丈夫そうな気がするよ」と誰かが呟いたが、言った本人以外の耳には届かなかった。

先輩方と分かれ、討伐カウンター・ギルドを後にする。

気づけばお昼は過ぎていた。むしろ既に日は傾き、夕方までまだ少し時間があるといった感じ。このくらいの時間に昨日は平原に放り出されたことを考えると、日本とスフィアとでは少し時差があるんだなぁと理織は今更気づく。幸いにも時差ぼけするほどの余裕がなかったし、様々なハプニングで体内時計が正しくリセットされたようだった。

いや、正確にはこれからリセットされるといった方が正しいかもしれない。

「た、ただいまぁ…」

「お帰りなさい。ギルドはどうだった？」

訊かれたことに答えず、挨拶だけする。体力的に今の理織には余裕がない。

現に挨拶だけで手いっぱいなのだ。

「何だか凄く疲れてるみたいだけど、何かあったの？」

「いやぁ…それが昨日からほとんど寝てないんですよ」

「昨日…？」

「ちょっと手違いで壁の横で野宿しちゃって…」

手違いをしたのは確実に神《バカ》なのだが、それを言っても始まらない。

もしかするとそこまで見越したただの実行犯なのかもしれない。ともかく言葉を濁した感じで答える。

「ぇ…よく無事だったね…？　最近ホントに外は危険なのに…だから眠そうなんだね」

「デス。少し寝て…もしかしたら朝まで起きれないかも」

意識してしまった疲労を考えると仮眠で済むかどうかもわからない。念のためその旨を伝えておく。食事は実費とのことだが、用意してくれるかもしれないからだ。

「うん、わかった。もしご飯食べたかったら鐘が九つ鳴るまでに注文してね。でないと厨房《ちゅうぼう》の火を落としちゃって作れないからね」

「わかりました～お休みなさい～」

どう見ても頭に入ってない様に見えるのだが大丈夫だろうか。受付嬢は思わず首を傾げてしまうが、覚えてなくても作れないものは作れないで良いだろうと溜息をつく。

「気を付けて階段を上がってね」

あくびを噛み殺すような「ふぁ～い」と生返事をした理織は、トントンと軽い音を立てて階段を上っていった。

父のギルバートから詳細を確認した限り、確かに『不審なところもある』のは否めないが、受付嬢ことセリナが見送る背中は子供にしか見えない。

気になる点を挙げれば様々なおかしさが存在するが、その言動には一貫性がある。しかも理織が『特別な優秀さ』を見せたこともないのに、その所作から何故か感じてしまうのも曲者…とはギルバートの評価。苦労している分、彼の見る目は確かだった。

しかしこの『あけみや』の支配人でもあるセリナから見た理織は、庇護欲を掻《か》き立てられる程度にただの子供。ギルバートの評価がいかようでも、現物と言動を見たセリナからすると『そんなコトを言われても知らない』というのが本音。

理織は何かにつけて一生懸命だし、何より見た目が可愛いので思わずほっこりしてしまう。といってもまだ初日だから何もわからないわけだが、心配するような『不穏なことを考えている様子』がない。どれだけ想像力を駆使しても、「眠い眠い」と言いながらくたくたになって階段を上がっていく様は、無駄に礼儀正しいことを除けばやはり子供以外の何者にも見えない。裏などないだろうし、あっても知りたくない。いっそずっと騙《だま》したままにしてもらいたいくらいだとセリナは理織に嘆息する。

階段を上がっていった理織を思いながら、何故こうも『父親《ギルバート》が気に入るのは変なのばかりなんだろう』と眉をひそめる。むしろだからこそ気に入るのかもしれない、ともう一度溜息をついた。

その後、理織は完全に寝入ってしまったため、晩御飯には下りてこなかった。しかし翌日、朝も早いうちに「すみません、ご飯ってお願いできますか？」と控えめに訊いてくる理織を見て、セリナはやはり『子供だなぁ』と吹き出し食事を用意した。

セリナの苦笑いから始まった異世界三日目は、即席の名目で安くしてくれた朝食を終えて部屋に戻る。

まず理織が考えなければならないのは『生き残ることである』と再確認する。ギルバートの厚意で宿代は免除されているとはいえ、食費は必須なので所持金は減り続ける。

（ボリュームあるからお昼は抜く方向で。でもやっぱりお腹はすくし三食食べたいよねぇ…）

朝夕の食事代だけで考えても日に一〇カラド手に入れなければただ減るのみ。たかが一日一〇カラドくらいと思うなかれ。薬草五〇束も納品しても一〇〇カラドにしかならない、なかなか厳しい世の中なのだ。いや、理織にとっての異世界《スフィア》は最初から厳しかったが。ともかく一刻も早く一カラドでも多く稼がねばならない。

理織にしてみても、まさか一三歳の身分で金策に走る羽目になるとは思わず、スフィアに来ての苦労の数々が『神のせい』と思えるものが目白押しすぎた。諸悪の根源を絶たねばこのままずるずる緩慢な詰みへと押し込まれそうだとさえ思うものの、それは依頼をした神自身だったりする。

（あぁ…だからこの世界詰んでるのかなぁ…？　下手すると初日で諦めそうだし。僕も運で生き残ってるようなものだし。にしても、どうしようかなぁ……安全なのは採取とか、作成系だろうと思うんだけど）

安全を考えて生産を目指しても道具がない。先行投資と割り切って道具を買っても良いが、そもそも資金が足りなさそうだった。ついでに危険度の低い採取は実入りが少ない。とても稼ぎきるのは難しい。

思い付く手段に片っ端から否定要素が浮かび上がる。

（いや、良いか。とりあえず市場調査ってヤツをやってみよう。それにギルバートさんのところにお礼を言いにいかないと）

気にしても仕方ないと割り切り、まだ暗い早朝だというのにさっさと身支度を済ませて出発する。身支度といっても、ナイフを腰に差しただけだが。

あけみやを出ると、朝が早すぎたためか開店準備中か閉まっている店ばかり。せっかく早起き…実際は目が覚めただけだが残念だと理織は思う。

（ギルバートさんがどこにいるかわかんないけど、多分詰所かな。いなくて戻ってきても、その頃にはきっとお店開いてるよね？）

店の開店が何時かはわからないが、行き当たりばったりな感じで方針をサラッと決めてしまう。

街の外へ向かう道は人がいない。露店や店舗なども中心地でひしめきあっているので、この辺りはとても静か。ベッドタウンなのだろうと理織は考えながら歩く。

（そういえば昨日の【格闘術】は残念だったなぁ。それなりに強ければ手に入れておくつもりだったのに。安く上がるし）

昨日は疲れと眠気で後半頭が回っていなかったので考えられなかったが、何かに引っ掛かっていたのを思い出す。だが引っ掛かりが何なのか、頭を捻るが出てこない。あれこれ考えるも思い当たらず、詰所が見えてきた。

どうやら迷わずに到着できそうだとホッとする。

「おはようございます」

声を掛けて入ってみる。スフィアの常識を知らないので『朝っぱらから訪問とか大丈夫だったかな？』と不安になる。声を掛けて入っている時点で十分手遅れなのだが。

「ん？　あぁ、リオ君か。おはよう、昨日はよく眠れたかい？」

かなり早い時間だったのだが、ギルバートは詰所にいた。これ幸いとお礼をいう。

「はい、ぐっすりと。昨日夕方前に寝て、起きたらついさっきでした。やっぱり色々疲れてたみたいです…ギルバートさん、本当にありがとうございます」

「いやいや、わしの気まぐれだから気にせんでくれ。ついでに期待もしないように」

笑いながら答えてくれるが、その『厚意』がいつまで続くかはわからない。いきなり放り出すようなことをギルバートはしないだろうが、ずっとこのままなのはよろしくない。

ついでに「それにどうやらセリナにもいじめられていないようだね」とギルバートは冗談を飛ばしてくる。ただ理織にはその名前に心当たりがなく「セリナ…さん？」と疑問系で返すしかない。

「あの宿を取り仕切るわしの娘だよ。普段は受付や厨房に入っているはずだが…会わなかったかね？」

「あの受付の人ですか。そういえば名前聞いてませんでした。あ、でもギルバートさんのことを『お父さん』って言ってたからその人ですね」

「自己紹介もしなかったのか。変なところで抜けているものだ」

そんな風に笑うギルバートを見て理織は改めて『厚意に甘えているだけじゃダメだ』と強く思う。自分すら守れないのに、スフィアを救うなんて妄言もいいところだ。

一刻も早く自立するべきと思うも、目処《めど》も立たないので困り切っているのだが。

「はい、頑張ります。宿は一人にしては広いですし…あ、それとご飯がすっごい美味しかったです！」

満面の笑みで答える理織。食事が美味しいのは間違いない。今朝も出してくれたバーガーを思い出してしまう。ボリューム、味共に素晴らしいの一言。『あの宿ってかなり高級な宿なんじゃなかろうか？』と思うが、怖くて訊けない。結局ない袖は振れないのだから。

「それは良かった。昨日あれからギルドへいったのかね？」

いくら本人が強がってギルドにいくと言っても身体は正直だ。詰所から解放した際にかなり疲れた様子だったので、実はギルバートはそのまま宿で寝てしまっていると思っていた。それほど疲れ切っていたように見えたし、何より野宿は心身共にクるものだ。

「はい、何とか。僕ができそうなことって討伐くらいしかなさそうだったので、ついでに見てきました」

本当に世間話的な軽いノリで訊いたギルバートは「おぉ…それは頑張ったな…」と驚く。

このＬｖ１の子供は体力が尽きている状態でも動くのかと。何が理織を動かすのか気になるところだった。

「その分、ギルドから帰ってそのまま寝ちゃいましたけどね」

「そりゃそうだろうなぁ」

心を込めて応えるギルバート。いくらその後潰れたとしても、本当に『それはそうだろう』としか言いようがない。その無茶具合に苦笑いしてしまう。

「そういえばアルス《ここ》の討伐カウンターにいたのは受付の人だけだったんですが、普段からそんなものなんですか？」

「皆出払っているのだろう…最近魔物が多くてな」

またこの話。宿の受付嬢も言っていたから、昨日の先輩方も恐らく同じことを言うだろう。何も知らされていない理織からすると、スフィアの問題の一つがこの『魔物の数』と考えるが、根拠も原因も…それに知らせるはずの【神託《オラクル》】もない。

スフィアに降り立ってからはチュートリアル的な内容しかないのだから、理織の動きを知らない可能性も高い。元々頻繁に【神託《オラクル》】が発生しない可能性も高いが。

（まぁ…魔物討伐を求められても無力な今の僕には無理だけどね）

ないものはない、できないことはできないのだ。切り替えが大事だと理織は頭を切り替える。

「そういえばリオは【短剣術】を持っていたか？」

左側の腰にぞんざいに差しているナイフを見てギルバートが質問した。昨日の時点では【言語知識《バイリンガル》】のスキルしか持たず、ナイフもなかったのだから疑問に思うのは仕方ない。

「全然。これは護身…いや、ハッタリですね」

この返答にはギルバートは驚いた。『ハッタリ』とは秘匿することに意味がある。中身を知られてしまうと何の意味もないからだ。だからギルバートは「何ともあっさりと言うなぁ」と呆れてしまった。

「ぇーだって、ギルバートさんは僕のステータス知ってますよね？　だったら隠しても意味ないです。少なくともギルバートさん相手にはずっと必要ないと思ってますし」

打算や計算ではなく単に恩に対しての言葉に、ギルバートは「それはまた信用されたものだ」と孫を見るような目で理織を眺める。厚意には感謝を、恩には報いる。理織は子供ながらそう考えているのが透けて見えるからだ。

危険と隣り合わせの境界線上で語るにはあまりにも世間知らずな言葉だが、むしろそれがギルバートには心地良かった。

「そうだギルバートさん。野うさぎってどんなのかわかります？」

「うん？　野うさぎ？　わかるにはわかるが……どうするつもりだね？」

「うん、捕まえようと思って。うさぎだし美味しいよね…？」

急に矛先の変わった話に、はて、とギルバートは首を傾げる。疑問系なのはまだ食べたことがないから。確かに野うさぎの肉は高級品。いや、嗜好品とさえいっても良い。ギルバートは『もしかしてくれるのか？』と思ったりするが、それはあるまい。理燉が自分で食べるか、売った方が遥かに価値のあるものだから、と首を軽く横に振った。

「確かに物凄く美味《うま》いが、無理だと思うぞ？」

「え、もしかして強いの!?」

まさか無理だと断言されるとは思っていなかった理燉は衝撃を受ける。能力や知識が足りない、そもそも力が足りないのかと様々な疑問は浮かぶが解決しない。

「いや、そうではなくてな。野うさぎといえば、『能力を強化する食材』で有名なんだ」

そんな答えに「は？」と思わず理燉の口が開く。何とも凄い食材を【神託《オラクル》】に指定したものだと…いや、『だからこそ指定したのかもしれない』と思い直す。

手に入ればこの弱さを克服する一歩になるかもしれないと期待して。だが世の中そんなに甘くない。

「野うさぎ自体の強さはないが、そもそも希少種で見つけるのが困難な上に素早い。ちなみに上手く狩る者を『野うさぎハンター』と呼んで有名になるくらい難易度が高い」

「え…」

理燉は何となく逃げ足が速くて経験値を大量に持つ、ゲームの敵キャラを思い浮かべて『無駄に難易度の高い…』と戦慄する。能力を上げるので効果が若干違うが。

「それも野うさぎの旬……というか、獲れる季節は冬だけだ。冬以外の季節はこの辺りにはいなくて、他の寒い地域に移動しているといわれている。今は初夏だから、最低でもあと半年はまずお目にすら掛かれないはずだが？」

「……」

詰所で衝撃の事実を告げられて沈黙…いや、固まってしまう理熾。朝から何故こうも疲れることになるのだろうか。スフィアの風当たりは相変わらず厳しくて冷たいことを再確認する。

いや、それよりも

（野うさぎを探したせいで時間がなくなって死に掛けたのに『季節じゃない』ってどういうことだ⁉　【神託《オラクル》】の発動タイミングに物申す！　とりあえず投書先はPTAでいいのかな⁉　光の玉《カミ》なんか滅ぼされろ！）

内心プリプリ怒る理熾。そもそも死に掛けたので怒る程度では済まされないレベルなのだが、その辺はきっと理熾の人の良さでもあるのだろう。

そんな野うさぎ事件を経て詰所を出る。話の内容は大したことなかったが、気が付けばそれなりの時間が過ぎ、既に昼に差し掛かっていた。今度こそ市場調査という名のひやかしを開始する。

（ギルバートさん話が上手いなぁ…時間を忘れちゃうよね。やっぱり街に出入りする人と話をしないといけないからかなぁ？　あの対人スキルが欲しい！　実際にスキルを持ってるかどうかは知らないけど）

そんなことを考えながらお店を回る。一カラドで買えるものがかなり多く、思っていたより物価が安い…というよりは理熾の感覚がスフィアとずれていた。

日本なら詰め放題みたいな感じ…いや、どちらかといえば中身の見える福袋か。最低通貨の一カラド以上になるように詰め合わせ、一つの商品で調整できないなら複数を組み合わせて販売する。当然、店によって

『一カラドで買える商品《組み合わせ》』が異なり、それらは店主によっての『手に入りやすさ』が違うからだろう。

販売価格も様々で、一〇カラドや三〇カラド分の物の詰め合わせなど、バリエーションは非常に豊か。まさに組み合わせは自由であり、店と交渉さえ成立させればもっと安く手に入る可能性もある。

日本で言うところの直売所みたいなものだろう。

（いっぱいあるなぁ…昨日依頼で見かけた薬草も普通に売ってるけど、何で『ここで買わない』んだろう？…いや、数が数だから、市場だけで買うと足りないとか、合計すると高くなるとかかな？

んー…考えてもわかんないけども…ってそうか、依頼主にとっては一束約一カラドの薬草を『市場で五〇束買う時間がない』のか）

市場を練り歩きながら考える。実際目の前では薬草が普通に売っている。しかし一店舗で売られているのは平均五束前後、多くても合計二〇束くらい。値段もまちまちで複数店舗を渡り歩いて交渉するくらいなら一括で買い取り依頼を出した方が楽には違いない。

そう考えるとやはり労力を金銭で補っているのかな、という結論に至る…が、別の理由も思い付く。

（それかこの市場に詳しくなくて、それでも必要な場合かな？『薬草の大体の相場はわかるけど全部集められるかどうかはわからない』って場合も依頼出す可能性ある、かな？）

周囲を見渡しながら『依頼者側からの理由』を推測する。中学生の理皺も消費者側だったので、この予想はすぐに立つ。それに難しく考えなくても『時間や労力を買う』のは日常的にやっていることだ。アルバイトはまさに時間や労力を『売る側』だし、雇用者は『買う側』だ。

知識では持っているが、実感するのはまた話が違う。理皺はまさに今、実地研修を独りで行っている最中だった。

（…そうなると僕でも稼げる可能性がある）

採取系は自分が現場から採って納品するのが一般的。

また、カウンターで売るよりも『依頼を受ける』方が価格は高くなる。緊急性や確実性を考えた上での依頼なのだから当然だ。

この場合、モノによっては街の外や危険度の高い地域へ出向かなければならず、危険はもとより労力と時間まで使ってしまう。最悪日帰りができず外で夜明かしもありうる。今の理織は外で生きられるほど頑強ではないので、できれば街の中で完結させたいのが本音だ。

採取依頼の完遂にのみ目を向ければ他の手段も思い付く。依頼カテゴリーが『採取』に分類されているだけで、目的はただの『納品』だ。つまり数と品質さえ達していれば納品するものの経緯は関係なく、この市場で買って納品しても問題ないのだ。

そして何よりやろうと思えば叶うのも、この市場を見ればわかる。

（何が簡単に手に入り、誰が何を欲しがっているかを調べないと！　…でもそれがものすごーく、難しいような……？　ま、まぁ…とりあえずギルドの採取依頼で市場調査からかな…ッ！）

ダッシュで討伐カウンターの採取依頼を見る。ヒクイドリの卵、ウォーターベアの毛皮、サイレントアイの眼球などなど。納品数は少ないが名前からしても出会えば瞬殺されそうなメンツである。討伐・採取を目指すのはどう考えても無理。

となれば市場からと先程の考えへ向くが、仕入れが発生するので利益はぐんと落ち込む。いや、その前に依頼金額の桁が違って所持金を掠《かす》りもしないので、買い取れる可能性自体が非常に低くそうだ。

閃いたは良いが世の中そんなに甘くはない。むしろスフィアが理織に対する場合に限り激辛だ。理織の発想は正しいのだが、それを行っているのがまさに『市場』で、世間知らずの子供がいきなりその中に入って何ができるというのだろうか。

少しは予想していたものの、現実の厳しさに肩を落とす理職。そんな中、何故か『薬草依頼』が変わらずまだ貼り出されていた。

（…あぁ、報酬少なすぎるからかな？　稼ぐには安くて受けるには面倒なんだろうなぁ…それなら弱い魔物探す方がもっといい）

依頼書を眺めながら変に納得してしまった。依頼者が集められないものを要求するにしては安すぎる金額だろう。金欠の理職ですらも乗り気になれる依頼ではない。それでも少額でも稼がなければならない理職が仕方なく『受けようかな』と迷っていると、依頼が貼り換えられた。

【採取】大量の薬草
＊依頼者　コザック
＊依頼内容
大量に薬草が必要になりました
どなたか、今すぐに薬草一〇〇束の納品をお願いします
＊報酬　五〇〇カラド

目の前で変わった依頼内容を見て驚愕《きょうがく》する。納品が五〇束から一〇〇束に増えたが、一束当たりの価格が二カラドから五カラドに跳ね上がっていた。全て通常価格の一束一カラドで買い取って納品しても四〇〇カラドもの儲《もう》けになる。

少ない所持金でも足り、今の理職にとっては大きな収入になることは間違いなく、瞬時に受けることを前提に計算を始める。

（市場で薬草を売ってたお店は一〇軒。最低の五束が二軒に、一〇束三軒、一二束が一軒、一五束が二軒、

二〇束が二軒だったはず…合計で一二二束か。市場出てからまだ一時間も経ってないし、そんなにすぐ売れるわけもない。一軒で一束ずつ売れてもまだ一〇〇束以上は残ってるはず！）

希望的観測かもしれない。しかしこの好条件を逃す手はない。全部回って薬草かき集めれば間に合うと信じて行動する。最悪足りなかったらギルドに立て替えてもらうか、諦めて依頼を破棄する形で決着するしかない。あとはもう運を天に任せ『ダメなら泣くしかないけど！』と色々な最悪の可能性に目を瞑って依頼書を剝ぎ取りカウンターへ向かった。

「これやります！」

「はい、ではギルドカードの提示をお願いします」

言われた通りにすぐに出す。登録した際にも使った台の上にカードを置いてまずは認証。依頼内容の説明、最終確認へと流れ、依頼書に『対応中』の判を押されて解放された。

（今は時間が全てだ……急げ、急げ、急げ！　これでミスれば信用ゼロの無一文だ！　最悪ギルドを追われるッ！）

理織の思考はフル回転を始める。頭の中で先程通った市場の地図を開いて道筋を決める。あやふやなところもあるが実地で何とかするしかない。あとは荷物になるであろう一〇〇束の薬草を持ち運ぶ袋をどこで調達しようかと考えながら気合を入れて出発しようとしたとき…ふと新たな思い付きが頭をよぎる。

あまりにも単純なその考えに『ないとは思うけど』と前置きを自分で入れつつ「すみません、少し教えて欲しいんですが……」と受付で訊いてみた。

この日、理織は真理を知ることになる。この世界の住人は『効率化が下手』なのだと。

理織がカウンターで訊いたのはごくごく簡単なこと。そして結論から言うと薬草納品の依頼はあっさりと終了した。大したリスクも苦労もなく、本当にあっさりとだ。

「素材の買取ってやってますよね？」

「はい、行っています」

　あっさり答えられる。これは総合受付の最初の説明で聞いていたことなので本当に念のための確認だった。

　では、逆に。

「素材を買いたいんですが、売ってますか？」

「ええ、問題ありません。販売のカウンターがありますのでそちらでご購入ください。魔法薬の材料や鉱物の原石など、素材と呼ばれるものが陳列しているかと思います」

　予想通りの答えをもらう。素材を買い取るだけ、なのはどう考えてもおかしい。必要だから買い取るわけで、つまりは使い道があるということなのだから。

「もしかして薬草とか置いていますか？」

「ええ、もちろん。魔法薬の素材として在庫はかなりあるはずですが、詳細は販売カウンターでご確認ください。そういえばつい先日、大口の販売があったと聞いていますから、今なら普段より安く手に入れられると思います」

　確信はあったが、もしかするとギルド員含む一般人には売ってないことも考えていた理識からすると、驚きの事実だった。

　そして最後に「ちなみに値段って、ここでわかりますか？」と訊いてみた。

「素材の金額は市場価格を勘案して決定しておりますので、正確な値段に関しては販売のカウンターでしかお答えできません」

　残念ながらこの場では値段はわからないらしいが、それにしても十分すぎた。少なくとも数が揃っていて、市場価格に合わせてあるのだ。ギルドの立場もあるのでボッタクリに遭うこともないだろう。

　数々の情報が理識を後押ししている状況に、心の中でニヤニヤが止まらない。さらに追加情報をくれる。

「また、ギルド員であれば割引対象になるはずです。ご利用でしたらその辺も含めて販売カウンターにて確認お願いします」

　聞くが早いか、販売カウンターの場所を確認して動き出す。一〇〇束もの数を買えるかはわからないが訊いてみるしかない。最悪半分でも手に入れば市場を回るリスクも減る…そう思って。

しかしそんな最悪の想定はスルーされ、結果はあっさり完遂。元々薬草の価格はそれほど高くはないが、本当に大量の入荷だったらしく、むしろ値崩れ気味。いち早く買占め…ではないが、タイミング良く買えたのは運が良かったと言うしかない。

（多分こんなに美味しい依頼は今後二度とないだろうけどね！　あぁ、でももしかするとコザックって人がまた面白い依頼をするかもしれない）

依頼主の名を心のメモに刻む。ちなみに理織が買った薬草は一〇〇束七九カラドで、差し引いた儲けは四二一カラド。運ぶのは確かに大変だったが、荷車を借りてギルド内でちょっと移動するだけの約一時間でこれだけ稼げれば大満足。これでほんの少し首が繋がり、鼻歌が出そうなくらいにご機嫌だ。

また、今回のことで理織はギルドの杜撰さを目の当たりにした。とはいえ、理織からすると『お役所仕事ありがとう！』の一言しかない。

（って、まさかギルドの構造が問題の根源だったりしないよね……？）

世界規模で影響を及ぼすギルドの問題点を見てしまうと、確定ではないがスフィアの問題の一つなのかと思ってしまう。が、これだけの大企業の事業に口出しできるほどの身分も能力もない。

それにただの一組織が世界滅亡に加担する方が難しい。結局この世界の問題の一つだとしても先送りにするしかないと考えながらギルド内を探索する。

昨日は討伐カウンターしかいっていないので今日は作成カウンターを見学にいく。足りない情報と力、さらに焦りまで追加されれば死亡フラグまでまっしぐらだ。

（まぁ、今考えても仕方ないし僕は僕の強化を優先するべきだよね。それでなくてもこのままじゃ明日には獣の餌になりかねない。スキルは取ったし次は装備かぁ…安いのないかな）

理織はメイン武器を何にするかでかなり悩んでいた。基本的に理織は『見知らぬ誰か』と戦う予定がある。それが知恵なのか力なのかは別だが、何もないゼロの今、できる限りどの分野にも有利な装備を選ぶ必要がある。熟練度の関係でおそらく一つか二つくらいしか上げられないのだから。

（むぅ…どんな状況でも使えるなら基礎扱いで取るんだけど。筋トレでもやろうかなぁ……身体作りしておかないと、武器手に入れても振り回され……⁉）

そこでハッと気づいて昨日教えてもらったことを思い出す。そして何かに引っ掛かっていたこともだ。この思い付きに間違いないはずだが確信はない。わかるかどうかは脇に置いてとにかく調べようと理織は行動に移すべく、目的地を総合受付へと変える。

「すみません、伝説とか、伝記とか、英雄とかの本ってどこかありますか？」

「それでしたらギルドの別館に図書館がありますのでそちらをご利用ください」

受付の女性は綺麗《きれい》な笑顔で答えてくれた。討伐カウンターを思うと雲泥の差。お礼を言って教えてもらった場所へ急ぎ足で進む。

頭の中で整理していくが、やはり理織の中では今考えていることはまず正しい。今の理織から少しはマシになる可能性があるので気分が高揚していた。

第五章

# 英雄の条件

受付で教えてもらった図書館に着くと男性の司書が出迎えてくれ、初めての理織に利用時のルールを教えてくれた。

ギルド員は入る際は二〇カラド、出る際に一五カラドが返却され、その差額の五カラドが利用料となる。カードの提示ができなければ利用料が一〇カラドになるらしい。

ギルドが持つ施設ならどこでも優遇されるのだろう。様々な特典は所持金の少ない理織にはありがたいものだが、何となく『ギルド員にさせること』が目的なのが透けて見える。

どちらかというとギルド員の使用料が正規料金で、一般の人の使用料を引き上げているような感じか。身元不明な相手を入れると思えばそう外れた施策ではないが、名簿作りが真の意図のような気もしてくる。

日本でも手に入れた卒業アルバムを売り買いする人を思い浮かべながらぼんやり考える。

「何で何度もお金のやり取りがあるんですか？」

「前払いは当館で問題行動を起こした際に没収されますので『最低額の罰金』とお考えください。被害によっては当然追加での請求もありますが、広く使っていただくために入館料を抑える工夫、と受け取っていただければ幸いです」

やんわりと答えた司書の言葉を理織が頭の中で嚙み砕いていく。わざわざ面倒なやり取りがあるのは恐らく使用料だけだと賠償を踏み倒す輩が現れるからだろう。そこを見越して値段を上げれば使えず、安くすれば格が下がり、差額をなくすと踏み倒される…どうやらクレーマーはどこにでもいるらしいと苦笑いしてしまう。

残りの説明は『暴れるな』とか『私語は控えろ』とか『備品を大事にしろ』と普通のことだった。それらの注意事項を聞いて理織は確信を得るべく颯爽《さっそう》と部屋に入っていくが、部屋に入って一瞬考えて折り返し、司書に質問する。

「すみません、伝記とかで強い人が載ってる本ってありますか？」

詰所で宿屋とギルドの場所を訊いたときからそれほど成長していなかった。

司書に教えてもらった場所で資料を探し歩く。やはり図書館は討伐カウンターと比較にならないほどの本の数。壁の全面が本棚で、本棚同士の間には明り取り用の縦長の窓《スリット》。本を傷めないための配慮なのか全てに遮光布《カーテン》が掛けられている。それほど広くはないはずなのだが天井が高くて広く感じるのは縦長の窓のお陰だろうか。

いくら広くないといっても、この広さから本を探すのは難しい。訊いておいて良かったと思う理織は、過去の偉人・英雄の本棚を見つけ、適当に本を選んでいく。

（あぁ……【言語知識《バイリンガル》】があって良かった）

話もできなかった当初を思い出すと病みそうなので、事実をポジティブに受け止め、適当に納得して読み始める。

理織が勉強嫌いの理由は『いらない』と思うからだが、人間誰しも『必要に駆られる』なら何とか頑張るモノだ。苦手な勉強とも言える資料漁りを率先してやるのもその一つだろう。

書架から本を引き抜いてはタイトルと目次、気になる箇所をざっくりと読み進めて戻す。繰り返し行われるこれらの作業は目当てのものが見つけられないからだ。

（んー…やっぱり目立たないからか書いてない…。それに本によって字が違って読みづらい。しかも内容が会話に近いし、伝記とか日記にしか見えない…まぁ、極論個人の記録ってそうなんだけどさ！）

本を読み進めながら心の中で文句を言うが、スフィアでの本は高級品であり嗜好品の扱い。

紙自体がそこそこ高く、その高級品を束ねた本はさらに高いのは当然のこと。何より初版・重版問わず人が書いたもの。製本する技術はあるものの、結局のところほぼ全てが手作業であり、どの場面でも些細なミスで前の工程全てが台無しになってしまう。これだけでも十分高級品の素質大ありなのだが、そもそもスフィアは識字率が低い。つまり欲しがる人も少ないのだ。

ついでに言えば作家が本を出せる頻度もそう高くない。書いては修正、修正しては追加するといった作業に大変時間が掛かる。現代日本のようにパソコンで書き足し、修正、推敲《すいこう》などできるわけもないのだから当然だ。

初版が貴重品で、写本であっても手間暇が掛かり、買い手も少ないとなっては値段が下がりようもない。

とはいえ、そんな事情など理織に関係はなく、今はただただ読みにくいと感じるのみだ。

いい加減調べ方が悪いかも、と思い始めたあたりでようやく目当てのものを見つける。書き方があまりに空気だったので今まで完全に見落としていたらしい。

（なるほど、こういう風に書かれてるのか…なら、こっちの本でもこの辺かな…？）

『勇者の資質』や『英雄の証明』と共に書かれていたのは『異常な習得速度』や『洗練された動き』というもの。

一例が発見されてからは、他の本でもようやく目当てのものを見つける。気になる本を引き抜いてテーブルへと移動し、抜粋したサンプルを並べてにんまり笑う。

テーブルに広げられているのは剣の勇者、盾の守護者、国難を救った英雄、その英雄と共に歩いた魔法士。武王と呼ばれる建国者、神の御使いの二つ名持ちの治癒術士、出自不明で存在すら怪しい暗殺の天才、必中と謳《うた》われた【鷹の目《ホークアイ》】持ちの弓兵。

こうしていくつもの英雄譚《たん》、伝記を並べると共通点が見えてくる。それは規格外の英雄たちの誰もが【体術】を持っていた。ただ明確な表記がない者も多数いるのは、この【体術】が【格闘術】の下位に当たり、上位である【格闘術】の弱さを知るスフィア人は、誰も手を出さない死にスキルだからだ。

　しかし非常識な理識は気にしない。


（身体の動きって当たり前すぎて誰も気に留めない。専門家になるほど自然にできるようになってるし、そもそも【格闘術】がスフィアでは役に立たないって有名。これが原因で『身体を使う』ことに誰もが目を向けない。それなら『武器を扱うスキルを手に入れた方が良い』って結論になる。昨日短剣をすすめられたのも、スキルを持つ素手よりただ武器を持つ方が良いって意味だしね）


　単なる強化ではなく『身体を駆使するスキルだ』と理識は昨日と今日で調べた資料から導き出した。

　ロボットのぎこちない歩行が証明しているように、思い通りに身体を動かすのは非常に難しい。もしそれが簡単なら誰も動作訓練を必要とせず、誰もが同じ結果を手にすることが可能だろう。

　だが現実はそうはならず、自由自在の難易度を示すのが反復練習になる。これは素振りや型など、身体に『最適な動き』を刷り込む作業であり、同じ能力の者が競い合えば、ほぼ確実に競技に精通している者が勝つ。

　つまり同じ能力で明暗を分けるのは、『動きが最適化されているかどうか』に尽きる。


（英雄たちは『大事な基礎』に【体術】を持っていて、他のスキルの下地になっている。だからこそ、全く同じスキルや能力、熟練度でも【体術】の分だけ打ち勝てる。文字通り『身体を使う』という一点でパッシブスキルの【体術】を常に併用しているからね。伝承や伝記には、その辺が『英雄の証明』とか『異常な習得速度』って書かれているけど実際は違う。世界《スフィア》の常識を無視して【体術】を持ち、そのお陰で能力以上の結果を手にしているからだ）

【体術】が下位スキルなどとんでもない。これはまさに全能力が出せる破格なものだろう。

この結論に行き着く際に引っ掛かったのは『武器を持っていないときは便利』という言葉。つまり『装備を必要としない状態』でもスキルを使っていることになり、熟練度が上がるという事実。

それは歩いていても、走っていても、剣を振っていても、槍で突いていても、魔法を使っていても。極端な話、寝ているだけでも身体を使っている。

動きに根付くため、あらゆる条件下で発揮される【体術】は、何にでも対処したい理熾には的確なスキルだろう。まさに常時発動型のパッシブで、死角なしの基礎スキルとの確証も得た。なくても困らないかもしれないが、あった方が断然お得。さらに思い切れたのが、残る５ＳＰで取得できるところだ。

（かなり優秀なはずなのに、ＳＰ消費が安すぎる気がするんだけど…何でだろ？　誰でも取れて、誰も取らないって場合はとってもコストが安いのかもしれないなぁ）

そんなことを思いながら、今度は躊躇いなくスキルを取る。これで手持ちのＳＰは使い切ってしまった。次にＳＰが手に入るのは【神託《オラクル》】かＬｖが上がったときのどちらかだろう。しかし今までを振り返ると前者は難易度がおかしくて望み薄。報酬が運良くＳＰばかりでもないはずだ。

（となると…Ｌｖ上げになるわけだけど、魔物とか動物倒せば経験値が手に入るのかな？　討伐っていうくらいだし殺さないとダメなのかもしれないなぁ）

理熾は『自分が生き物を殺せるのか』と精神的な嫌悪感を危惧する。加えて人同士の殴り合いですらほぼ経験のない理熾からすると、能力的な意味でも疑問を持つ。何せ魔物や魔獣は理熾を『殺しに掛かってくる』のだから。

陰鬱な予想を並べても気が滅入るだけなので、テーブルに並べた伝記やら英雄譚を元の場所に返し、改めて司書に目的の書架を聞きにいく。せっかく来た図書館なのだ、色々調べてから出た方が懐に優しい。

「すみません。アルス付近で出没する魔物、魔獣、動物の一覧ってありますか?」

「そうですね…あちらの棚に魔物・魔獣・動物の図鑑がそれぞれあるはずです。生息図も掲載されていますが…欲しいのは逆ですよね?」

「はい、ありますか?」

「そういった物が必要でしたら討伐カウンターにて討伐対象とそれらの分布図が掲載されています。こちらにもありますが、情報の鮮度はどうしても討伐カウンターにはかないません。最新のものをお求めならばそちらをご参照ください」

先程案内された棚にも一応分布図はあり、定期的に更新もされているがやはり最新ではない。新種や遭遇率等の資料はやはり討伐カウンター《本家》の方が良いようなので、魔物の資料は一旦諦める。

そうなると常識を優先すべきだろうが、結局自己強化に落ち着き、司書に問うた。

「魔法関連の本ってありますか?」

「はい、あちらに。効果・属性ごとに並んでいますので、順番を変えないようにお願いします」

ある意味当初の目的通りでもある、魔法についての基礎知識を学ぶべく言われた棚に向かう。理織には魔力がほぼないので魔法が使えるかもわからないが、使ってみたくて仕方がない。そのためにこの世界に来たと言っても過言ではないのだから。

書架に辿り着き、目当ての教材を手に入れて読み進める。相変わらずの主観的な文章を頭の中で整理し、組み立て直していく。

どうやら魔法はメインで使う魔力の所在によって大きく区分けされるようだ。

一番簡単なのは自身が持つ魔力を利用する魔法。近代魔法と呼ばれ、どの属性でも適正さえあれば扱える。現在はこの方法が主流なため『近代』と呼ばれている。

二つ目は自分の魔力を精霊や神霊などに捧げて力を借りる代理魔法。

力を借りるための契約が必須でスキルのみでは扱えないが、近代魔法より遥かに効率良く結果が得られる。ただし魔法の設定を契約者《パートナー》に全て任せるため扱いが難しく、威力や属性が契約者《パートナー》に依存するなどの制限もある。

三つ目は世界に流れる魔力を施設や地形などを利用して行使する儀式魔法。

時間・地理・環境など、様々な要素が含まれるため、『魔法装置』として完成しているものが多い。俗に言う魔法陣であったり、特殊な魔具や形式であったりと多くの制限が掛かり、使用魔力や発動効果が大規模になりがち。対して魔力は場や道具から吸い上げるので、要求される技術はともかく、術者への魔力負担は規模に比べて小さい。

四つ目は今や扱える者がいない、もしくはごく少数の古代魔法。

儀式魔法と同じく、世界に存在する魔力を施設や形式を経由せずに『個人』が利用する魔法で詳細は失伝してしまっていて不明。

以上四つが基本的な魔法である。

その他にも、代が続くほど特定の能力が上がる継承魔法や、儀式魔法の亜種である呪法などがある。

(本の中では近代魔法がとっつきやすいのかな？　少なくとも自前の能力使ってるわけだし…まぁ、僕は魔力なんて感じないんだけど)

まさに前途多難だった。必ずこの先ぶつかるであろう、遠距離攻撃に対する方法が我慢しかない可能性が出てきた。今では【体術】を持っているので、それなりに回避や防御はできるだろうが……。

(範囲攻撃とか精神系だと回避の方法がなくて相性最悪。どう考えても手持ちのナイフだけじゃ対処できないなぁ…仕方ない。魔法については【スキル取得】で何かベース用に一つ取って他のも覚えよう。とりあえずは補助魔法系かなぁ…？)

魔法の対象を絞って改めて調べていく。魔法にも攻撃、防御、補助、回復などいくつか種類があるが、効果によって辛うじて分かれているだけで、それほど明確に分かれてはいない。防御魔法は支援・補助に分類もすることができ、回復のカテゴリーでも耐久力を上げるものがある。明確にわかるのは『害する魔法』である攻撃魔法くらいだろうか。

それぞれの魔法が明確に分類化されていないのは、単に『技術として確立されていない』からだ。

技術の改良や効率化の発見を行っていっているが、『そもそも』の部分が誰にもわかっていない。言うならば、テレビは使えるし見られるが、内部の構造は誰もわからない感じだろうか。

（わからないけど使えるし別に良いかってことかな。僕もラジオとかテレビの構造わからないしなぁ……って、もし科学技術の構造を知ってこの世界に来てたら凄く強いんじゃ…？　剣と魔法の世界ってくらいだから銃なんて存在してないはずだし）

ある意味愕然とする。この世界には身体以外何も持ち込めなかったが、知識だけは肉体に付随するため別だったわけである。何とも皮肉なもので、中学生の立場では知りえない技術を駆使すれば、どれだけ身体的に無力でも、その差を補える可能性が見えたからだ。

（これはこれで凹むなぁ…まぁ、中学生が銃の構造に詳しいのはおかしな話だし、納得しようそうしよう）

何とか自分を慰める。別に銃に限った話ではなく、どんな技術でも知っていれば楽に生きられそうなことも黙殺する。ないものねだりをしている暇などない。

そしてそれにしても、と頭を切り替える。

（複数の効果を混ぜたら区別の付きにくい魔法を使えるようになるかも？　そうすれば対処法も難しくなるのかなぁ？）

納得と想像をしていく。根っからの魔法使いではないからこういう発想に至る。

むしろ理織としてはどんな属性も使いたい。特に失伝している古代魔法は、近代魔法を取っ掛かりにして覚えたいと考えていた。それもこれも理織の魔力が絶望的に低いからだ。思いは切実である。

その後も『補助』や『回復』と呼ばれる魔法を頭に入れていく。使えるかどうかはこの際関係ない。

気づくと日が傾いた夕暮れ……いや、最早夜だった。

結局、三時過ぎに到着した図書館で四時間ほど勉強していた。日本にいた頃を思えば驚異的な集中力だった。

そんな理織の図書館を出て初めて発した言葉が「お腹すいたなぁ」と間の抜けたもの。スフィアに降り立ってから、冴える閃きを連発する理織の行動や思考を知る者がいれば脱力しかねない。

あけみやで出された夕飯はやはり掛け値なしに美味しかった。近くに海がないことに加え、河川でも流通するほど魚を獲ることが禁止されているアルスでは魚料理が高級品らしい。生態系の概念があるわけではないが『魚を獲りすぎると魔物が増える』との経験則によるものだった。要は魔物たちが餌を街に求めるのだろう。

そんな高級品とされる魚が出されたわけなのだが、これが美味すぎた。食事が美味しいとされる日本から来た理織が衝撃を受けるレベル。頬どころか顎が落ちそうだったのは大げさではない。きっと料理系のスキルを持ち、なおかつ追随を許さないほどの技量なのだろう。

そんな絶品料理をほくほく顔で食べていると、宿屋の受付嬢のセリナが給仕の合間に質問した。

「ねぇ、リオ君。君は身体をどこかで洗っているのかな？」

「えっと…ちょーっとバタバタしてたのでちゃんとは洗えてないです。一応濡れた布とかで拭いていますが、水って貴重みたいなので…臭いですか？」

濡れた布で身体を拭いているだけなので、現代日本からすれば『少しベタつくかな』と感じる程度になっていた。ちょっと風邪を引いたらありえる程度の不快感だ。臭うとまで言われると傷つくが仕方ない。

理熾の頭に顔を寄せ、すんすんとニオイを嗅いで「まだ大丈夫…かな？」とはセリナの言葉。多少汗の臭いがするが、この世界では気になるほどではない。

そもそもスフィアでは建設費に加えて運用費も高いため、日本のように一家に一つ浴槽を作れず、毎日風呂に入る習慣はない。

「お風呂とかって入りたい？」

「え、お風呂あるんですか？」

理熾にしてみれば驚愕の事実。実は入浴に関しては宿代に含まれていた。一般客の相手なら説明の中に含まれるが、理熾は宿泊客かどうかも微妙なところ。説明も部屋番号くらいで終わってしまっていて、セリナも『風呂に入っているようには見えない』ことで、浴場のことを説明し忘れていたのを思い出したくらいだった。当然あけみやには食事と睡眠のためだけに帰ってくるだけの理熾は知るはずもない。

スフィアで使われる浴場は、貴族やギルドが所有・管理する公共サービスの側面のある大衆浴場が主流。このアルスでは、区画ごとに領主が持つ大浴場と、その一つを買い上げたギルドの大衆浴場があるが、理熾に『銭湯』の知識がないためギルドでも質問しておらず、単に『風呂はないもの』と考えていた。

【神託《オラクル》】報酬の『スフィアの常識』には入っていなかったのも痛い。

「うん、最初に説明し忘れてたみたい。ごめんね」

さらりとミスを謝罪してくれるが、日本から既に三日目ともなれば理熾はそれよりも汗を流したい。すぐに浴場の場所を聞いて入りにいく決意をする。パジャマなどの楽な部屋着がないのは非常に残念だった。

何というかアルスに到着してからは不運がかなり改善されているが、恐らくこれからが不運の本番なのだろうと、ポジティブなのかネガティブなのか判断に困る思考で理熾は気を引き締める。

「そういえば服もずっと同じの着てるわね…？」

「えっと…一応これ、毎日着られる服なので…」

言葉を濁すのは着替える服がない上に買えないからだ。この世界の服は裁縫も全て人の手によるもの。種

類や枚数が作れずユニセックスタイプも多いらしい。つまり結構高価なものになる。

肌着にしていたシャツは、今朝さらっと洗って部屋に干していた。日本が真夏でなく、初春あたりで少し多めに服を着ていたことが幸いした。

「でも不便でしょ。目立つし洗えないと臭いが付いちゃうし。お父さんの服でよければ……って、体格が全然違うか」

「いや、そこまでしてもらうのはちょっと…」

見ず知らずの理熾を無料で泊めてくれているだけで十分すぎるのに、これ以上となるとさすがに気まずい。どうやって断ったものか、と頭をめぐらせていると、セリナは「そうだ、良いこと思い付いた」と頬を緩ませて続ける。

「私のお古をあげよう。スカートじゃなければ良いよね？」

どういう理由か、そういう結論に至ったらしい。しかも既に用意されていたかのような素早さでにんまりと笑みを浮かべて服を手渡すセリナと、頬を引きつらせて「え……？」と凍りつく理熾。

古着は確かに『女の子タイプ』のものではなく、何より新品ではなく古着なので、何もかもが足りない理熾はありがたくもらうことにする。

ちなみに理熾には『古着だから良い』といった斜め上の発想はない。単に新品をもらうわけにもいかない遠慮からである。まぁ、あえて告げる必要はないはずだが。

今回渡されたものは一応女物ではあるものの、動きやすい服を選んでくれていたが、本来であれば身体のラインが違う性別の服なのに着れてしまうという事実が恥ずかしい。男として。

ただセリナは「凄く似合う！」と大絶賛。それはそれでどうなのだ、という思いが溢れ出て、理熾は改めて残念に思った。男として。

# 第六章 ハイキング

昨日起きたあれやこれやを思い返しながら、学生服ではなくセリナの古着を身に着けて歩く。

今朝顔を合わせたときの『やっべ、この子似合いすぎ』の表情が忘れられない。男なのに。

ともあれ、近いうちにまともな装備を…いや、衣服を買う必要性を再認識する。元々必須だったのを後回しにしていたことでセリナに迷惑を掛けてしまったのだから、できる限り早急に、と決意する。

そんな風に新たな衣服に袖を通して街中を歩く理織は違和感を覚える。

（何だか凄く身体が軽いんだよね。もしかして【体術】の効果？　嘘でしょ…たった一つのスキルでここまで違うの…？）

【体術】は効率良く身体を動かすスキルで、普段通りに動かしているつもりでも『全能力』を使用しているのだから当然といえば当然だ。しかしこの劇的な変化に戸惑いもする。

（うわぁ…なんでこれ誰も気づかないんだろう？　やっぱりスフィア人って馬鹿ばっかなのかな？）

持たなければ気づけないのだから仕方ない。何にしてもたった一つの気づきで馬鹿にするとは大変失礼な話だった。

討伐カウンターに着くと、まずは討伐依頼を見て回る。今の理織が受けられる依頼はFとGと誰でも受けられる『フリー』のみ。ざっと討伐対象を見て名前を覚えてから、弱そうな相手を見繕う。さらに昨日図書館で調べられなかった魔物の分布図を眺める。

目的は移動が片道徒歩一時間以下の距離で、なおかつ初心者でもせめて拮抗できる程度の相手。理織は発想と思い切りを大事にするため、『石橋を叩く』ようなことをあまりしないが、スフィアへ飛ばされた際の、ある意味で神の手腕を思い出して気を付ける。

できる限り問題の穴を塞いでおかないとホントに泣くに泣けないからだ。後悔先に立たずの言葉をこの数日間に嫌というほど身に刻んだばかりなのだから。

（そもそもの話なんだけれど…僕ってどれくらい戦えるんだろう？　誰かと戦ったわけでもないし、練習したわけでもない。ここへ来てやったことは走ったくらいだし…まぁ、弱いことだけはわかってるんだけどさ。とりあえず依頼を受けずに報酬がもらえるものからやろうかな。失敗時の違約金すら払えないし）

そう、ほとんどの依頼は失敗すると依頼主にはギルドから『謝罪』と共に『依頼料＋違約金』の支払いを行う。これは依頼を受けたギルドから依頼主に対する『不履行時の保障』として契約内容に含まれている。

その際に発生した違約金は失敗したギルド員が支払うが、ギルドに支払う額は依頼主への違約金より高くなる。これはギルドからギルド員への『制裁』と『代理解決料』になり、ギルド員は依頼主と揉めないためにも違約金を支払う義務を背負う。自由気ままにやっているように見えてギルド員もそれなりに縛られる立場にあるわけだ。

（まぁ、違約金なんて普通に考えれば当たり前だよね。お店で買った食べ物が腐ってたら下手すると裁判沙汰だしね。なのに問題が発生したら間に入って解決してくれるんだから、ある意味『保険屋さん』もやってるようなもんだよね）

組織として大きいからこそできる対処である。感心はするが今の段階では必要ない。というより違約金が発生する可能性がある中で『自分の実力がわからない』のはありえない。せめて練習相手でもいてくれれば…と思うのだが、ここには知り合いすらいない。

（うーん…ギルバートさんって警備兵だし、訊いてみようかな？　いや、ギルドで訓練とかやってないのかな…？）

疑問に思ったことはすぐに訊く。時と場合にはよるが、あまり後回しにしても良いことがない。理熾がスフィアに来てから行うようにした習慣だ。

まずはカウンターで訊いてみる。やはり受付の人は不機嫌そうだった。

「すみません、ここで訓練とかできますか？」

「はい、可能です。ギルドカードを提示していただいて利用したい施設を伝えてください。ただし施設によっては利用料が発生しますのでご確認ください。今回の場合は訓練場ですね。利用料は不要ですが備品を壊された際は請求が発生しますのでご注意ください」

そういえば図書館に入る際も渡していたな、と理熾は思い出した。スフィアでのギルドカードはとても万能だった。言われた通りにギルドカードを渡す。

「…もしかして登録して間もないのでしょうか？」

「え、はい。一昨日登録したばかりです」

新規加入者の扱いが非常に軽く、ギルド内での連絡はどうなっているのかと疑問に思う。まだ何の功績もないので仕方ないかもしれないが、ギルド員に対する興味がとても薄い感じがする。

一番手のかかる時期のはずなのに、と。

「でしたら『初心者講習』というものが存在します。参加は無料で、討伐者としての心得等を教える場となっております」

その提案に少し考える。いくら弱いといっても、討伐者を目指す以上、最低限の戦力を持たねばならない。その物差しすらない理熾が『自分がどれくらいできるのか』を見るのには良い機会だろう。

それと同じく、自分が同じレベルに到達しなくてはならない人たちが『どの程度か』も見られる可能性がある。少なくとも講習生の平均値があれば最低ランクの討伐は行えるはずだ、と考えた理熾は参加することにした。次は少なすぎる情報の確認だ。

「それって半日とかで終わるんですか？」

「いえ、三日間の合宿形式になります」

「合宿…ご飯は持ち込みですか？」

「ギルド員の方々に一定以上の実力をつけていただくためのものなので、合宿中に発生する消耗品の費用は全てこちらで負担させていただきます。持ち込むものは着替えや普段の装備くらいとお考えください」

確かに名簿に載っているだけで役に立たないギルド員は邪魔だろう。ギルドの本業は派遣業であって名簿屋ではないのだから。

「開始日はいつですか？」

「直近だと二日後。受付の際ギルドカードをお預かりし、行程が終了次第返却致します。なお、受付は明日の夕方五時が締め切りになります」

「…まだ時間あるみたいなので少し考えます」

理熾は礼を言ってカウンターを後にする。

講習開催中は泊り込みの合宿らしいので身分証など必要ないだろう。しかしそれまでは街の生活に必要だ。なければギルドの利用や外出は不可。気づけたからよかったもの、身分証明なのでどのタイミングで必要になるかがわからず、おいそれと預けられないものなのに。

（とりあえず今日は魔物と分布図見たしギルバートさんのとこに寄って帰ろう。時間があれば少し街の外を探索してみるかな？）

本日のお仕事終了を決めてギルドを後にし、ギルバートに会いにいく。場所は危険と安全の境界線。外壁にある詰所だ。待ち合わせはしていないのでいない可能性もあるが、今回は前回みたいな早朝ではないので遠慮なく詰所を訪れた。

休憩時間なのだろうか。詰所では警備兵数人が雑談をしていた。関所なので見張りや持ち物検査をしているものだと理熾は思っていたのだが……随分と緩いようだ。

「すみません、ギルバートさんいますか？」

「いや、ギルバートさんはいないぞ。何か用なのか？」

「いえ、挨拶したかっただけです」

いないのなら仕方ない。そこまでこだわる必要もないので、お礼を言ってあっさり引き下がる。この場で宿に戻る選択も考えたが、空を見上げればいかせんまだ日が高い。というよりは昼になったばかりだった。

現状では『時間を余す』ことはできないと思い直し、本日の仕事を再開する。結果的に短い休憩だった。

「あ、でもちょっと外へ出たいんですが良いですか？」

「ん？　あぁ、だったら身分証明書見せてもらえるか？　出入りの際は全ての人に見せてもらっているからな」

どうやら出入りの際に確認するのは『今誰が街にいるか』を残すためのようだ。最初にアルスに入る際に、身分証明かステータス表示の二択を迫られたのはこのためなのかもしれない。把握していないと危なっかしくて仕方ないから当然の対応なのだが……。

(街の出入口ってここだけじゃないのに、毎日確認するのって大変じゃないのかな…？　出入りの時間まで全て書かないと情報を合わせたときに『いない人』とか『不審者』が出てくるけど…)

考え始めたがやめておいた。警備兵を目指すわけでもギルバートの仕事を知りたいわけでもない。理熾には全く関係のない話だ。ただ何故だか最近こういう、問題点の粗探しをしている気がする。それこれもこれこも問題すら出題されずに解決してこいと言った馬鹿神のせいだろう。

ギルドカードを提出した理熾はあっさり通され、身分証の効果をはっきりと感じた。

アルスの街を出ると、やはり見渡す限りの草原で、向こう側が完全に霞んでいる。つい数日前にこの平原を突っ切ってきたことを思うと『我ながら凄いな』と理熾は思う。

相変わらずの平和な光景を眺めながら理熾は少し散策に歩く。すぐ逃げ込めるように街からあまり離れすぎないように気を付けながら。

(凄いなぁ…空気が澄んでるように見えるのに向こう側が霞むって…日本じゃまずこんな光景見られないよ

ね。

そういえばこの平原は季節でも野うさぎをたまに見かける程度で、魔物はあまり出ないっぽい。群棲してるわけじゃないらしいし、あの【神託《オラクル》】は一体何だったんだか…。

他にはグラウンドラット《モグラ》みたいなのとか、たまーにサンドワーム《でっかいミミズ》とかがいるけど、どっちも地面の中だから出てくるまでわかんない。しかも両方とも地力を回復する益獣ってことらしくて倒すとむしろ怒られる。ほんと世の中ままならないよね！）

切り開く必要のない平野は、新たな開拓地に選ばれるほど平和な場所。そこに魔物の影を求めるのは間違いだろう。ただ魔物・魔獣はどこにでも生息している。特に森林は見通しの関係から、人にとって迷惑極まりないモノが隠れる絶好の空間となる。

だから最低でも柵、できれば壁、完璧を期するならさらに高く強靱な城壁といった具合に、周囲の森や山を切り開き、人との領域に線引きして対策せねばならない。

（平原方面は何故か開けてるけど、アルスって結構ぎりぎりまで…城壁から二〇～三〇メートル程度で森なんだよね。僕でも森まで走って一〇秒掛からないんだけど、こんな近くて大丈夫なのかな？）

平原を横目に、理熾はアルス外壁の外周を回っていく。入口は限られるものの、これだけ街と近ければ何かあっても逃げ帰れる。

トコトコと歩いては止まり、周りを確認するのを何度か行う。その間にも森を見るとどこまでも平和そうに見える。

（こんな近くに魔物とかいるはずないよね。後のことを考えると少しくらい森の中を歩く訓練しないといけないだろうし入る…？　でも森に分け入る力もきっとないし…。うーん…とりあえず『森の端っこ』を歩こ

うかな）

　思い立った理織は森に近付いていく。たかだか街から三〇メートル森に近付いただけなのに、とてつもなく心細い。人は予測不能の事態や未知、暗闇に対して本能的な恐怖を持つが、理織も類に漏れずその恐怖を感じていた。

（うわぁ…何というかスフィアの森って結構暗い？　多分日本みたいに整備されてないからかなぁ…木が密集してるし原生林って感じ？）

　原っぱと森の境界線。木々の手前から森の奥を見る。昼間で日が高いので暗い印象はないのだが、木々が視界を邪魔して奥まで見通せない。目視できる距離は約一〇メートル程度だろうか。視界が利かず、嗅覚・聴覚は獣に及ばず、触覚・味覚はこの場合意味がない。

　そもそも身体能力や本能を削って知性を高めた結果が人なので、そういった分野で獣に勝てるはずがない。現状なら真正面から攻撃を受けても負けそうなのに、奇襲まで受けたら抵抗も何もないだろう。

（あぁ…これ人の能力《チカラ》だと襲われ放題じゃないの…？　でも逃げてたら何もできないし……ていうか、この森を突っ切れないなら討伐者なんてなれないよね…よし。せめて出てきた門以外の場所までは頑張って森の表面を歩こう。足場も悪いし、五感もあんまり役に立たないから訓練になる…よね？　よね？）

　誰に対する質問かはわからないが、危険な場所での行動が見返りゼロではさすがに泣ける、と方針を決めたのは昼を少し過ぎた頃だった。

　森の表面とはいえ整備されていない原生林。散歩より踏破《ふさわ》と表現する方が相応しいだろう。ちなみに理織は知らないが、当然のようにＬｖ２でやるようなことではない。

　周囲を警戒しながらも頭の隅っこで理織はスキル構成を考えて歩く。現状持っているのは日常生活に必須な【言語知識《バイリンガル》】と、パッシブの中でも選りすぐった【武術指南】【体術】【成長力強化】【身体能力強化】の合計五つ。

身体が普段より軽く感じるのは【身体能力強化】と【体術】のお陰と推測できる。ついでに【武術指南】も『【体術】に対して効果中』なのかもしれない。確信がないのは数値化できない上に前例も存在しないからだ。

（ざっとした効果は調べ済み。わかってもいるつもりだけど、深いところで言えば何も知らないんだよね……もう少しスキルの詳細見られれば良いんだけどなぁ。……まぁ、そんなことできたらもっとスキルの所有者とか多いだろうけど）

それもそのはず。スフィアにおいてスキルとは確かに技術ではあるが、世界に認められることによって能力以上の力を扱えるため、むしろ『恩恵』の側面が強い。故にそこに『何故なのか』といった疑問はなく、ほとんどの者は『そういうものだ』と思って生きている。

よってスキルに対する研究とは取得条件や効果的な使い方でしかなく、実は『スキルとは何か』などの明確な答えが存在しない。あるのは経験則の説明だけだが、それには誰も気づけない。

（身体が軽いのはきっと【体術】のお陰だよね。でも【身体能力強化】もあるからなぁ……。いや、図書館を出てから実感してるから【身体能力強化】とはまた違うか。重複効果はありそうだけど…どっちの効果が先かで結果も違うしややこしい）

たとえば能力値が10の場合、【身体能力強化】で1が足されるとする。【体術】の効果が先であれば、10の【体術】に能力が1足される形になり、逆に先に【身体能力強化】が先であれば『10＋1』の【体術】が扱える。

例に挙げた数値は小さいから気にならないかもしれないが、後者の方が全能力を使う【体術】の恩恵を受けて明らかに強くなる。簡単に表現すれば『【身体能《能》力《カ》強化】は足し算・【体術《スキル》】は掛け算』で、技術系のスキル効果が『最後』に来るとより強力になる予想が立てられる。しかし現状どういう風に関係しているかの可視化はもちろん、そうした研究成果も見当たらないのでブラックボックス。やはりこの世界は随分と歪《いびつ》な学習構造をしていた。

（できれば『今こんな効果中です』とか、『何にどんな効果を与えてるよ』とかがわかれば良いけど、スキル同士で効果が重複するとかは特に書いてなかったな…。そういうのを『調べるスキル』ってあるのかな？　いや、あるならもっと詳しく説明されてるよね…）

そんなことを考えながら森の端を歩く。

森の奥へ入っているわけでもないのに腐葉土のせいか地面がとても柔らかい。掘り返したばかりの畑を歩いているように感じるほど沈み、まっすぐ歩くだけでも足を取られて難しい。そこに木の根があちこちに這《は》っていて邪魔をする。逆に沈むと思っていた地面が木の根や石だと、沈まず身体の制御を狂わせる。

木々の隙間にも背の低い草や苔《こけ》も生えていて、一歩踏み出すたびに足に絡み付く草を引きちぎり、滑る苔を削りながら木の根を乗り越え、沈むかどうかもわからない地面を踏みしめる。

それだけでも十分な悪路なのに、木々の枝葉が視界を遮る。勿論視界を遮るだけではなく、服や身体に引っ掛かって進行の邪魔をする。理織の身長は高くはない…というより低いにもかかわらず枝が身体のあちこちに、だ。

挙句の果てに周囲を警戒しながらの移動。森の端っことはいえ、やはり森には違いなく、何より『森歩きの訓練』で分け入っている。襲撃がないと信じていても、だからと全く警戒しないわけにはいかない。現実的にも訓練的にも。

強行とも言える森の移動により、すぐに理織は息を乱して精神を磨耗させ、服を着ているのに体中小さなすり傷だらけ。たった数時間…出た門とは違う別の門まで歩いただけなのに、だ。

（これは、きっつい…何とか目標地点に着けたけど、普通に歩く何倍も時間が掛かる。何より気力・体力を使いすぎるよ全く…）

足腰に来ているらしく膝に力が入りにくくガクガクするし、精神をすり減らしたためか酷く眠い。一刻も早く身体を休めたいと森を出て、ギルドカードを見せて門をくぐり、宿に直行。何とかあけみやに辿り着くと日は既に落ちていた。

「リオ君、どこいってきたの？」

受付に立つセリナが、理織の惨状に目を丸くして上げた第一声がそれ。

昨日渡した服が一日経っただけでそこら辺がほつれている。ぼろ切れとまでは言わないが、延びたり引っ掻いた痕があり、足元は膝くらいまで泥と土と苔や樹液で斑点になっている。理織が女の子なら暴漢に襲われた後だと言われても納得する格好だ。

「うん、ちょっと訓練と思って出掛けてきました」

魔物と戦ったわけでもないのだから難易度なんてたかが知れている、と苦笑いしながら答える理織。まさか散策するだけでこんなにもズタボロになるとは思っていなかったからだ。

子供がこんな格好をしていては心配もする。セリナはあまりの惨状に唖然《あぜん》としながら「訓練って…一体何してたの…」と訊いた。この世界はとても身近に『死亡フラグ』が存在するのだから。

「森の端っこを散歩してきました」

「森とか子供がいって良い場所じゃないよ？　討伐をメインとしているギルド員でも、命懸けで入るんだから」

気負った様子もなくあっさり言い放つ理織に、セリナは慌てて言い募る。そんな態度に今度は理織が驚く番だった。どうやら思いの外《ほか》森での散歩はレベルが高いらしいと今更ながらに思い知る。

「えぇっ？　でも、ホント森の端っこですよ？　五メートルもアルス側へ移動すれば野原に戻れるし…」

「うーん…奥にいかなければ確かに大丈夫かもしれないけれど…危険だよ。それに服もそんなにしちゃって…とにかくお風呂に入ってきなさい！」

叱られる理織。子供がこんな格好で危険地域を歩いてきたと言えば当然だろう。討伐者になるつもりなのは知っているだろうが、それとこれとは別。そもそも何の装備も…いや、服装が『村人A』で森に入るなど狂気の沙汰。これでは討伐者見習いなどではなく、単なる自殺志願者でしかない。

「ぅーすみません。ただ、必要だと思ったので…次から気を付けます」

「なら、よし！　さ、お風呂に入りにいってね。靴とかの泥落とさないと部屋とか汚れちゃうから、むしろ今脱いで！」

すっぱりと言い切り改めて風呂をすすめられる。実際汚いのだから異論はない。

まぁ、疲労の極地にいる理織的は今すぐ寝たいのだが。

「え、でも着替えとか…」

「私が取ってくるし、今日だけは洗濯も私がしてあげるからさっさと入ってきなさい」

「わかりました、すぐに入ってきます！」

疲労度ＭＡＸの理織には何とも嬉しく優しい言葉。このままだと部屋に入った瞬間崩れ落ちるかもしれないと理織も考えていたので軽く感動する。改めて自宅の利便性を再確認しながら浴場に向かう。

脱衣所でさっと服を脱ぎ、言われたカゴに服を入れて扉を開くと広い浴場には誰もいない。時間的には夕飯時。

誰彼構わず使えるのは気が楽だ、とお湯で身体を流して浴槽に入って今日あったことを思い出す。

（森は危険だ。いや、まぁ…そりゃそうだよね。そこは知ってたけどセリナさんが取り乱すくらい危険だったんだなぁ…魔物とかの分布図見たけど結構大丈夫そうだったのにさ）

温かいお湯に浸かっているためか、思考もほんわか緩く回る。

最低ランクの魔物・魔獣なら普通の大人が軽く対処できる程度。とはいえ、群れたり個体差があったりと状況によっては危険性が千差万別のため、わざわざ戦おうと思う者はいない。手に入る利益と被《こうむ》る危険を天秤に掛ければ後者の方が高いからだ。

また、敵のランクが上がれば当然危険度も増す。このため、討伐者は戦力に特化していく意味で『人をやめる選択』をしないとダメらしい。

（にしても、森は大変だなぁ。ちょっと歩くだけでこれなんだから…。【体術】持ってなかったら途中で倒れてたかもね…）

ぼんやり考えるのはやはり自身の非力さ。理織の能力だけでは、たったアレだけの距離ですら到底踏破できなかったであろう。【体術】を取って正解だと思う反面、なかった場合を考えると恐怖しかない。

また、後半になるにつれて意識しなくても歩けたことを思い返して『次はもう少し楽かな』と考える。セリナに止められはしたが、理織にとって今できる最大限の訓練がこの森歩きのため、やめる気はなかった。

（まぁ、筋トレやるって手もあるんだけどね…）

ふと思い浮かんだ考えを『それではダメだ』とすぐに否定した。能力はどれだけあっても困らないが、使えなければ意味がない。

思い出すのは討伐カウンターで出会った強面《こわもて》の『筋肉』だ。

（あそこまで鍛えなくても良いけど近付いておかないと…近付く手段が今日の森歩きなんだけどさ）

鍛えられるなら実戦形式の方が効果的だろう。

目指す先は戦闘に耐えられる身体であり技術だ。それらは森や沼地、岩の足場の上で行われる。つまり森を歩くことが前提で、その上で戦う能力と技術が必要になるのだ。しかしそのための知識を理熾は持たない。調べたところで頭でっかちと成り下がるため、知識のなさを『まずは身体を動かす』ことで埋めることにした。

技術があっても森を歩けなければ意味がない。動作を楽にする【体術】も戦闘スキルの一つではあるが、目的が違うのだから『使わない』方が良い。正確には『頼らない』になるだろう。できることならば純粋に能力を鍛えたいものだ、と理熾は息を吐く。

（うーん…もうオーソドックスに剣買うかなぁ？　それかまずは接近戦用に手袋とか手甲とか買った方が良いかな？）

大した額にならないはずの初期装備に頭を悩ませるのは手持ちが少ないからだ。

浮いては消える考えを心のメモに書き込んでいく。いつか日の目を見ることはきっとある。だからこそ今の理熾がいるのだから。

そんなあれやこれやを思い浮かべながら身体をほぐしていく。気づけば結構な時間湯船に浸かっていたようで脱衣所に他の客が入ってきていた。少し騒がしいのは、恐らく夕食の後で酒も入っているからだろう。一緒になるのも何となく嫌だったので入れ替わりで出る。代わりに食堂が開いているのではないかと期待して。

「って…そんなはずないですよねぇ…」

夕食時というのはまさに酒盛りの時間。なのに『ご飯だけ食べて終わり』なのは明日が早いとか仕事があるなどの理由だろうか。見ている限りこの世界の住人の多くは酒好きなのだから。日本のように目移りするほどの娯楽があるわけでもないので自然なことかもしれない。

がやがやと騒がしげな食堂の端っこでいつも通り理熾は食事をとる。本日の夕食はかなり動いたので肉メインにしてみた。日本で言うところのハンバーグ。理織の大好きなメニューの一つだ。

届いたのは丸いお盆ほどの大きい皿。どう考えても特盛りサイズに見えるこの量が普通らしい。アルスの人たちはかなりの大食漢らしい。

大きな皿の手前半分にメインとなる素焼きのハンバーグが鎮座し、奥半分には三種類の丸い小皿に入った液体。こちらは液体調味料…タレだろう。左から白、黒、赤でとろみがあるように見える。理織の常識では赤は辛いだが、スフィアではどうかはわからない。

そんなメインの皿の他にも朝食でお馴染みの具だくさんスープ。ついでにサラダと、フランスパンを輪切りにしたようなものがある。どれを見ても美味しそう。

空腹スパイスが効いていたのは言うまでもないがそれはそれ。肉厚の素焼きハンバーグを口に入れると衝撃が巻き起こった。

（うっわぁ…肉が良すぎる！　歯応えのあるハンバーグって初めてだよ！　これにソース掛けるの勿体ないんだけど！）

しっかりと歯応えがあり、かといって嚙み切ってしまえばトロッと溶けていく。まずはノーマルで、などと思っていたがとんでもない。肉自体の味がしっかりと引き出され、甘いと感じるほどに旨味が滲む。

一気に食べ進めてしまいそうな欲求を何とか抑え、次は味がわからない白いソースを少し掛けてみる。

（おぉぅ…これは！　白いのに辛い！　辛いのって赤か黒かだと思ってたのに！）

思っていた味と違ったので驚いたが、肉の甘みで辛すぎず、ピリリッと引き締まるような味わいに変わっていた。こちらも気を抜けばそのまま回し掛けて一気に食べてしまいそうな衝動に駆られる。

しかしまだソースは二種類も残っている、と戒めて黒いソースを手に取った。

今度は酸味。ただ酸っぱいだけでなく何故だか癖になる。ポン酢のような和食を思い出させる優しい味。

手が止まらないタイプで、やはり気が付けばなくなりそうだった。

（あぁ…ご飯とか食べたいな。セリナさんに訊いてみたら出してくれるかな？）

受けた衝撃が別方向へ飛んでいる。今、目の前に鎮座する食事が大事なのに。

ぼんやり意識のまま最後の赤いソースを掛けてハンバーグを口に運ぶ。何故だか味がしない…いや、少し肉の旨みが際立ったように感じる。

（これ何だろう？　そんなに味はないけど素材を引き立てる的なやつかな？）

他の二種類とは明らかに微妙な味。思わず『これ必要かな…？』と考えていると、

「リオ君、赤いのは他のと混ぜて使うんだよ？　壁に掛けてあるメニューの横に説明書いてたと思うんだけど…」

そう言って指差す壁を見ると確かに黒板のような掛札には注意書きがある。理熾が確認したのを見て、セリナは「ね？」と言って颯爽と給仕に戻っていった。

やはり赤いソースは『引き立てるソース』のようだ。受付のはずのセリナも手伝っているので今日は普段よりも忙しいのかもしれない。

セリナに教えてもらった通り、白と赤、黒と赤をそれぞれ掛け合わせて食べてみる。急に深みが出て改めて美味しいと感じる。

（ん～～～～ッま！　何これ超美味しい！　最初から二種類合わせて食べてたら、味の差がきっとわからないよ！）

最初の一種類ずつを経験しておいて良かったと思うくらいの劇的な変化に、至福の顔で咀嚼《そしゃく》するたびに唾液が滲む。

洗い物が増えるにもかかわらず、わざわざ三つの器

に入れて出すのは店側のこだわりだろう。どれだけ美味しいものを作ろうが、味覚は個人差があって千差万別。その最後の壁を越えるために、調味料を調整せずに出す心遣い。

（自分の口に合う比率を考えられるという画期的な方法！）

まだまだ残る肉の塊に対し、せっかく三つも種類があるのだ。せっかくなので全て混ぜてみては……白の辛味、黒の酸味、赤の旨味の三種類を、理熾の深遠なる探究心と共に混ぜ合わせてみる。色合いは漆のような高級感の黒色で少しとろみが出た。

結果は語るまでもなく美味。飽くなき探究心の結果、理熾の好みの比率は白三：黒一：赤一だったとだけ語るに留めよう。

巨大だと思っていたハンバーグに付け合せのサラダ、スープ、主食のパンは気がつけばなくなっていた。普段なら絶対に食べられない量が、あっさりと腹の中に納まってしまい、もっと味わうべきだと後悔さえするほどだった。

（この味を知らずにお酒を飲むなんて…大人は馬鹿だ…）

そんなことを心に思いながら席を立つ。

あまりの衝撃の嵐に時間の感覚が飛んでいたのだが、食事の時間は三〇分くらいだった。ちなみに本日の食事は六カラド。生命線の所持金がジリジリと削られていくが、そんなことを後回しにしても美味い、安い、多いと大満足だった。

「ごちそうさまでした。本当に美味しかったです」

食後の幸福感の中、忙《せわ》しなく配膳するセリナに伝えて部屋へ戻る。食事とはまさに生命の根源である。わざわざ思い直すようなことでもない、そんなことを考えるほどだった。

靴を脱いでベッドに転がり、本日の営業は本当にこれで終了…といきたいところが、気になるのは自分のステータスだ。

（歩いただけ…でも過酷だからなぁ…。もしかするとＬｖも熟練度制を採っているかもしれないよね）

あまりの疲労で森を出てからここまでステータスを確認なんて頭になかった。ちなみに今もかなり眠い。

名前：ミカナギ リオ

年齢：13　職業：---

Lv：2　SP：---　HP：89　MP：32

筋力：26　敏捷：21　体力：27

知力：33　魔力：8　幸運：2

所持金：600 カラド

武器：手ごろなナイフ

防具：布の服　運動靴

スキル

パッシブ　：言語知識《バイリンガル》　武術指南　体術 Lv2　成長力強化
　　　　　　身体能力強化

アクティブ：---

ユニーク　：スキル取得 Lv2
　　　　　　・SP を消費してスキルを取得できる
　　　　　　・消費 SP が 20 以下のものから選択できる
　　　　　　※ユニークスキルを除く

備考：討伐ランクG

確認したステータスを見て思わずこぼれたのは「え…ちょっと、ありえないんだけど…」という感想。

前回確認してからまだ一日ほどしか経っていないのに、全体的に能力が一割ほど増えていた。たかだか『森を歩いただけ』で。

（って、【体術】もレベル上がってるよ！　何これ…気持ち悪いほど順調だよ⁉）

軽く叫びそうになるのを心の内だけで納めたが、その感想も仕方ない。熟練度の上昇理由はただ一つ。使用頻度のみ。

剣を振り回しているとスキルを得、さらに振っていると熟練度が上がっていく。型を覚えては上がり、実戦を経験すればさらに上がる。そして一定値を超えるとLvが上がり、高くなるほど必要な熟練度も当然のように上昇する。これに伴い基礎的な動きでは大した熟練度は得られなくなっていく。パターン化された一人稽古は、実戦と比べ圧倒的に非効率だからだ。

取得直後は確かに簡単に熟練度も上がるが、それでもスキルを得るだけでも一カ月は必要だし、一つ上げるだけでも同じだけの期間を要する。しかも天才でこのペースなのだ。でなければ【剣術】を教える道場なんてすぐに廃れてしまう。

だから取ったばかりでLvの低い理熾がいくら上がりやすくとも、一日でLvが上がるなんてことはまずありえない。なのに今、まさにそんな『ありえないこと』が起こっていた。

（これは明らかに異常だよね…。資料《本》と全然違うけど僕にとってはありがたい）

理熾が持っている情報は、実感でも人伝でもなく、ギルドが持つ図書館の蔵書のみ。

ギルドが保有する、という一点で見ても生死を分かつようなスキル系の考察資料に不備があるとは考えられない。公開している資料を基にし、仕事の選択や方針、果ては自身の育成計画にまで影響を及ぼすため、十分に信用できるものである。

いや、いっそ世界規模の派遣業を営むギルドにおいて誤報は致命的。間違いが許されないとまでは言わないまでも、資料によって死者が出ないとも限らないため信頼度は高い。

（まぁ、僕が持つパッシブ系って基本的に基礎能力の強化・耐性系しかない。【成長力強化】と【身体能力強化】は天性のモノだから成長度合いが読めないのはおかしくはないけど……それにしたってなぁ）

【成長力強化】や【身体能力強化】は『習得するタイプ』のスキルではなく、生まれたときから備わっているか、ひょんなことから手に入るタイプのスキルなのだ。これらは名前から効果がわかるように、『成長力』や『身体能力』を解明した上で『強化』の方法を導き出さなければならず、あまりにも難易度が高い。ある意味でパッシブ系は基礎すぎて簡単には手に入らないものかもしれない。

途方もない訓練の結果、成長後にも習得することもあるが、基本的には生まれつき。このあたりはまさに才能と言い換えてもいいだろう。そんなわけで取得者は限られる上に、似たようなスキルが重複するなんてことはまずない。

（才能って言葉で括られちゃって答えがないから予想するしかない…【武術指南】【成長力強化】【身体能力強化】の重複効果で【体術】を強化したのかなぁ…？ 重複してなくてってなると逆にここまで早い理由もないし、このあたりは確定だろうけど……いや、それか森歩きがハードすぎたのかな？ でも一日で…？）

加えて【体術】もかなり特殊なスキルになる。何故なら身体を動かして攻撃・防御といった身体の動きをしてしまうと【格闘術】が発現するからだ。しかも困ったことに【格闘術】を取得すると、このスキル補正が付いてしまって【体術】を覚えられない。

いや、より正確には【格闘術】の中に【体術】の一部の技術があり、なおかつ【格闘術】の方が上位に位置する。この関係性があるため、意外と【体術】を手に入れられない。

こうなると取得方法は限られてくる。目的もなく無駄に基礎体力を付け続けるか、【体術】本来の意味である『身体を効率良く動かす』ことを思いながら日常を過ごすかだ。

しかし前者はただただ面倒な上にきつい。身体を鍛えることだけが目標、というのはスフィアでは完全な『道楽』に当たる。そして後者はそもそも『【体術】を目標として動く』ことでしか得られない。ただ【体術】…ひいては【格闘術】自体が弱いとされているにもかかわらず、そんなことするのは当然の如く変人だ。

このように、【体術】所持者はどこかおかしい。いや、単にスフィアの常識から外れている。だからこそ英雄が務まるのかもしれないが。

何にせよ【体術】を得るのは偶然の産物。

たとえば英雄たちのほとんどは子供の頃は落ち着きがなかった。つまり『目的を考えない無邪気な子供の期間にやたらに動き回る』のが【体術】の王道的取得方法になる。こうして少数しか持たない【体術】は不明な点が多い分、これだけの成長率を見せてもおかしくはない。

（今日一日で色々上がりすぎじゃない？　順調すぎて怖いんだけど…）

先程も思った内容を反芻する。スフィアに到着してからずっと異世界の困難さを目の当たりにしているので心から喜べない。良いことがあっても『何か落とし穴があるのでは？』と疑ってしまう癖が付いてしまっている。

（ま、何事もなければ明日も同じコースで……あぁ、ギルドいける体力残しておかないとなぁ）

最後に考えたのはそんなこと。疲労と満腹による眠気に抗えず、意識がシャットダウンさせられてしまった。

次の日、地獄を見ることも知らずに。

# 第七章 ◆ 試練と代償

日差しに敏感でなければ起きられない目覚まし時計のない環境下。まぶしさを感じて首を回して腕を掲げようとするが動けなかった。

本当に全く、微動だにできず…まるで身体が拘束されているかの如く。


（え、何これ？　金縛り？）


寝ぼけ眼のぼんやりとした頭で考えるのはそんなこと。

幸か不幸か理織には今まで金縛りの経験がなく、初めての経験に戸惑ったりはするものの、そこに対する感想はあまりなく、単に『ぇー今日はこんな感じでスタートかぁ…』と寝ぼけた感じの頭でぐったりするだけ。

どうせ動けないし、とあっさり意識を閉じて二度寝を開始した。普段なら寝起きのいい方の理織だが、やはり昨日の疲労は思っていたよりも重いらしく、思いの外簡単に二度寝は実行された。

――コンコンコン。

何かを静かに叩く音がする。小さいながらも主張するように響く音に理織は目を覚ました。一度目に起きたときとは違って今回は思考もクリア。元々寝起きは良いので、一度目の気だるさを思えば何故起きられなかったのかと首を傾げるくらいだ。

「おはよう、リオ君。まだ寝てるかな…？」

あくびを一つして布団から出ようとしたときに、そんな質問をしながらセリナが入ってきた。理織は鍵を掛けていたはず…と考えるが、宿屋の受付なのだからマスターキーくらい持っているか、と納得した。しかしこれではプライバシーも何もあったものではない。

（いやいや。鍵があるからって返事がない部屋に入ってきちゃダメでしょセリナさん）

そんなことを秘かに思うが顔には出さず、まだ寝起きの状態のままで布団の中で「すみません、今起きました。おはようございます」と顔だけ出して答えた。

失礼な応対だが、起き上がる前に扉が開いたのだから仕方ない。

「うん、おはよう。朝ごはん食べにこないし、昨日かなり疲れて帰ったから少し心配でね」

たかが宿泊客…と呼ぶのはおかしいか。無銭宿泊している理識に心配までしてくれ、本当に迷惑を掛けっぱなしだ。

このやり取りの間もやはり布団の中。病人とお見舞い人のような関係になっているのを改善するため、起き上がろうと身体を動かす。

「いったぁぁぁぁあああ⁉」

気が付けば理識は叫んでいた。部屋に入っていたセリナはその声に驚く。次は一体何をしているんだろうと少し離れて眺める。ベッドで叫ぶような痛いことをしていれば変態決定である。

「うぅぅ…何これ…？」

「えっ⁉　リオ君どうしたの？」

様子がおかしい理識にセリナが駆け寄るが、状況がわからず右往左往するしかない。

理識は身体が痛みを訴えたことに衝撃を受け、一度目の目覚めの際にも金縛りに遭っていたと思い出す。そのときはボーっとしてたのであまり気にしなかったのだが、少し動くだけでこれでは非常にまずい。

「リオ君、ちょっとごめんね。んー…熱はないみたい。まぁ、『痛い』って言ってるし病気じゃないと思うんだけど…？」

声を掛けながら邪魔にならないように前髪を耳に寄せ、理識のおでことセリナ自身のおでこを触りながら言う。医術の心得はなくとも、初歩的なものくらいならわかる。だからこそ困惑しながら首を傾げる。病気じゃないとすればなんだろうか、と。

そしてどうすれば痛いのかを知るために、セリナは行動を開始した。

「ちょっと痛いと思うけど我慢してね。それと痛かったら教えて」

　掛けられていた布団を剥ぎ取るとラフな格好の理熾の全体像が見える。これが逆の立場なら確実にセクハラだ。ほぼ大の字になって身体が小刻みにプルプル震えているのは寒いから…ではなく、恐らく痛みによるものだった。

　理熾が何か反論するより先に「それじゃ腕から」と有無を言わさず行動を開始するセリナ。二五歳前後に見えるが、このあたりは『お母さん』的な行動だ。理熾の今の状態はとても母性本能を掻き立てるらしい。

　さっと右腕を取って、手を握る。指を折り曲げて握る…手は問題ない。腕を取って少し握る…これは大丈夫。が、肘を曲げていくと…。

「いだだだだだ！」

　すぐに理熾が叫んだ。たった十数センチの肘の曲げ伸ばしで音を上げるのを見てセリナはあっさり、端的に「うん、筋肉痛ね」と診断を下した。

「え…筋肉痛？　こんな全身が…嘘でしょ？」

「だってこれが病気だったら奇病だよ。昨日森を歩いてきたんでしょう？　リオ君が運動不足だったんなら、筋肉痛にくらいなるよ」

　セリナの言葉がグサリと刺さる。日本でももう少し運動しておけばよかったと後悔する。

　スフィアに飛ばされて夜通し走ったときに筋肉痛にならなかった理由もわからないが、ともかくなってしまったらしいことは仕方ないと理熾は諦め、頭を切り替える。

　一つのことにこだわっていてはスフィア弱者な理熾はすぐにパンクしてしまうのだから。

「これじゃ動けないね。ご飯持ってこようか？」

「いえ…動けないので食べられません。夕飯をしっかり食べるってことで今日は一日寝てます」

　ギシギシと悲鳴を上げる身体を思い、朝食を諦める。
そもそも時間的に既に朝ではなく昼に近い。この時間帯で身動き取れないなら、今日は一日無理だろう。

　何とか夕食だけは食べる意志を見せるのは、セリナに心配をさせまいとする理熾の強がりだ。

　通用するかは別として。

「うん、仕方ないから私が食べさせてあげるし、病人……怪我人からはお金はいただきません」

と、何故か急にセリナがデレた。

対する理熾は「いや、そういう問題では……」とまさにそういう問題ではなかった。宿屋なのに宿代が不要で食事代だけ。病院でもないのに看病され、食事代すら免除されてしまえば何だかもう今どこで何をされているのかすらわからない。

子供と大人の境目にある理熾は『お姉さんからの看病』に恥ずかしさを感じる内心を暴露するわけにもいかず、「夕飯までには動けるようになるから」と遠慮と羞恥の意味で割と強めに断りを入れる。

だが

「子供は子供らしく、大人に甘えていれば良いの。私は好きでしているんだから、気にしないで」

一方的に優しさで話を切り上げ、理熾に布団を掛け直して部屋を去っていくセリナ。身体が動かせない理熾には、行動されたら止める手立てがない。

呆然とする理熾がそのことに気づいたときには、既に部屋にセリナの姿はなかった。

（うわぁ……マジか……。スフィアは僕に冷たいけど、スフィアの人は僕に優しすぎるよ！）

置き去りの理熾は真面目にそんなことを思っていた。

そして『優しいのは嬉しいけど、僕の羞恥心をないがしろにしているよ！』とも。理熾は恥ずかしいというか、情けないというか、申し訳ないというか。嬉しさは大前提で、本当に色々な感情でいっぱいだった。

だが理熾の現状を考えてみれば、セリナの行動もわからなくはない。

恐らく天涯孤独の子供が、生きるために色々している。今は食事代だけだが、出費がある以上心には無意識に負担がのし掛かる。そんな中、訓練だと『危険な森歩き』をした結果が極度の筋肉痛だ。状況を知る大人で、少しでも余裕があるなら『優しくする』といった選択肢も生まれよう。

スフィアにおいて理熾はどこまでいっても『部外者』だ。本人もこの世界に対して第三者視点でいるため、自分に対する第三者視点《セリナのような》が欠けている。だからこそ周りの人は興味を持つし、何より心配になる。『こいつ大丈夫か？』という風に。

これはギルバートやセリナ、討伐カウンターで出会ったパーティにも言えること。単なるお人好しで片付けるのは簡単だが、何より理織が危なっかしいのだ。

「はい、これ。て言っても動けない…か。寝たままだとこぼすから少し起き上がらせるね？」

わざわざ作ってきた朝食という名の病人食を、近くのテーブルに載せて引き寄せ理織に向き直る。

そんな様子を見た理織も『本気で食べさせる気だ』と察して身を引く。動けないので心持ちだが。

「い、いえ…置いといてもらえば食べます…よ？」

理織は弱々しくも抵抗した。内心は『だってたかが筋肉痛だし…』と思っても、セリナは「はいはい、それは動けたらね」とあっさり流して取り合わず、理織に掛かっている布団をめくって身体を起こさせる。どうやら聞く耳は持たないらしい。

理織はギシギシと軋《きし》みを立てるような筋肉の苦痛に顔を歪《ゆが》めるが声は出していない。さすがにこの状況では叫べないのだろう…プライド的に。

変に筋肉が突っ張っているため少し苦労するも、体格的にも体重的にも理織は華奢《きゃしゃ》。非力なセリナでも身を起こさせてベッドの端に背をもたせ掛けられた。

「よく頑張りました。では朝ごはんですよ～」

間延びしたように掛けられる言葉。どう考えてもあやされているようにしか感じない。周りにはセリナしかいないが、理織としてはかなり恥ずかしい。顔が赤いのは羞恥のせいか、それとも…。

「じ、自分で食べられますって…ほら、スプーンください」

悲鳴を上げる腕を何とか動かしてスプーンを強奪するが、たったこれだけの動作で精神力をごっそりと持っていかれる。しかも奪ったは良いが、握力がないのでスプーンがカタカタ震え、腕を動かすたびに肩とか腕の端々がピクピクして微調整が利かない。落としていないだけマシ、というまさにぎこちなさのオンパレードだった。

セリナは苦笑いをしながら溜息をついて言う。

「全然ダメじゃない。ほら、良いから食べさせなさい。『私のため』だと思って…ほら、あーん」

心配を解消するための行動だというセリナの言い分はわかるが、その言い方は今の理熾にとってとても卑《ひ》怯《きょう》だった。そんなことを言われてしまえば反抗なんてできない。

最終的に抵抗は無意味と知り、言われるままに口を開ける。もし理熾が「食べさせて！」などとセリナに願っていたらこの状況はないだろう。弱者が何かのために頑張って強がるときに、人は手を貸してくれるものだ。まぁ、今回はセリナの趣味が多分に含まれているのだろうが。

セリナが持ち込んだ食事を全て平らげると、本人は「ゆっくり寝てること」と言葉を残して部屋を出ていったことで静かになり、スフィアに来て本当に何もしない一日がこうして始まった。

今の理熾には、本日夕方が締め切りの初心者講習の申請だけが懸念材料。また、十分な睡眠を得ているため眠気がない。ぼーっとしているのも限度があるので、暇つぶしを兼ねて昨日のことを思い返して少し考えをまとめる。

（筋肉痛の原因は森歩きで間違いないと思う。というか思い当たるところがそこしかないからね）

昨日と一昨日で違うことといえばそれくらいだ。筋肉痛を簡単に言えば過剰に動いた反動。地球でもアレだけ動き回れば筋肉痛くらいになって当たり前だった。いや、むしろ地球なら理熾の運動能力は平均前後。能力が低いことも考えれば体調に影響が出るのも仕方ないが、それにしても程度の酷さは過去に類を見ず、全身ともなればなおさらだ。

能力値はただの上限で、本来はこの値の七～八割を瞬間的に出せば十分なはずだ。つまり体調に影響が出るほどに数値を酷使できるものではない。これらを含めて考えると、原因はまず間違いなく身体を上手く…『全能力を使うスキル』の【体術】だ。

取得して時間も経っておらず、何よりパッシブ系に属するため、理織が使いこなすことは難しい。いや、むしろ使いすぎている可能性が高い。

（だからたった数時間の森歩きで能力値が全体的に上がってるんだと思う）

能力の限界値を【体術】によって引き出し続けた結果が、この地獄の筋肉痛だと結論付ける理織だが、そうなると今の『全力』であの結果しか得られないことになる。

このあまりにも貧弱で残念な現実も、裏を返せば森歩きを繰り返せば自然と能力が上がっていくことにも繋がる。ただ問題は『毎回この筋肉痛はなぁ…』という一点。半日歩いて半日寝込む…そんなことを繰り返すわけにもいかない。というより半日で起き上がれる保証はまだないのだ。

（基礎能力上げるにはやっぱりＬｖ上げ？　魔物とか倒せば良いの？）

実はギルドの資料でもその辺も曖昧だった。戦闘経験を積めば確かにＬｖは上がるし強くなる。けれどその条件が何かを解明している雰囲気はなかった。そもそも戦闘経験だけで考えれば相手を殺す必要はない。そう、訓練でもＬｖが上がってしまうこともあるのだ。

こうなると条件が膨大すぎて体系化も難しいのだろう。

（何か違う要素があるのかなぁ…？　これだけ世界に色々なルールがあるんだから、スフィア人はもっとちゃんと調べてくれないと）

木造の天井を見上げながらそんなことを思う。何せ【体術】を筆頭に、あまりにもスキルや能力に無知すぎる。単に研究者がいないのか、はたまたわかっていて隠しているのかは不明だが、一般化されていないことに変わりない。

（魔物退治にも戦力がいるし、スキルの重要性を誰もが知っている。なのに技術の研究がされてないとか…何かこの世界ってちぐはぐなんだよね）

今は違和感を抱えるくらい関の山。ともかく異常成長中の【体術】には気を配った方が良いだろう。もっとも、勝手に効果を発揮するパッシブの何に気を配れば良いのかは不明だったが。

地獄の筋肉痛のために急遽《きゅうきょ》始まった、ベッドの中で行われる静かな一人反省会は、半日以上寝たきりのまま続いたが、日が傾く頃には『動ける程度』には解消されていた。

初心者研修の締め切り時間が迫っていたので、痛む身体を引きずり先にギルドで申請を済ませて帰宅した。

「セリナさん、何とか歩けるようにまでなりました。今朝は…お昼かな？　ありがとうございます」

帰宅早々セリナにお礼を告げる。それだけでは感謝は足りないが、今できることは礼を言うことくらいなので疎《おろそ》かになどできるはずもない。しかし本人は気にした風もなく「良いよあれくらい。もう少し大人を頼ってね」と優しい笑顔で返される。

「それより身体は？」

「まだ少し痛いですが、かなりマシです」

心を和ませてくれる表情や仕草に、理織は内心『大人ってセリナさんいくつなんだろ？』などと思う中、明日から三日間いないことを告げる。

討伐者になることに改めてセリナは驚いているようだがそれはそれ。まずは低すぎる自分の生存能力を上げることが最優先だ。早急に能力やスキルを磨いておかなければ、いざ解決すべき問題が転がり込んだときに指をくわえて見ているしかない可能性が高い。

それに森を歩くよりも安全に知識と体力を付けられる『研修』だ。待遇やタイミングを思えば見送るのは勿体ない。ただそのために荒事の対処要員である討伐者になるのは本末転倒な感じだが。

「その年で討伐者になるのは無理よ？」

「戦えれば何とかなると思ってたんですが…」

セリナの言葉に、理燉は『年齢制限とかあったっけ？』と考える。ギルドカードには証明書の側面があるため年齢制限がない。研修に参加できたので問題ないと思いつつも『クリアおめでとう。あと三年待ってね』と言われかねない事実に思い当たって顔を青くした。

「そうじゃなくて。その年で討伐者の能力を持っている人はいないって言いたいの」

理燉は手をひらひら振りながら「なるほど…まぁ、無理そうなら他の手を考えます」と返事をするが、どうやら世間的に一三歳だと幼すぎるようだ。だからといってやめられない事情もある。それらをどうにかあの手この手でクリアするための『初心者研修』なのだ。

天才でもない理燉は、真正面から能力やスキルを上げようなんて最初から考えていない。その程度では最後尾を走る理燉は誰にも追いつけない。だから他の『研修生』とは目的が全く異なる。低い能力、非力なスキルで他者を追い越すための情報を求めにいくのだ。

「そう、ならいいけれどね。私やお父さんが知らないところで勝手に死なないでね？」

「はい、しっかり恩返しをしないといけないですしね！」

最低限の恩を返すまで死なない。これは既に理燉の中での確定事項。理燉のその言葉に満足したセリナは「そ。じゃ、ご飯食べる？」と食事に誘い、理燉は「おすすめで！」と今日も美味しい夕飯を食べた。ついでにゆっくりできるのも今日くらいだろうと思って本当にゆっくり過ごした。

初心者研修とはいえ能力のない理燉にとって、明日からは今日以上の『地獄』が予想されるのだから。

ギルドにて初心者研修が開かれる日。

【神託《オラクル》】新人としての矜持《きょうじ》
達成内容＊初心者研修を生き抜くこと
ギルド討伐カウンターにて開かれている初心者研修
これは討伐者としての最初の登竜門となる
無事に突破して帰還せよ！
報酬＊SP25

新たに発生した【神託《オラクル》】はおかしなくらいに報酬が高い。いつも通りの設定ミスならありがたいだけだが、ギルドの不親切具合も含めて考えると、この件に関しては嫌な予感しかしなかった。

（新人にプライドとかあるのかな？　僕には全くないんだけど…というか初心者研修なのに『登竜門』ってどういうことなのさ？）

報酬と内容からするとどう考えても危険だが、カードを渡しているので最低でも辞退しにいく必要がある。無鉄砲だったかも、と後悔を滲ませながら理織が討伐カウンターに着くと、閑古鳥が鳴いていた以前とは違い、随分と人がいた。

理織と同じく初心者研修を受ける人なのだろうか。平均年齢は二〇歳前半。一七・八歳に見える者もいるが、理織ほど幼い者は他にいない。そして皆が皆、鎧や剣などを身に着け戦う準備をしている。ちなみに理織の装備は相変わらずの村人A。あまりの場違い感に涙が出そうになる。

（うん、絶対誰にも勝てないね！　皆怖いね！）

年齢・容姿共に浮きまくりの理織は変なテンションでやけくそ気味に思う。

今回参加する初心者研修について、時間割、研修内容、参加資格に至るまで何一つ聞いていない。情報が圧倒的に足りないことに今更気づいた理織は一人愕然としていた。いっそ気づかなければ良かったと心で泣くのも忘れない。

　このお役所仕事にはうんざりするが、名前だけで釣られた理織も理織だった。

「皆様お待たせしました。これより研修の詳細をお伝えします。カウンター横の階段を上がって三階会議室にお集まりください」

　討伐カウンター全体に響く声。ちゃんと説明してくれるのかも疑問だが、理織は『絡まれないかな』とそんなことばかり考えていた。もしも絡まれたら瞬殺だ。

　ぞろぞろと会議室に入ると、大きなテーブルが三つと簡単な作りの椅子が乱雑にいくつも置かれていた。特に席割りもないらしく「自由に座ってください」との言葉に従い、適当に配置されていた椅子の一つに腰を下ろす。

　全員が入ったためか扉が閉められたので、数を数えると研修参加者は理織を含めて八人のようだ。つまり下のいたのは生粋の討伐者たちだったのだろう。

「さて、それでは研修の内容をお話しいたします。本日から三日間。責任者はワタクシ、センガが務めます。ワタクシの言いつけを守るよう努力してください」

　センガと名乗るギルドの制服を着た細身で糸目の男が、会議室の教壇のように高くなっている位置で自己紹介を行った。

　先生《センガ》の言いつけに従うように……あまりにも常識的な内容をあえて話すのは一体どういうことだろうかと、変に疑り深くなっている理織は考えていた。

「それではざっくりと研修の流れを説明いたします。既にクラスをお持ちの方は飛ばしますが、まずは『適職の模索』から始めます。次に行う『クラス別の能力・スキル研修』では、手にしたクラスに有利、または有能なスキルをお教えいたします。もし習得したいスキル等ありましたらご質問ください。研修の仕上げに『戦闘訓練』を行います。タイプ分で基本的な戦闘方法の研修もご用意していますので、最後までお付き合いください。

　以上三点が三日間の大まかな日程になります。皆様、音を上げず、最後まで頑張ってください」

　さらっと説明されたが、そもそも『クラス』がわからない。聞いている限り、ゲームみたいな後付けの設定のようなもののようだが、スフィア初心者の理熾では想像の範疇《はんちゅう》を超えられない。

ただ『適職の模索』とも言っているので、ステータス上の職業欄のことなのかもしれないと理熾は予測する。

（むぅ…まさかいきなり予習不足とは。……進路相談に乗ってくれるのかな？）

進路相談どころかいきなり職業訓練校に放り込まれたような状況だ。未だ常識すら万全でない理熾が困惑するのも無理はないが、やはり調査不足は否めない。

一三歳の身空で将来設計を鼻先に突き付けられていると考えれば、なかなかの崖っぷちだった。

「それではまず、適職の模索から開始しましょう。現在、クラスに付いていない、もしくは二つ目のクラスを探している方はいらっしゃいますか？」

そんなセンガの問いに理熾は躊躇うことなく「はい」と手を上げる。自分がどれだけ無知で無能かは改めて教えてもらうとしても、ここでさらに『クラスっていくつも選べるの？』と疑問が増えた。重要な内容のはずなのに答えが見えてこず、一人静かに軽くテンパっていた。

センガがゆっくりと会議室内を見渡すと理熾以外は誰も手を上げず、むしろ周りの視線が理熾に向かいこれ見よがしに溜息をついていた。現実に格下なのだから、そんなあからさまな見下し態度もなんのその。これで終わるつもりの毛頭ない理熾は気にしない。

「はい、リオさんだけですね。では移動しましょうか…こちらへ。他の方はこのジルが引き継ぎますので従ってください」

「紹介いただきました、ジルです。それではこの場で話の続きを行います」

部屋を出るセンガと入れ替わるようにジルと呼ばれた男が教壇に立って説明を引き継ぐ。

理熾はセンガを追うように急いで部屋を出るが、どうやら周回遅れからのスタートらしい。相変わらずハンデの重ね掛けを受けている気が非常にする。

そうして案内された部屋はとても凝った作りになっていた。まず部屋の中に窓がない。そして扉を閉めると真っ暗になるくらい気密性が高い。

中央に魔法陣、囲うように燭台《しょくだい》が置かれ、ロウソクが点されていた。悪魔を召喚しそうな仕上り具合。ここで一体何が始まるというのか…そんな中に男の先生と二人きりで入る恐怖！

（うん、女の子なら絶対拒否だよねこれ）

そんな感想を持つ場所だった。ファンタジーが存在しない日本なら、作っただけで事案になりかねない。スフィアでもこんなところにいきなり連れ込んだら犯罪な気がするが。

「リオさん、こちらの円の中央に立ってください。

そう、そこに立って肩の力を抜いて『自分の中に自分がある』と思ってください」

促されるままに移動すると何だか意味がわからないことを言い出した。先程から何一つ疑問が解消されないが、今のところ答え合わせはないらしい。情報過多の理織は『センガ先生が壊れちゃった…』と失礼なことを思いながら、言われた通りにやってみる。

「良いですね、凄く落ち着いています…。これから適正が現れますので少しお待ちください」

レントゲン室のような別室で盤面を見ながら、そんな言葉を理織に投げかけるセンガ。落ち着かせるための甘言か単なる事実かはわからないが、何か問題があったらしく、すぐに首を傾げてしまった。

「時にリオさん、君のＬｖはいくつでしょうか？」

急に核心に迫るような質問が投げかけられた。

気を抜いてリラックス中の理織もさすがにＬｖ２とは言いづらく、一気に頭のギアを上げつつもぼやっとした表情で「秘密です」と返答する。

能力的にもＬｖ的にも『追い出される資質』だけは満載だ。そして追い出されると何もわからないまま時間を潰してセンガに怒られる可能性が大いにある。できればやり過ごしたい内容だ。

うなるように「ふむ…」と一つ頷きを入れ、思案顔で盤面を凝視していたセンガに恐る恐る、といった声色で理織が訊いた。

「何か問題でもありました？」

「そうですねぇ…リオさんの適正が、初回のクラス選択数としては破格です。これだけあるのですから、中には系統の最高位クラスも存在するかもしれません」

思ってもみない内容の話に、理織は内側に向けていた意識を完全に引き戻す。この話は訊かなくてはならないだろう。そもそも選ぶ前に訊くつもりが流されて順番が前後しただけだ。

「すみません、最初から教えてもらってもいいですか？　クラスとか二つ目とか……実はちゃんとわかってないんです」

「討伐者に限らず、クラスに就く人の方が多いのに珍しいですね」

「天涯孤独の身で、常識が足りないんです」

しれっと話す事実。異世界出身者の理織は一つも嘘を言ってない。それを聞いたセンガは興味を持ったようだ。いや、むしろ講師のプライドを刺激されたのかもしれない。

近くの盤面から少し移動して椅子を持ち出した。

「それでは、少し長くなりますので円から出て、こちらにお座りください」

センガが差し出した椅子に座って話を聞く。理織からすれば、説明もせずに話を進めるのは本当にどうかと思う。

質問がなくても伝えるべき内容のはずで、まさしく『サービスが足りない』の一言だ。反面、『気になれば訊け』と言われると頷くしかないので、わざわざ口に出さないが。

「では『クラスとは』からですね。深く考えずに単純に加護だと思ってください。得られる恩恵はクラスに属する能力値の底上げとスキル取得への補正。また、クラス自体はいくつも持てます」

センガが話す説明を聞いた感じではゲームのように成長補正が手に入るようだ。理織は「クラスをいくつも持って大丈夫なんですか？」と先程から気に掛かっていた多重クラスについて質問する。

複数のクラスを持てるなら、火の魔法が得意なのに水の魔法も扱えるクラスを手にするとか、魔法士なのに殴り合いをしてしまうなど、相反するクラスを持てる可能性があることも含む。

理織はそこに疑問持つ。

「個人差はありますが、いくつ取っても構いません。大きな目安で『Lv30』を区切りに一つ増やせるといわれています」

「ということは…Lv62だったら三つクラスが持てるってことですか?

複数のクラスを持つってことは、たとえば魔法使いなのに剣士のクラスを持てるとか?」

「ええ、おっしゃる通り、前衛系と後衛系のクラスは共に持てます。いえ、むしろ相反するクラスであっても取得は可能です。それに強くLvが高い人ほど、前衛・後衛の区別はなくなっていきますね」

なるほど、と理織は思う。クラスというものは一つのものを極めていかなければならないわけではない。

スキルと同じように手に入れるクラスの組み合わせは千差万別で、あちこちの『毛色の違うクラスを集める』のも可能だし、逆にそれこそ特化してしまっても良いようだ。

しかしそうなるとやはり特化した方が強い可能性が高い。前衛・後衛クラスを共に持っていて、汎用性が高い反面、一点特化に劣ることに変わりない。それに熟練度を含めて考えると、特化タイプの方が圧倒的に成長率は高いだろう。

結局のところ『どれだけ使ったか』が基準になる熟練度は、相反するクラスを適宜組み替えて使えば成長は特化の半分以下が関の山だろう。

理織はそんな風に頭の中で整理していく。

「前述の通り、新たなクラスを選ぶのに一番わかりやすい目安がLvです。加えて能力値を満たしている場合や、新たなスキルを獲得した後、または可能性を持っている場合にも発現します」

センガの説明に相槌《あいづち》を打つ理織はここで一つ思い出す。

前の部屋で『二つ目のクラスの話』を何故していたのかと。

「そういえば初心者なのにどうして二つ目のクラスの話をしたんですか？　Ｌｖ30を超えていないと一般的にはダメなんですよね？　初心者がＬｖ30超えって何だか不思議な話なんですが…」

理織の質問にセンガは『おや？』と首を小さく首を傾げる。何だかずれた話をしているのかもしれない、と理織が気づいても今更遅い。しかしセンガはただ講師として説明を追加した。

「個人差はありますが…Ｌｖは年齢と共に上昇し、特に何もしなくとも三〇歳くらいまでは『Ｌｖが年齢以上』になるはずです。年齢よりも高い人はまさに経験によって成長された方で、ギルド員の中でも討伐者であれば初心者とはいえ大体二〇歳を越えています。つまり人によっては次のクラス選びの準備が整っている可能性もあるので訊いた次第です」

非常にわかりやすい説明だった。要は理織の年齢《一三歳》なら、最低でもＬｖが13はないといけないわけだ。現実にはＬｖ２なので、奇しくも理織のＬｖがばれるとかなりまずいことが発覚した。

（うわぁ…なら僕は二歳児レベルなのか！　だったらさっきの『可能性』って理由がよくわかる！）

まだよちよち歩きの頃にクラスなど選ばせられない。進路相談なんて次元ですらない。理織の最弱《Lv2》が特殊極まりないこの状況を生んでいることも発覚した。

（そうか、討伐者に限らずクラス選びのタイミングって、少なくとも大人になってから。小さな頃から将来を決めるのは難しいし、特化推奨のこの世界でも才能の差はある。親からしてもある程度見極めてからじゃないと特化した分取り返しが付かないからね。まぁ…子供の頃から選ぶ人もいるかもしれないけれど、まさか僕みたいに『Ｌｖ２』でクラス選びする人はいないよね？　それに多分、普通は持ってない【体術】とかのスキル持ちなのも関係してて、ついでにＬｖ２にしては能力値が高いんじゃないかな？　あの神様がこのことまで読んでたら凄いんだけど…絶対違うよね。もし考えてるなら最初から真っ先にクラス選びさせるし。というよりこの事実をスフィア人は誰も知らないんだね）

センガが疑問を挟んだ『選択肢が多い理由』を推測していく。内容は当たらずとも遠からず、といった程度だろう。

理織が考えた通り、これほど低いＬｖでクラスを選ぶ者はいない。その可能性を引き合いに出せばまさに最大限と言えるだけのクラスが揃っていることだろうが、そもそも二歳児にクラスを選ばせるなんてことはまず不可能だ。

「詳しい説明ありがとうございます。やっぱり僕は常識に疎いみたいですね」

一通りのクラスについての説明をしてもらった理織は、とりあえずそう言ってこの場を濁しておいた。しかし結局どのクラスを選べばいいかがわからないまま。

理織の「ちなみに選べるクラスってどんなのがあるんですか？」とは素朴な疑問だった。何より、どれを選べばいいかわからないので、最悪後回しにすらしようとしていたくらいだ。

「それは……本人にしかわからないようになっています。このクラス情報は『個人情報』に直結するものです。部外者の私には系統数のみがわかる仕組みになっています」

「ん～僕には見えませんでしたが……？」

「それは途中でやめてしまったからでしょう。では続きを始めますか？」

「そうですね……うん、お願いします」

時間が経つほど無限の可能性は狭くなり、Ｌｖを上げてしまえば途端になくなるだろう。そうならないために、理織のクラス選びが速やかに再開された。

改めて円の中に入ってリラックス。ボーっとした頭の中に浮かぶのは複数の文字の羅列。〈戦士〉〈召喚使い《サモナー》〉〈剣聖《ブレイザー》〉〈格闘家《ファイター》〉〈魔法剣士《ルーンナイト》〉〈魔法士《ウィザード》〉などなど、あまりに対象が多すぎて選ぶに選べない。

よって理熾は質問する。

「センガさん、近接職で最強のクラスって何だと思いますか？」

「そうですねぇ…近接職のくくりでいえば、最強の一角は〈暗殺者《アサシン》〉でしょうか。隠密性、諜報能力に優れ、気配を断っての一撃必殺。気づかれても戦闘能力自体がかなり高いです。まぁ、速度に特化していて軽装を好むため防御力は低く、ただ硬いだけの相手は不得意ですけれど」

「その他ってありますか？」

「〈剣闘士《グラディエーター》〉も捨てがたい。これは近接に特化しています。得物をある程度選ばず、剣・槍・斧《おの》、それに盾など複数扱え、物理戦闘力はかなり高い職になります。反対にほとんど魔法に適正がなく魔法士には脆《もろ》い一面もあるので注意が必要ですが…。あぁ、得意ではないものの、短弓も一応使えましたか」

理熾は「ふむふむ」と相槌を打ちながら説明を聞いていく。聞いた限り、確かに最強ランクのクラスだろう。しかし挙げられた二つのクラスは理熾の求めるものではない。

〈暗殺者《アサシン》〉の方は使えそうだけど…多分忍者的な感じだよね？　戦争とかの大規模戦闘じゃ全く役に立たなそうだよね…あ、そういえば勇者とかあるのかな？）

魔法が使えないなんて論外すぎる、と〈剣闘士《グラディエーター》〉も一顧だにせず切り捨て、新たに発生した「勇者とかってクラスあるんですか？」と疑問をセンガに投げかけた。

「クラスに限れば勇者と呼ばれるものはありません。それはどちらかというと『称号』ですね。まぁ、自分で掲げる人もいるにはいるのですが……認められなければ意味のないものですし」

どうやら雷《いかずち》の魔法が得意でもなさそうだ。しかしこれほどクラスが多いと本当に適当に選びたくなってきてしまう。せっかくの初回ボーナス状態なのに。

「〈武神〉…ってなんですか？」

ふと、理熾が目に留めたのは『神』の名を持つクラス。他にも色々と予想が付きにくい微妙な名前は多かったが、何となく理熾の持つ知識では見慣れないこのクラスが気になった。心の中で『まぁ……神には良い思い出ないんだけどね』と苦笑することも忘れずに。

「〈武神〉…ってリオさんホント何者ですか?」

ただのクラス紹介のはずなのに、理熾の疑問にセンガが驚愕の表情で見る。訊いてはまずいクラスだったのだろうか、と理熾は少し焦る。悪魔とか魔王とか、そういう嫌われ役のクラスなのかもしれない。

「〈武神〉は格闘系統の最上位のクラスで、基本は下位のクラスと同じく武器を持たない戦闘スタイルを取ります。そのため、この系統はそれほど強力なものではないというのが一般的な見方になります。

ですがその中でも異色なものが〈武神〉です。

まず、このクラスを手に入れると、クラスと同じ名前のユニークスキルが発現します。これがかなりの曲者で、効果は『装備を選ばず戦えるスキル』というもの。先程複数の武器を扱うと挙げた〈剣闘士《グラディエーター》〉が足元にも及びません。しかも扱える装備で発動できる技は全て扱うことも可能です。ちなみに、この国での発現者は過去を遡っても存在せず、非常に希少価値の高いクラスです」

センガが鼻息荒く「是非そのクラスにして情報をください」と迫るのを聞き流しながら理熾は思う。これこそ、求めていたクラスだ、と。

器用貧乏を極めた先の『万能』の可能性を秘めたスキルが手に入るクラス。他のクラスの説明を聞くべきではあるが、これ以上に理熾の好みに合うものはないだろう。

(多分マイナーな【体術】と、異常な可能性《レベル》で選択肢に入ったんだろうね。でも最弱の状況だから手に入るって思うと、喜ぶべきか悲しむべきか判断に迷うなぁ)

心は躍っても頭は冷めた感想を持っていた。これらは不意打ちでスフィアに飛ばされたときに『過度の期待は禁物だ』と学んでしまったからだろう。石橋を叩いて渡る程度なら、理熾は苦にも思わないほど命の危険に晒されたのだから。

「凄いクラスですね。他にも訊きたいんですが、魔法でおすすめのクラスってありますか？」

「え、〈武神〉で決定ではないのですか？」

センガは意外そうに訊いてきた。発現者がごく少数の超難関の最高位クラスが目の前にぶら下げられて選ばない可能性の方が低い……いや、むしろないようなものだ。

もしもセンガが同じ状況なら、考えるまでもなく飛びつく。しかし理熾はあまりにも冷静に伝えた。

「念のためですよ。後になって変えたいって言っても遅いじゃないですか。あ、もしかしてクラスって後で変更とかできます？」

そういえばクラスを変更できるかについては訊いていなかったことを思い出して付け加える。もしクラスの変更ができるなら、違った可能性が広がることだろう。

「あぁ、クラスは魂に刻むものなので変更することはできません。もし仮にクラス変更が行えても恐らく心が壊れます。これは変更だけでなく、魂に刻むだけの容量が足りずに失敗しても同じくです」

「何それ怖い！」

「ええ、ですからクラス選びは慎重に…って、言えた義理では…申し訳ありません。ただし、特例として上位クラスへの『クラスアップ』は可能です。たとえば〈剣士〉が〈騎士《ナイト》〉へ、〈魔法剣士《ルーンナイト》〉へ、といった風に。まぁ、大抵の場合はクラスアップなんてしませんけれど」

何ともあっさりした風にセンガが答えた。

クラスアップする余地があるなら、もっと他のクラスが望める。どちらを選択しても魂の容量を消費することになるので、わざわざそんなところで足踏《クラスアップ》みするよりは、新たなクラスを取得し動力炉《クラス》を二つにした方が強い、というのが主流だそうだ。

「っと、それよりも魔法系のクラスですか。単純に〈精霊使い《エレメントマスター》〉なんかは強いですね。契約精霊の能力に依存しますが、中位・上位の精霊と契約できるはずですので」

「そんなに強いんですか？」

　精霊と聞くと、理織は悪戯好きの妖精《フェアリー》を思い浮かべてしまう。あんなちっこいのが強力だと言われてもピンとこないのはわかる話だ。

「そうですね…人の魔法は、魔法というものの表面を撫でている程度といわれています。対して精霊は魔法生物……いえ、魔法そのものといっても過言ではないモノで、魔法との親和性を比較するとまさに桁が違います」

「へぇ、そんなに違うものなんですね」

「それはもう。…というよりリオさんの知識は偏りすぎではありませんか？」

「すみません、常識がないもので…〈精霊使い《エレメントマスター》〉以外で何か思い浮かびますか？」

　強力なクラスなのはわかるが、契約相手を見つけられなければ全く意味がない。しかし理織は契約相手を探すツテも手段もないので、一人で強くなるしかない。『誰か』を待っている余裕がないのだ。

「うーん…魔法を使う高位クラスは、実を言うと名前が付いている時点で結構上位のクラスになります。結果、意味が広いこともあり、初心者から熟練者までを総じて『魔法士』と呼ぶ傾向にあります」

「もしかして明確な区別がない？」

「そうとも言い換えられますね。

魔法は『魔力を使って結果を導き出す技術』の総称ですので、呼び方としては『魔法士』が最低であり、最高でもあると考えられます。まぁ、クラスを持ってなくても魔法は使えますしね。

　あとは特色ですかね？　近代・代理・儀式・古代のいずれを使っても出発点は『魔力』です。あとはどう名乗るか、何が得意かになってしまうのですが……それっぽい名前ってありませんか？」

　魔法職に関する知識が【精霊魔法】しかないことから、センガはどちらかというと物理系なのだろうと理織は察する。しかし現実には、理織の要望があやふやすぎて答えに窮しているだけだった。せめて『求めているもの』だけでも出てくれれば答えようもあったのだが。

（うーん…そんなこと言われてもなぁ。とりあえず魔法系とかで並び替え《ソート》とか…おぉ…できた。よくわからないところで自由度が高いなぁ）

この並び替え機能に感心すれば良いのか、それとも馬鹿にすれば正解なのかわからない。

ともかく並び替えを終えた一覧を、理織は順番に読み上げた。

「〈付与使い《エンチャンター》〉〈魔文字使い《ルーンマスター》〉〈召喚使い《サモナー》〉〈幻術使い《イリュージョナー》〉…」

「ちょ、ちょっと待ってください！　何でそんなに高位のばかりの名前がいっぱい出てくるんですか⁉」

「え？」

「『え？』ではありません！　ワタクシをからかっているんですか⁉」

憤慨するセンガ。理織が『知っているクラス名を適当に言ってからかっている』と受け取っているようだ。

全くもってそんなことはないのだが。

「そんなはずないじゃないですか。単にたまたま適正が広いだけですよ？」

「ホントですか？　〈魔文字使い《ルーンマスター》〉や〈召喚使い《サモナー》〉は魔法の中でも随分と高位のクラスですよ？　そもそも〈魔法使い《マジシャン》〉以外の選択肢を持つこと自体が高位なのに、貴方は〈武神〉も選べるんですよね？　物理・魔法を問わず、何でそんなに選択肢が広いんですか！」

「いや、僕に言われても…」

センガに詰め寄られて答えに困る。スキルや能力もそうだが、クラスには『適性』がある。才能の有無とも言い換えられるが、嗜好や傾向も含まれる。武器の扱いが上手いのなら物理系、魔力を扱うのが上手いなら魔法系のクラスがそれぞれ適性とされる。

当然、得意と好き嫌いは別物なので、物理系でも魔法を、反対に魔法系でも物理を、それぞれ選ぶこともできる。しかしそこにはやはり傾向があり、どうしても偏る。物理が得意なら魔法のクラスはあまり選べず、選択肢は少なくて選べるクラスのランクも低い。

逆もまた然り。〈武神〉という物理系最高ランクのクラスが出ている以上、魔法のランクは低くなければならないのだ。スフィアの常識では。

ただ理織の場合はLvや能力があまりにも低い現状が、可能性を無限に広げている。今この瞬間だけならば、物理・魔法のどちらにも『得意になる可能性』があるのだから。

（理由の予想は立つけど、言いふらさない方が良いよなぁ…。幼児《低Lv》にクラス選ばせるのは運要素強すぎるし）

あまり長々やるようなことでもない。考察は早々に切り上げ、即座に切り替える。今やるべきことは自身の強化なのだから。

「で、結局のところ魔法職って何が良いですか？　もう高位で便利ならそれでも良いかなぁ、とか思うんですが」

「それもどうかと思いますよ？」

理織の投げやりな一言に少しだけ落ち着いたセンガは苦笑いしか浮かべられない。

あまりに広い適性を持つが故に選べない。一般的には逆なので、随分と贅沢な悩みだろう。ただ、本人にとってはどちらでも同じなのだが。

「そうですね…『利便性』の一点を求めるならば〈空間使い《ディメンショナー》〉でしょうか。〈空間使い《ディメンショナー》〉の持つ【空間魔法】は扱いが難しく、所持者が少ないですがかなり便利です。荷物の持ち運びに《亜空間》の利用から始まり、長距離移動の《転移門》、空間を断絶する《障壁》など、非常に優れています」

武器が短剣くらいしかない今、良さそうなのがなければ〈付与士《エンチャンター》〉にして魔法剣士とでも名乗ろうかと思っていた。〈付与士《エンチャンター》〉は名前からして補助魔法の使い手。理織の弱さを覆い隠すのには丁度いいクラスだろう。

しかしセンガの話を聞いて心が決まった。魔法は『便利でなければいけない』と理織の常識が断言するからだ。

〈よし、〈武神〉と〈空間使い《ディメンショナー》〉だ。物理で汎用性が高い〈武神〉と、希少性・特殊性・利便性が高い【空間魔法】を使えば何とかなるでしょ。というか、【空間魔法】を手に入れたら絶対に他の魔法使ってやるッ！〉

意気込みだけは人一倍で心を決める。

ただ目の前のセンガは少しご立腹。あまり表情には出していないあたりが優秀な講師なのかもしれない。

そんなセンガの状態を置き去りに、最後の確認を行う。

「一つ気になってたんですが、クラス選択のときに『同時に複数クラスを選ぶこと』ができますか？」

「は？」

「ほら、これだけクラスの選択肢があるなら、もしかすると二つ一緒に取れるかなぁって」

「…同時、というのは過去に試した記録が…いえ、私の記憶にはありません。まず、クラスは魂に刻むものです。それ故、通常の選択でさえ大変危険度の高い儀式になります。当然安全への配慮は行っていますがやはり一〇〇パーセントではありません」

クラスを得るには相応のリスクがある。だからといって、クラスのメリットを無視するほどのリスクではない。それがセンガの言い分だろう。

「先程少し説明しましたが、魂には容量があり、その『容量に見合うクラス』しか刻めません。当ギルドが行うクラス付与であれば、容量が不足するクラスは選択肢から省かれます。これにより今では失敗することは限りなく小さくなりました」

「ということは…対象のクラス二つ分以上の容量があれば同時に選択することもできる、と？」

「推測になってしまいますが、そうです。

ですが何故同時なのですか？　一つ取り、その後にまだ余裕があればそのまま二つ目を取れば良いのでは？」

「まぁ、そうですよね」

センガの言葉に理織は同意するのみだった。安全を取れば忠告通りが望ましい。この場でわざわざリスクを取る必要はない。

これは他人には言えないことだが、理織だけは事情が違う。

〈今の僕は『可能性の塊』だからクラスの選択がほぼ自由なんだ。ということは、何かのクラスを取ってしまうことによって可能性が狭まると考えられる。いや、どっちかと言うと『方向付けられる』の方が正しいかな？　そうなると前衛職を取れば物理系へ、魔法職を取れば魔法系へ偏る可能性が高い。つまりこの瞬間は無理をしてでも可能性のバランスを取る必要がある……ま、全部僕の予想と推測なんだけどね）

スフィアに来てからは危ない橋を渡ったことばかりだ。現状ではまだまだ危険な橋でも渡る必要があるだろう。そしてこの程度で躓《つまず》くなら、結局何も成せないままな気もする。だからこそ、ここでもリスクを取る。

理織は『これが最後の危ない橋だといいな』と思いながら決断を下した。

「決まりました。これって、どうやってクラスを選べば良いんですか？」

「決めたクラスを頭に浮かべながら、円の中心にある陣に手をつけて願えば完了です」

「わかりました」

無能な理織はどこまでも貪欲だ。脳内に〈武神〉と〈空間使い《ディメンショナー》〉を並べ、どちらともを意識して魔法陣の中心に触れる。

幼児と変わらないLv2の分際で、最高位クラスを含む二つを同時に取得する暴挙に出る。誰もがやったことのない可能性に懸けて。

理織が選択すると、魔法円が仄かに輝き、次の瞬間部屋を白く染めるように光が爆発した。

「な⁉」

口をあんぐりと開けてセンガが驚く。たかがクラス選択でこんな現象は起きるはずがないのだから。

ただ光の爆発は、爆風や衝撃波を伴ったりはしなかった。単に部屋が一瞬光で満たされただけのようで、輝きはすぐに収束し、その中心地で理織だけが倒れていた。

「リオさん！　大丈夫ですか⁉」

クラスを魂へ書き込む際に淡く光って……それで終わり。何ら面白味もなく、単なる作業で通過する工程のはずなのに一体どうしてこうなった、とセンガは『不測の事態』の可能性を頭から引き出しながら理熾へ駆け寄る。

この儀式は魂へ直接影響を及ぼすのでかなり危険なもの。だからこそ、ギルドではこの儀式の安全性への配慮は勿論、効率化等の改良を行っている。理熾に言った『容量を満たさないクラス選択肢の排除』などもその一つだ。

よって儀式の際のイレギュラーは『人為的』にしか起きないといわれるほどに信頼性が高いのだが……今目の前でそれが起きてしまった。

当然人為的なイレギュラーである可能性が高いので、担当官のセンガは気が気ではない。

「んぁ…？　あぁ、おはようございます」

「大丈夫ですか？　何か体調とか気分に不調はありませんか？　それと、一度ステータスを見てみてください。クラスがきちんと選択したものが取得できているか確認をお願いします」

間の抜けた、寝ぼけたような感じで理熾が答える。少なくとも心が壊れたわけではなかったようで、センガは内心ホッとする。だがそれが見た目だけかもしれず、未だ気は抜けない。事態収束の工程に従い、矢継ぎ早に指示と確認を行う。

センガ自身の保身は確かにあるが、まず目の前の子供の心配が先にあった。

「んー体調はちょっと眠たいくらいですかね。ステータスは…おぉ、思った通りのクラスが手に入っています！」

名前：ミカナギリオ
年齢：13　職業：武神・空間使い《ディメンショナー》　称号：両立者《ダブルスタンダード》／開拓者《エクスプローラ》
Lv：2　SP：75　HP：240　MP：131
筋力：97　敏捷：88　体力：72　知力：114　魔力：69　幸運：5
所持金：26500カラド
武器：手ごろなナイフ　防具：布の服　運動靴

＊スキル
パッシブ　：言語知識《バイリンガル》　武術指南　魔力感知Lv3 NEW　魔力操作Lv5 NEW
　　　　　　体術Lv8　成長力強化　身体能力強化Lv3
アクティブ：空間魔法 NEW
ユニーク　：武神 NEW ⋙ 武器の心得《マスターウエポン》(全武器装備解放：パッシブ) NEW
　　　　　　　　　　　　戦技の極意《バトルマニア》(全武技使用解放：アクティブ) NEW
　　　　　　スキル取得Lv2(SPを消費してスキルを取得できる、消費SPが20以下のものから選択できる※ユニークスキルを除く)
業《カルマ》 NEW　：虚弱化《アビリティロスト》 NEW

備考：討伐ランクG

感動の一言。理織自身、分の悪い賭けだと思っていたが、まさかの結果だ。

物理最上位、魔法上位のクラス補正がそれぞれ付いた現在、比較対象がいないのでどれだけ強いかはわからないが、さすがにLｖ2の平均を超えているだろう。テンションが上がり続けるのを必死に押さえ、ステータスを上から順に確認していく。

（物理スキルが軒並み上がってる！　それに魔法関連も二つ増えてる・・・！　もしかしてクラスの『前提条件』を無理矢理付与したとかじゃないよね⁉）

まさかの可能性に思い至り、戦々恐々とする。クラス解放の条件に必要なスキルが、辻褄《つじつま》合わせのために強制的に付与されたのならあまりにもお得な状況。まさしく強さに対してショートカットを決めた瞬間だ。ただ前提条件がこれだけなら簡単すぎるので、その中でも『当然すぎるスキル』が付与されたのだろうと予想する。何せ物理最上位と魔法上位のクラスなのだから。

（あぁぁぁ、【空間魔法】が増えてる！　これでついに僕も魔法使い！　育ててやるよぉぉ！　それにしても〈武神〉が鬼だな!?　何これ！　いくら最上位クラスでも限度があるでしょ！）

自身のステータスを見ているだけでテンションは最高潮《クライマックス》だ。異世界の冷たい歓迎を受け、数日とはいえ能力面では不遇に染まっていた理織には耐えられないほど嬉しい。かろうじて叫んではいないが、表情は抑えることができない様子で、物凄く良い笑顔だった。

そんなことを思いつつも、どこに落とし穴があるかわからないとステータスを隅々まで見ていく。するとユニークスキルの欄よりも下に『業《カルマ》』という、新たな欄が発生していた。

「あ、うん？　何だろうこれ…業《カルマ》？」

「なっ!?」

「え？」

心配そうに理織を見下ろしていたセンガの顔色が変わる。どちらかといえば悪い方向に。先程選択クラスが多すぎたときも同じような反応をされたことを思い出す。とはいえ気になることには違いないのですぐに「どうしました？」と質問。それに問題だというなら解決法を考えないといけないが、内容を聞かねばそれも難しい。

「…ごく稀に、生まれながら、もしくはクラス選択時に『業《カルマ》』が刻まれます。所持する業《カルマ》は人によって変わりますが、それらは総じて所有者に不利益をもたらします。呪いに近いものですが、呪いとは違って自然消滅以外の方法では解消できません」

センガが苦い顔で告げてきた。戦力は他者を圧倒するほどに高い方が良いに決まっている。そのためにリスクを取ったのに、これでは本末転倒となりかねない。

理織が考えていたように、随分とまずい状況に陥っているようだった。

「それはまたハンデを背負った感じですね……」

「私がついていながら申し訳ありません」

「いえいえ、多分自分の適正とかのせいなので気にしないでください」

適当に流し、概要を聞いていく。業《カルマ》の発動条件や内容は人それぞれで統一感がないそうだが、理識には思い当たることがある。

(多分二つのクラスが魂の容量を超えて、足りない分を『業《カルマ》』で補完したんじゃないかな。そもそも『可能性』のところだけで選択肢が広かったわけだし、何を取っても程度の差はあっても業《カルマ》持ちになった可能性高いし)

メリットもデメリットも引き受けた結果が、今のステータスだ。自業自得の言葉通りだろう。

魂の容量を超えるクラスは刻めない…これは絶対のルールらしい。たとえるなら魂の容量は一枚の紙で、クラスは契約の文面だ。クラスによってフォントサイズや言語は様々で、選択時に問われるのは契約内容が書き込めるだけのスペースが紙にあるかどうか。

しかし足りない場合は、足りない分を『何か』で補充しなければならず、その何かが恐らく『業《カルマ》』に当たる。その業《カルマ》が所有者側の魂の一部を強制的に引き伸ばして容量《広さ》を一時的に増やしているのだろうと理識は推測する。

先の例でなら、紙の厚みを犠牲に引き伸ばして面積を広げる感じだろうか。

だが規定の厚みがない紙では文字が透ける、滲むなどの『不具合』が生じ、それが『業《カルマ》』として表れた。だから外部から何をしても治せず、自然消滅…いや、これは『魂の容量を上げること』で正常に戻すしか、不具合を解消することができないのだろう。

(つまり、業《カルマ》を持ってる間は最低でもクラス選択ができないってことか。ぁーこうなると魂の容量の上げ方調べないと…ってLvかな?　…詳細知りたいなぁ。

そういえばセンガさんがさっき『不利益をもたらす』って言ってたよね…内容訊いておいた方が良いか)

論文にして発表するわけでもないので適当に頭の中で結論を出して質問に切り替える。ようやく手に入れた強みを喜ぶ今の理熾の思考能力は半端ではない。

「センガさん、僕の業《カルマ》って【虚弱化《アビリティロスト》】らしいんだけれど、読んで字の如くかな？」

「そうですね…程度によりますが大体一割程度の能力が下がる業《カルマ》ですね。本人しかその差はわかりませんが、回復した人が言うにはそのくらいだそうです」

「おぉ…結構厳しい…」

　他者を圧倒する戦力が欲しい理熾に能力減は、やはり厳しい。だが既についてしまったものは仕方がない。プラスであろうとマイナスであろうと、全てを利用するしかないのだから。

　理熾は顎に手を当てた姿勢で少し考え、「センガさん、これって『状態異常』ですか？」と訊いた。その冷静な態度にセンガは不信感を抱くが質問に答えた。

「ええ、【虚弱化《アビリティロスト》】に関してはそうですね。ですが、残念ながら業《カルマ》は自然治癒でしか回復できません。他にも状態異常とは別に呪いに近い【不運体質《ハードラック》】などもありますが、そちらであれば能力が下がることもなかったのですが…」

「んーよしよし。不幸中の幸いかな。僕の業《カルマ》がこれで・・・・よかった！」

　断言的に告げる理熾に、センガは首を「え？」と傾げるしかない。

　第三者から見れば不幸中の不幸だろう。最高位の〈武神〉を手にしたことでそれほど気にならないのかもしれないが、割合減は数値が高くなるほど重くのし掛かる。せっかくクラス選択で能力値を上げたというのに、ダウン補正を受けてしまうのだから。

「ま、まぁ…お気に召したのでしたら構いません。かなり時間を使ってしまいましたが、当初の予定通りクラスに適正のあるスキルを調べましょう」

　業《カルマ》の原因はセンガには全くわからないが、処分は否めないだろう。いくら理熾が『自分のせいだ』と主張したところで、監督官はセンガなのだから。それなのに業《カルマ》を受けて「発想の転換って素晴らしいね！」と喜んでいる理熾を見るとセンガは何とも言えなかった。

　クラス選択の儀式場を後にし、資料室のような場所を訪れる。ここでクラス特性を知り、合うスキルを選択し、見繕ったスキルの習得方法を教わることになる。

「さて、リオさん。〈武神〉と〈空間使い《ディメンショナー》〉のどちらを選択されたんですか？」

　必要な知識を叩き込むためにはそこの前提条件を知らなくてはならない。さも当然かのようにセンガが質問した。

「え？　両方選びましたけど」

「は？」

　選ぶな、という話をしたはず。だから当然どちらか一方を選んでいなければならない。実際センガの質問はおかしくはないし、忠告を聞いて取りやめるのが一般的だ。

　ただ単に理熾が相手なのが悪かったのだ。

「アレ、僕両方のときの注意事項は聞いたような？」

「えぇ、だから『しないように』って言いましたよね？」

「ん？　言われてませんよ？　クラスを魂に刻むから『危ないよ』って言われただけで」

　あまりにも軽い理熾の返答にセンガは唖然としてしまう。これを揚げ足取りというのだろうか。心が壊れるのは生半可なことではない。子供といえど一生を棒に振る可能性くらい理解しているはずだ。だから今は、やってしまったことよりも『リスクを承知だったのか』が一番の問題だろう。

　センガは語気を強め、威圧するように話し出した。

「リオさん、貴方がしたことは大変危険です。それを理解した上で行ったということですか？　私の忠告等を全て聞いた上で、貴方の判断で行ったと？」

「え？　それはそうでしょう。業《カルマ》の話もそうですけど、たとえ失敗して壊れても単に僕のせいでしょ？」

　別段気にした様子もなく返す理熾にセンガは恐怖した。知らないからやらかしたのでも、反発心があったわけでもない。しっかりと考えた上で『リスクを取る選択をした』ことに。まさか子供がそんな判断を下せるとは…いや、蛮勇ゆえの行動かもしれない、とセンガは冷や汗を流す。

「そうですか…それならば問題ありません。上へ報告

「えー…それはやめて欲しい…いや、というかやめた方が良いんじゃないかなぁ」

センガには報告を渋る理由がわからなかった。叱られるのが怖いのなら、最初からやめておけば良かったのだ。リスクを取ったと話す割には片手落ちな状況に、センガは真意を測りかねていた。

「だって僕みたいに成功するとは限りませんから。あ、僕自身も業《カルマ》が発生したから、ノーリスクってわけじゃないか。まぁ、でも。成功者がいるってだけで他人はきっと真似するから、できれば伏せていて欲しいかな」

「では業《カルマ》の件も報告できませんが…」

「え？　うん、別に良いですよ？　僕は状態異常系《デバフ》で本当に良かったと思ってるし」

真意が全く読み取れない。理織の受けた業《カルマ》はかなり厄介なものになる。自身の戦力に常時足枷《あしかせ》が付き、さらには業《カルマ》が『状態異常と判定される』ため、耐性系統の装備品の効果を無力化してしまう。普通はクレームになるような案件で、だからこそ業《カルマ》が付いた者にはそれなりの賠償金が出る。

しかもセンガが報告する資料を全て用意するため、被害者は単に「上に報告しろ」と命令するだけ。それらを完全に『自分のせい』だと話して賠償金の話を蹴り、なおかつ「良かった」と笑って言えることがセンガには信じられない。

「まぁまぁ、センガさん。既に対策も取ったから本当に気にしないで。それより〈武神〉と〈空間使い《ディメンショナー》〉に効果のあるスキル説明お願いします」

センガには二〇ほども年下だろう理織の考えが全く読めない。何より業《カルマ》という加護に相対するような不利益を、部屋を移動するだけの時間で対策したと言う。これでは理織の『常識がない』と話す言葉が全く違う意味で聞こえてくる。

センガの口からこぼれ落ちた「君には一体何が見えているんだ…？」との呟きを、理織は笑いながら拾う。

「そうですねぇ…目の前かな？　悪いことでも見方を変えれば何とかなるものですよ？」

笑いながら「まぁ、どうしても無理なこともあるけどね」と続ける理織を見て、センガはもう庇護すべき子供だと考えず、対等な大人と同じ対応をすべき相手だと認識し直した。

「色々と失礼しました、リオさん」

「え？　何にも『失礼』されてないけど……」

「気にしないでください。単なる私の気構えですので。さて、クラスの特徴ですね。〈武神〉は強力なユニークスキルを持つクラスとして有名ですが、発現者が少なく資料も多くありません」

「ぁーそういえばこの国ではいないとかって言ってたような…？」

センガに改めて言われ、理織は嫌な想像が膨らむ。もしかして選択を間違ったか、と。教えてもらった話はこの上なく理織好みだったので、どちらにせよ他を選ぶことはなかったが。

「はい、他国を合わせても、過去を遡ってもそれほど多いクラスではありません。下手をすると現在の所有者はリオさんのみの可能性もあります」

「うわ、すっごいレアなクラスじゃない⁉」

驚き、はしゃぐ理織を見て、センガは『このあたりは子供だな』という感想を持つ。ひらめきや割り切りが大人以上にシビアなくせにこのギャップ。見る者を惑わせるようだった。

「そういったわけで資料等は少ないのですが、特に資料は不要です。一つ、全ての武器を扱える。二つ、全ての武器の技《武技》を扱える。三つ、熟練度の値が不明、の以上三点がポイントとなります」

ふむふむと理織は相槌を打ち、疑問に思う点を質問する。

「聞いてる限りだと、武器を使うのに有利なスキルは全て役に立つって聞こえますね」

「ご明察です。肉体の強化系は言うまでもありません。そもそも格闘等の近接戦から投擲《とうてき》武器や弓の遠距離までこなせるので、ご自身の戦闘タイプによって得るスキルを考えるとよろしいかと」

「…何というか凄いクラスですね？」

「ですが、その分熟練度の値が見えません」

「値が見えない？」

「はい。過去の所持者によると『熟練度が上がっている感覚はあってもＬｖは上がらない』とのことです。もしかすると【武神】の発現にて完成の可能性もありますね。よって現在のところＬｖ２以上は未確認です」

　確かに最高位のクラスでもある〈武神〉は、ある意味で物理職の最終目標とも言える。遠近の武器と技を共に扱えるのだから、それくらい掲げてもおかしくない。だからこそ、『【武神】を持つことが終着点《ゴール》だ』との結論も頷ける。

　けれど理織は気になったことがあった。

「一つ訊きたいんですが…」

「なんなりと」

「〈武神〉を獲得した人は高齢だったりしない？」

「その通りです。よくわかりますね」

　その答えを聞いてＬｖ２以上が存在しない理由が理織にはわかってしまった。いや、元々話はとても簡単なのだ。

（多分、【武神】を取得してからＬｖ上げるだけの期間がないんだね。『〈武神〉は終着点《ゴール》』と呼べるだけの魂の容量だったり、経験値が必要になるはず。それを満たしていざクラスを得ると、ユニークスキルの【武神】を使う時間がない。要はＬｖが上がるだけの熟練度を稼げずに引退ってこと。ま、想像だけど）

　理織の場合、これからは全て使う時間になる。過去の偉人が届かなかったと気にする意味もない。もし今後ずっとＬｖ上がらないのなら他に理由があるだけで、そもそも〈武神〉のクラス自体が十二分に強いのだから今でも問題はない。

　単に『〈武神〉は万能すぎる』との結論を下し、今後の成長は図書館などでスキルを調べ、使用感などを確認する方が良いだろう。それまでに訊ける相手を見つける必要があるのだが。

　このために来たと言っても過言ではない魔法の方に意識を向け、ひっそり気合が入る。理織にとって、今は物理クラスの〈武神〉より、魔法という『ファンタジー』の方が遥かに大事なのだ。

「それより〈空間使い《ディメンショナー》〉はどんな感じなんですか？」

目をキラッキラに輝かせながら訊く。分析やら運に懸けるとか、先程までとの雰囲気と全く違う。元々子供だが、表現的に『完全に子供と化している』とするのが一番正しいだろう。

「え、えぇ…そうですね。【空間魔法】も【武神】と同じく非常に汎用性が高い魔法になります。故に基本的に魔法を強化するようなスキルさえあれば十二分に効果を発揮するでしょう」

理織の変わり身にセンガが戸惑いつつも端的に答えた。理織は少し考え、出てきた言葉は「どんなことができるんですか？」というもの。

【空間魔法】についてあまりにも知らなすぎる。少しくらいは埋めておかなければならないだろう。

「複雑な話になるのですが、【空間魔法】の使い手は現在地を『座標』というもので観測しているそうです」

「何だかいきなりよくわからない話に…」

「ですよね…私もあまりわかっているわけではありませんが、簡単に言うとワタクシの立ち位置からリオさんまでの距離を常に測っていることになるそうです」

「え、何て面倒な」

「いや、もう既にクラス持ってますよね？　今更ですので、しっかり習得してください。本来魔法の照準はかなり曖昧なものです。目測で『大体この辺』という感じで魔法を繰り出します」

センガの説明に理織は頷きで答える。理織の考える魔法とは範囲攻撃で、まさに『そこら辺』へ効果を及ぼすものだった。

「ですが〈空間使い《ディメンショナー》〉はその照準を非常に細かく認識・指定でき、魔力のロスが少なく、効率よく効果を発揮させられます。

むしろこの技術の高さを競うのが魔法士と言っても過言ではありません。高い効率・威力・密度・命中率がどの分野でも必要とされますが、魔法士はそれ以上に要求されます」

いつの間にか世間一般の魔法士の話にすり替わる。

ただやはり講師の肩書きは伊達ではなく、今後必要となる心構えの説明は続く。

「魔法士は物理職とは違い、魔力を使って何かを成します。これは物理職のように、装備の恩恵を受けにくいことを意味します。あぁ、魔法職に装備がないという意味ではありません。杖や短剣などといった魔力伝導率の高い触媒を持てば効率・精度・威力などは上がりますから。たとえば『何かを切りたい』としましょう。物理職であれば刃物を用意するだけですが、それを魔法士が行うとなるとどうなるでしょうか？　風を束ねて刃を作り出す、高温の炎で焼き切るなど、自身の魔力で『武器を作るところ』から始めなければなりません。物理職も技量の多寡はありますが、単純に優れた装備があれば誰でもある程度の攻撃ができます。しかし魔法士は杖などの媒体があっても補助にしかなりません。魔法士はそれほど『本人の能力に依存する』ということです。故に純粋な魔法士ほど『身を削る意味』を理解しているとワタクシは思っております」

センガの説明が熱を帯びる。昔何かあったのかもしれない。「話がそれてしまいますね」と笑いながら話すが、目は真剣なままだった。

「まぁ、魔法士はその分武器を持たなくて良いので身軽ですし、攻撃手段を複数用意できます。結局物理職・魔法士共に一長一短。それを『どう扱うか』はそれぞれの能力です。ただしやはり魔法士は武器の元になる魔力管理が重要で、それができないのであればただの足手まといになります」

最後にサクッと毒を吐く。恐らく理織に『お前はそうなるなよ』と釘を刺したのだろう。

「以上のことから、魔力の管理や命中精度などは魔法士に強く求められますが、それらの問題を〈空間使い《ディメンショナー》〉はクラス補正で賄える稀有なものです。一番のネックである無駄撃ちが減らせ、照準が定まるので攻撃範囲も狭く設定でき、その余力分を威力や密度に回せるので効率的ですから」

「なるほど……良いクラスですね」

全くもって良いクラスである、と相槌しか打てない。

命中率や効率に関しても、修練の結果が〈空間使い《ディメンショナー》〉

のクラスなのだ。本来の経緯で手にした者からすると『そりゃアレだけ頑張ればそれくらいないと』とも思うだろうが、理織は違う。〈武神〉のときもそうだったが、クラスを習得したことで得た特典なのだ。全てにおいて過程と結果が逆転していた。

「さて、本題に戻しましょう。先程も挙げましたが、〈空間使い《ディメンショナー》〉は空間に関する攻撃や防御などが行えます」

「それって練習どうするんですか？」

「とりあえず《亜空間》の習得から始めると良いと聞きます。荷物を《亜空間》内に保管することができるので、荷物袋を体積・重量を感じさせず持ち歩ける感じです」

「おぉ！　それは凄い。使えればかなり移動が楽になりますね。ちなみに重量とか、使用時の制限などはありますか？」

　ウキウキとした表情で問う。今後も薬草のような依頼があるかもしれないので、荷物を持ち運ばなくて良いのはかなりありがたい。

「『最大積載量』は確かに存在しますが、【空間魔法】の熟練度に比例して拡張します。それと魔力量も関係しますね。また、使用に際して魔力……ＭＰを使うので枯渇していると開けません。注意してください」

「なるほど、魔法で作る空間ですしね。だとするとＭＰなくなると《亜空間》が壊れるってことですか？」

「いえ、それはありません。《亜空間》自体は一度作ってしまえば所有者の意思なく壊れることはありません。例外は所有者の死亡をもって維持ができなくなるときだけです。その際は中のものが所有者が死亡した場所に全て吐き出されることになります」

「まぁ、死んだら荷物がどうのこうの言ってる場合じゃないですよね」

　理織は頷きながら同意する。『けどそうなると遺産相続はかなり大変だろうなぁ』と適当なことも考えていた。

　センガは「他に何かありますか？」と訊くが、理織もすぐには思い付かず、首を振ったのを見て続けて「では最後に。練習の際は魔法の担当者を付けますので、その際にお願いします」と締めくくった。

そこでふとセンガが思い至った。

「今更なんですが、この講習っていらなかったかもしれませんね」

「え？」

「この工程は選択を間違わないためのものですが、リオさんのクラスはどちらも汎用性が高く、物・魔共に扱えますので何を取ってもほとんど間違いがありません。他の方なら物理職なのに魔法士用のスキルを取ろうとしていた、なんてこともあるので必要なんですが……」

「おぉ！」

「あぁ…ですが武器補正系は気をつけてください。〈武神〉に組み込まれているので普通は取れないはずですが、リオさんなら…と思うと念のため」

センガのそんな推測に理熾は乾いた笑いしか出なかったが、その間にも時間も場所も移り変わる。雑談を交わしながらギルド内の施設である訓練場に案内された。

足元は踏み固められた土の地面。周囲を木杭《きぐい》と小さな石垣で区切られた、闘技場のような作り。風や光を取り入れるためか全体を覆うような外壁はなく、木造の屋根があるので一応屋内といえなくはないが、頑丈なテントのような作りかもしれない。

クラスの説明も終えたため、次はここで実践になる。全く使ったことのないクラスとスキルなので物凄く楽しみな理熾。いや、そもそも一度の戦闘も経験していないため、事情を知る者なら不安しか残らない。

「さて、リオさん。ようやく皆さんに追いつきました。おめでとうございます」

「あ、ありがとうございます」

何だかよくわからないやり取りである。この段階でやることといえば、クラスやスキルを使用して戦うこと。実践というより、まさに実戦らしい。既に先行していた残りの研修者は基礎体力を付けるためか追い回され、実戦を学ぶためか殴り飛ばされていた。

そんな周囲の様子を横目に感じ取る理熾は不穏な空気に冷や汗を垂らす。

「始めていきましょう。それでは構えて」

「え…いきなり？」

「実力がわからなければどうにもなりませんので。リオさんの得意武器ってありますか？」

「ぁー…いえ、ないですね」

「さすがです。では始めはゆっくりいきますので頑張ってください」

センガは理織のタイプを【格闘術】や【武神】の無手だと勘違いしたが、武器の得手・不得手がないのではなく、単に使用する武器がないだけ。カッターナイフや包丁などの家庭用刃物以外の武器は、先日【神託《オラクル》】報酬で手に入れ、ナイフを握ったのが初めてだ。

センガが引き絞るように身を屈めている姿を視界に納め、理織が思わず『戦えるはずないじゃん⁉』と悪態をつくのも仕方ないだろう。

だがいくら戦う力がなくとも、考えることくらいはできる。センガの動きをよく見れば逃げることくらいはできるかもしれない、と動きに目を凝らす。……武器は特に見当たらない。

（武器がないから魔法士ってことか…なッ⁉）

そんな判断をした瞬間にセンガが突っ込んでくる。しかもかなりの速度で。気が付いたときにはもう目の前にいて、右手を振りかぶっていた。武器がないのならば予想される手段は無手の【格闘術】だ。一歩下がりつつも必死で対策を考えるが、現実は違った。

振り下ろされた右手には、いつの間にか短剣が握られていた。初手で遅れ、武器を誤解し、防御のタイミングを失《な》くし、状況を把握できた現段階では全てにおいて手遅れ。

元々避けられるとも思っていなかったが、身を固めることすらできそうになく、振り下ろされる短剣を眺める。

（当ると痛そうだ…いやだなぁ）

理織がそう思った瞬間、カァンと高い音を立てて空間が弾けた。

「なっ⁉」

確実に入るはずの体重を乗せた一撃を弾かれ、腕を振り上げた体勢が横に滑るように崩れたセンガは顔を驚きに染める。何が起こったのかわからないのは理熾も同じだが、身体は意識もせずに流麗に動いた。

弾かれたセンガの崩れた体勢を整える前に右手首に狙いを定め、理熾も同じ右手で鋭い一撃を入れる。理熾が予想していた速度より遥かに速く鋭く放たれた一撃はガッと音を立て、センガの右手首に直撃した。なかなかの威力だったのか、センガの顔が歪み、右手から短剣が滑り落ちた。

目標を取り落とした短剣へと即座に切り替え、右腕を引き戻す動作と連動させるように左腕を突き込み空中でキャッチ。そのまま低い姿勢だったセンガの首筋を刈るように真下へ短剣を振り下ろすと、攻撃を受けた頭はゴトリと床に落ちた。

見事に首に吸い込まれた短剣を理熾は傍観者の視点で眺めていた。闘争本能…いや、むしろ生存本能による迎撃。やらなければやられると思ったし、何より『刃物』での攻撃だ。当ればただではすまない。

そう、ただではすまないのだ、と思い至り、慌てて理熾がセンガに近付く。

「だ、大丈夫ですか⁉」

短剣で首を切りつけておいて大丈夫なはずがない。少なくとも正当防衛と言える状況ではあったが、そういうことでもない。つい先程まで相手をしてくれていた講師の首を斬ったのだ。理熾の精神状態はまさに驚天動地の有様だった。

そんな中。

「げほ、ごほっはぁ…。まさか瞬殺されるとは思いませんでした。やはりリオさんの実力はかなりのものですね」

そんなことを言いながらセンガが上向きに転がった。生きていて良いはずなのに『え？　何で生きてんの？』と思ってしまう理熾。頭が落ちたように見えたが単に崩れ落ちただけらしく、首はきちんと繋がっていた。混乱する頭で状況の整理を終えると少し落ち着いていた。やはり人間余裕というものは大事だと心に刻む理熾。

「無我夢中でして」

「そうなんですか？　軽くあしらわれた感しかありませんでしたが」

首筋を確かめるように撫でながらセンガが飄々《ひょうひょう》と言い放つ。とにかく生きていて良かったと思い、ついでに何故かという疑問が生まれる。原因である握ったままの短剣を見てみると『竹光』だった。要は木剣というやつだ。これなら重量のある不慣れな武器を苦もなく振れた理由もわかる、と息をつく理熾。

「それにしてもさすがに〈武神〉と言うべきでしょうか。その短剣、重さも金属製と同じなのですよ。不慣れな…いえ、初めて手にする得物で即座に切り返せるなんて凄いですね」

「え？」

「武器を手足のように扱う…これはどの武器を扱っても最終目標でしょう。【武神】のスキルはそれをできるからこそ『何でも扱える』のです」

身体を自由に扱う【体術】。そして武器を持ってすら発動する【体術】が【武神】で、やはり【体術】の正統な発展系なのだろう。

理熾は『武器まで含めて自分の身体なら強くて当たり前だよね』と体感で学ぶこととなった。

「本来は初心者の力を試すためでしたが、講師役が負けちゃいけませんね…。ちなみに初撃を弾いたのは何だったんですか？」

身体を起こしながらいっそ清々しいとも言える雰囲気で問いかけてくるが、センガにとっても防いだ手段がわからないらしい。理熾の返答は当然「僕もわかりませんが…？」と、お互い咄嗟《とっさ》すぎて原因が摑《つか》めないでいた。

「ふむ…固いものに当った感触と音がしましたね。固い…固い、か…。【空間魔法】の《障壁》あたりでしょうか？　無詠唱は確かに珍しいですが、ないこともありませんし」

センガが防いだ手段について予想を立てる。「ＭＰが減ってれば確実ですね」との言葉があったので、ステータスを確認すると確かに100ほど減っていた。となれば原因はこれなのだろう。

（え、でもたった100で講師《センガさん》クラスの攻撃防げるの？　咄嗟だったし、もっと使っても良さそうだけど……あぁ、逆か。もっと消費を調節できるのか）

一人うんうんと納得してセンガに向き直る。ＭＰが減っていることを告げると予想が当ったことにセンガは目に見えてホッとする。やはり業《カルマ》を持たせてしまった手前、新たな原因不明が増えるのは嫌なのだろう。

「でもたまたま防げただけだと思います」

「うーん…だとしても、いきなりの戦闘での防御に使えるほど簡単ではないはずですが…」

「僕は『痛いのは嫌だな』って思っただけで特に何もしていませんから、使い方をちゃんと学ばないと…」

「なるほど、では戦闘スタイルというモノがまだ確立されてないんですね」

戦闘スタイルも何も、そもそも争いすらまともにしていない。強力なスキルなのは間違いない【体術】や【武神】だが、実は『身体を上手く扱えるだけ』でしかない。

つまり戦い方を知らないと役に立たず、今のところ戦い方が全くわからないのが理熾だった。

（うっわぁ…最上位スキル持ちが『型から覚える』とか言ったら怒られそう…）

理熾にとっては生命線なのに、どう考えても誰も教えてくれなさそうである。とはいえ、本来一番難しいのは『思ったように身体を動かすこと』だ。その点理熾はクラスとスキルの補正により、他者より遥かに高水準で的確に動く身体と能力を持っている。

つまり理解してしまえば全く同じ行動が取れるので、戦闘技術を学ぶだけで最低限の力を手に入れられる。ただ条件反射ではなく思考からの動作でしかないため、慌てていたりすると結局使えないあたりは周囲と同じだ。

そんなことを何一つ理解していない理織は「アハハ…まぁ、頑張ります」と冷や汗を流しながら答えるしかなかった。

こうして初めての実戦はあっさりと終了してしまったが、これで終われば『合宿』など開かれない。先程のセンガとのやり取りは前座も前座。指先一つも掠めていないほどの表面だった。

「その動きは何ですかリオさん。先程の動きはまぐれだったんですか？」

センガの叱咤《しった》が心に刺さる。まさしくまぐれなのだが、言ったところで信じてもらえない。

〈武神〉を持つ理織は、それほどまでに期待されている。現に他の研修生・講師たちは入り乱れての指導だというのに、理織だけは年齢的にも技術的にも隔離され、センガを目の前にマンツーマン指導だ。

実際、教えられた動きは初見で五割の完成度。何度か行えば七割、八割と精度を増していく。これでは吸収していることは誰も思わず、手を抜いているとすら考えてしまうだろう。

いくらクラスやスキルが破格でもＬｖはたったの２。能力値も低く、むしろ業《カルマ》まで背負う理織では要求に応えられないことばかり。すぐに息が上がり朦朧《もうろう》とする頭。全身くまなくだるく、思考力はとうに消え、センガの指示に機械的に身体を操作し続ける。

「本日はここまでにしましょう」

少し息を弾ませるセンガが終了を告げたのは日が陰ってからだった。ちなみに周囲は一時間ほど前に終わっていたものの、未だ訓練場で死屍累々の様相を呈していた。

理織は座り込むこともなくぼんやりした頭で宿舎に帰り、汗だくのままベッドに沈む。疲れた……そう考える間もなく意識は旅立つ。あまりにも厳しすぎる訓練内容に苦情を言う暇もなかった。

翌朝、完全回復したからか、筋肉痛もなく随分と早い時間に目が覚めた。寝起きは元々良い方だったが、今日はいつにも増して目はぱちりと冴えていた。

浴場はいつでも開いていると聞いていたので理織は

着替えを抱えて急ぐ。朝風呂とは良い身分になったと思いつつも、あれだけ動いて寝落ちしたためそれなりに臭う。せめて汗だけでも拭っていれば、と後悔しても今更遅いのだ。

時間もないので着替えを脱衣所のカゴに放り投げ、服のまま浴場に突入して頭から湯を被る。身体中にできたすり傷が沁みるがお構いなし。ざっぱざっぱと何度か流してから足元へと服を脱ぎ捨て、踏みつけながら改めて頭から湯を被る。

時短のための簡単なすすぎ洗いだが、綺麗になるかよりも、もうニオイが取れればそれでいい。あとは絞って脇に置き、手足をさっと流して服を持って脱衣所に戻り、置いていたタオルで身体をサッと拭く。

さっさとしなくては遅刻による厳罰が下る。あれだけしごかれる中で告げられた『厳罰』がどれほどかを考えるとぞっとする、と限られた時間で朝食を口に含んで飲み下す。それなりの食事だったが、急いでいたため味わうことも難しい。ちなみに昨夜も夕食が用意されていたが、食べにいけた者は半分にも満たず、たったの三人だったらしい。

（なんというか、凄いスパルタだよね…）

そんな感想が出るも、手も足も止められない。残り二日間の午前中は勉強を強いられる。

その内容も講師が教えるのではなく、質問を投げ掛けられるのみ。しかも五秒以内の返答しか許されず、時間切れや間違いは誰彼構わず即座にペナルティ。次以降の問いで間違える者が出るまで席の隣でとりあえず・スクワット。

「おい、誰が休んで良いって言ったよ？　きっちり一秒に一回は腰を落とせ」

問題が間断なく飛び交う中でも、講師はしっかり誤答者に睨みを利かせており、どこの軍隊だよと思う時間も余裕もない。

こうなると討伐者の知識の確認作業が主のようだが、当然理織にとっては全てが初見で初耳なことばかり。耳を澄ませ、目を見開き、思考を研いで覚えていくしかなく、徐々に難易度が上がるそれらの知識がなくては、後半の応用問題が一切答えられずにスクワット三昧。

ちなみに、午前中で立ち上がれなくなった者が二人出た。

勉強をしていたはずなのに、身体を引きずるように食堂へと向かう研修生たち。立てなくなった者は肩を借りて移動したこともあり、死者の葬列かと見紛うようなどろりとした疲労感を空気に滲ませた。

どうにか辿り着いた食堂で出された食事は、非常に硬いパン一つにお湯に等しい具もなき塩のスープが一杯。昨日の夕食や今朝の朝食を思うと雲泥の差。食事に金を惜しんでいるのではなく、遠征時にとる『最低限の食事』に合わせてあるらしい。ここは『ある程度施設が揃っているだけの狩場で安全圏ではない』と明言されていたが、こんな方法を採るとは誰も思っていなかった。

また、証明するかのように、つい先程食事『休憩』だと誤認して気を抜いていた一人が、物陰に隠れていた講師の攻撃で失神。食堂の片隅で壁を背にして転がる研修生を背にして講師が立ち、呆然と眺める残りに「起こすなよ？」と一睨みして去っていった。

食事時間は厳密に決められているので、このままではあの研修生は食事すらとれないが、起こすことは許されない。理熾たちは静かに黙々と硬パンと塩スープを胃に詰め込んで訓練場へと移動する。

引きずっていってやるか、と口にした者もいたが『起こしてしまうかもしれない』と放置することになる。ここにきて研修生たちは改めて『安全圏ではない』という意味を理解し、息を呑んだ。

午後になり、訓練場へと集められた理熾たちがまず受けた指示は

「敵に攻撃するのも逃げるのも、足の速さと持久力が大事だ。だからとりあえずお前ら走るか。最後尾をチンタラ走ってるようなヤツには俺が蹴りをくれてやる」

と、午前中に延々と足を酷使した後のランニング指示に顔を見合わせる研修生。講師は一切構うことなく

「よーい、ドン。ほら、最後尾はだーれだ？」と号令を掛けて迫る。

こうして時間も決められずに訓練場を回るように徒競走が開始された。

最後尾にならないよう調節しながら走る、なんてことはよほど足が速いか、体力があるかでなければできない。研修生同士に面識がないため、他人の余力を見極めようもない。結果、全員が全力疾走でスタート。速度に応じてバラつきが出始めたタイミングで速度を落とした者を、最後尾を走る講師ではなく、いきなり横から別の講師が派手に研修生を蹴り飛ばした。

「おい、何勝手に速度を落としてる？　それなら余力で周囲を警戒しろ。実戦なら死んでるぞ？」

ぐうの音も出ないほどの正論だったが、息が上がる研修生たちは単純に『全力で走れ』と受け取って必死に走った。どちらにせよ疲労困憊《こんぱい》の研修生が、万全な状態で横槍を入れるだけの講師の攻撃を避けられるはずもない。全員が崩れ落ちるまでそう時間は掛からなかった。

しかし地獄はここからが本番だった。

「体力のない奴らだな。まぁ、走り回らせるだけじゃ芸がないか…。おい、そこでへばってるお前と、お前。ちょっと殴り合いしようか」

気楽な調子で告げるが、立ち上がるのもつらい状況で殴り合えとの命令。全員が無理だと感じたが、講師たちは気にしない。膝が笑っていようが、力が抜けようが、戦闘訓練を取り仕切る男性講師の指示で、二人を引きずるように立たせて向かい合わせる。

「さっさと始めてくれるか？　俺も研修生《ガキども》たちも暇じゃないんでな」

こうなると指名された二人はやるしかないと覚悟を決める。足に力が入らないため、お互いぶつかるように前へと進んだ。

「そうそう、せっかくだから勝った方は、ご褒美にお前らが喉から手が出るほど欲しい休憩をやろう。逆に負けたら俺たちが手ずから追い回してやる。捕まったら泣くほど…いや、泣いても転がされる覚悟くらいはしておけよ？」

そして「まぁ頑張れ」とエールを送る講師。殴り合いを繰り広げる二人は当然のことながら、周囲で力尽きている研修生もドン引き。負ければ地獄行きの無茶苦茶な条件に、負けてはなるまい、と二人は闘志を燃やす。

勢いのない踏み込み、威力のない攻撃を、力の限り振り絞る。そうして片方が崩れ落ち、もう片方があまりの喜びに腕を振り上げ勝利の雄叫びを上げ勝敗が決まった。

「よーし、それじゃ勝ったお前は短いがあっちで休憩。水も食事も用意してある。しっかり息を整えろ」

万感の思いを込めて「はいっ！」と返事をし、重い身体を引きずるように脇の腰掛に移動する。このときばかりは講師も配膳をしてくれた。

そして負けた側には「いつまで寝ている？　さっさと起きろ負け犬が」と悪夢のような罵声と共に蹴り起こされて立ち上がらせられる。ふらつく敗者を講師が引きずるように走らせ始めた。

「ほれ、次はお前とお前だ。ああなりたくないならしっかりな？」

にこやかに告げるのは悪魔の囁き。一組目と違って短いながらも見学時間があったことで少し体力が回復して身体が動く。当然速度も威力も増す中、次々ペアを指示していくが、この場の研修生は七人だけ。どうやら食堂に置き去りにされていた者がまだ来ていないらしく、数が足りないようだ。

そうして理燉が指名された四組目の相手は何とまたもセンガだった。

「はは、リオさんそれではお手柔らかに頼みますよ？」

実に楽しそうに告げる講師センガ。他の研修生は哀れむような視線を送る。実際理燉も売られていく子牛のような気分だ。うつろな目のまま、返事もせずに踏み込む。

当たったことがないので威力はわからないが速度はそこそこ。昨日に比べれば遥かにマシな動きで迫るが、当然のようにセンガはその上を軽くいく。

振りかぶる理燉の右腕よりも遥かに早く眼前に迫る

センガの手の平。理織は思わず目を瞑ると、顔ではなく腹部に衝撃を受けて横に転がる。

「戦いの最中に目を瞑ってはいけません。だからこんな簡単な攻撃も避けられないんです」

口調は優しくとも威力・速度共に申し分なく、たとえ目を開けていたところで避けられたとも思えない。しかし今回は転がされただけ。センガはすぐに理織の右腕を握って引き上げる。

あれでは『負け』に含まれないらしい。理織は引っ張られるまま、空いた左腕をセンガへとねじ込んだ。

ぱっと右腕を離されるだけで重力に従って落下し、左の拳が届かない。それだけでなく、腹目掛けてセンガの左のつま先が突き刺さり、またも地面に転がされた。

「この状況で戦意を失わないのは素晴らしい。嫌がらせの一撃にしては十分な威力でしょう。惜しむらくは引き上げている右腕に攻撃の重心移動が伝わったことと、目に力がありすぎましたね」

二度も腹部に攻撃を受けた理織は呼吸が整わず、手足にも力が入らない。容赦のない講師側のセンガは続ける。他の研修生はゾンビのようになりながら走るか、訓練場の隅で休憩しているかのどちらか。当然のように理織への対応に全員ドン引き。センガ以外の講師たちは知らん振りで理織以外の研修生の処遇を振り分け始めた。

「ダメですよリオさん。逃げるなら逃げる、戦うなら戦う、と行動を明確化しなくては。中途半端な動きは敵にとって『狙うべき隙』になりえます。そうして様子を窺《うかが》っているのかもしれませんが、だとすれば私への情報収集が疎かです」

横向きに転がっていた理織を蹴って仰向けに寝かせる。相変わらず息が荒い理織は、力もまともに入らずなす術はない。辛うじて痛みに瞑っていた目を薄く開け、センガを見つめる。

「回復を狙っているならまずは呼吸を落ち着けましょう。それだけで視界は広がりますから。逃げるための回復となると戦闘中では難しいので、道具や回復職《ヒーラー》に頼りましょう。それが叶わないのであれば逃走の判断は最悪と言うしかありません」

　次は理熾の足首を握って逆さに吊《つ》り上げるセンガ。

　この細身の身体のどこにそんな力があるのか。理熾は回らない頭で疑問に思う。

　だらりと弛緩したままの身体を見て
「先程のような反撃はどうしました？　まさか敵が見逃してくれると思っているのですか？　あぁ、もしかして『訓練だし死ぬことはない』とでも考えています？

　だとすれば随分と早計ですね。確かにワタクシたちが研修生《キミタチ》を殺すようなことは行いません。しかし、死んだ方がマシだと思うことは数多くあるのですよ？」

　ぽいっと軽い調子で理熾を数メートルも放り投げ、またも地面に転がす。そのまま跳躍から踏み潰しの一撃を右腕に受け、みしり、と腕が軋む音と激痛が走る。

　理熾は反射的に左腕で踏みつけているセンガの右足を殴り掛かる。が、理熾の腕の上で右足をぐりゅ、と捻りつつ跳躍するセンガには一歩届かない。

「今の反撃は素晴らしい。欲を言えば右腕が潰れる前に行った方が良かったですね」

　そう、これはいたぶられるだけの時間だ。受身になっていては使えない部位が増える一方。であれば、と理熾は悲鳴を上げる身体を持ち上げる。

「ほう、立ち上がれますか。では再戦といきましょう」

　センガは鷹揚に手を広げながら理熾の準備を待つ。理熾は左腕を前に、力の入らない右腕を垂らしたまま半身に構える。この姿勢に意味はなく、単に右腕を庇《かば》っているだけ。そして動く左手を相手に近い位置に置いているだけだ。

　周囲全てが引き伸ばされる感覚。時間も、距離も。そして痛みや疲労からも意識が外れていく。

　そして
「っと…これはこれは…」

　目の前で構えたまま意識を飛ばした理熾を見て、センガは苦笑いしながら抱きかかえる。極限の緊張と疲労に痛み。これだけ重なれば失神するのも仕方がないが、それは『構えながらすること』ではない。

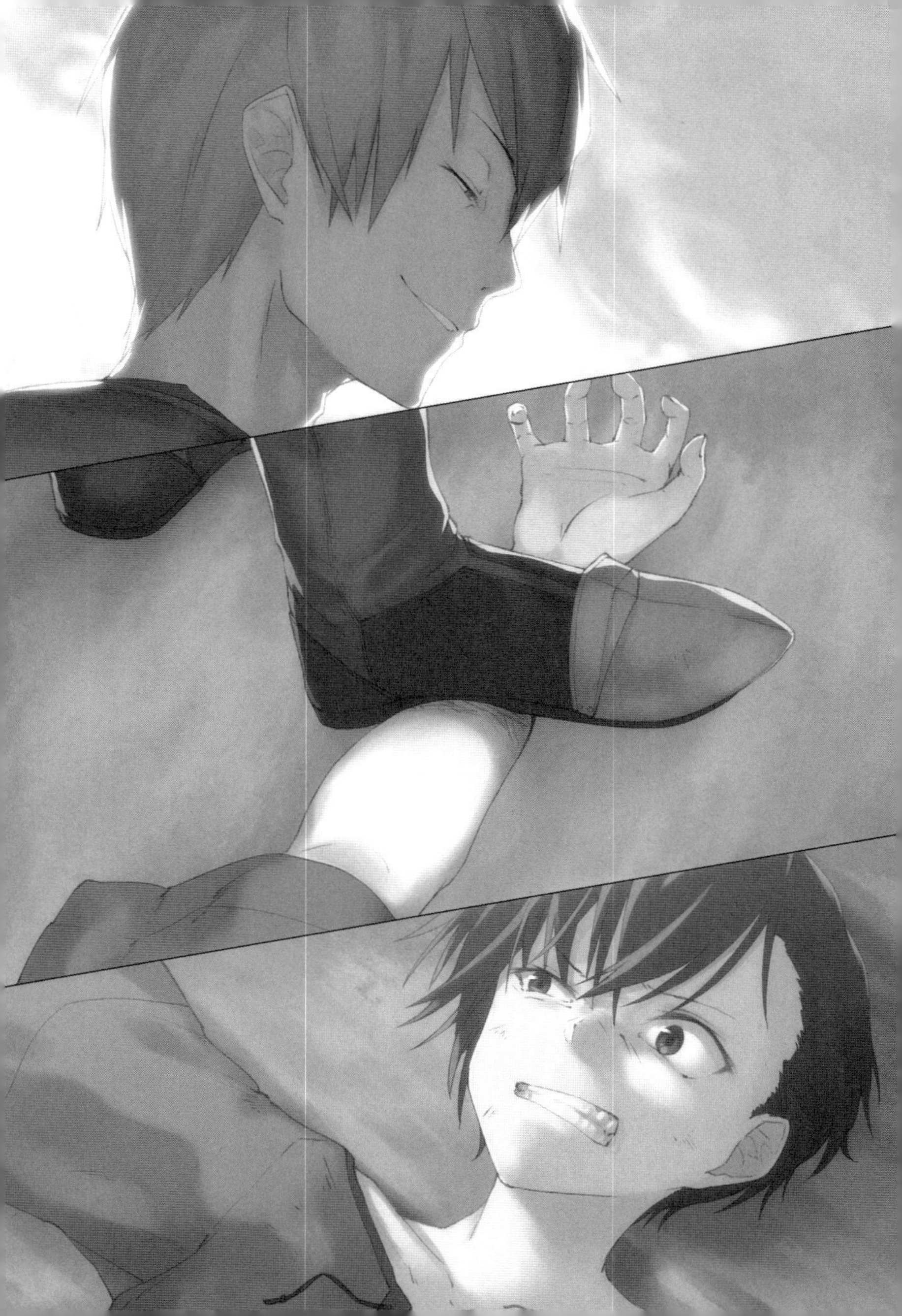

センガは周囲の講師に目配せして理熾を訓練場の端へと移動させ、回復職《ヒーラー》を呼んで休憩を取らせる。

他の研修生も一人、また一人と講師の手によって体力と精神力を削り飛ばされ倒れていく。それらを端に寄せては回復職《ヒーラー》に診せ、意識を取り戻してはギリギリの状態を維持させるように追い込んでいった。

三日間という短期間で仕込むには『極限状態での対応を強いる』のが最適だ。そのためのカリキュラムが組まれ、講師陣も十分に習熟している。過労状態にはなっても、たった三日程度では死ぬに至らないからこその詰め込み教育。

初日は比較的軽めの訓練に抑えられている。これは個々の力量を把握するためであり、同程度の訓練生をぶつけるためでもある。技量が同じか、もしくは少し上回っているほど切磋琢磨《せっさたくま》して育つ。特にエサをぶら下げれば目の色を変えて力を欲するだろう。

先程行った研修生同士の殴り合いは、初日に得た情報から出した対戦カード。素手でやり合うのは武器系のスキル対策、対戦相手を死に至らしめないため、そして『勝てるかもしれない』と煽るため。勝者には休養をやる、と囁けば食い付くのは間違いない。

敗者に『敗北の喪失感と屈辱』を味わわせた上でしごくのは、それだけ『敗北は重いもの』と理解させるためだ。魔物や盗賊相手の負けは死に直結する。相手が盗賊ならば奴隷落ちすることで生かされる可能性もあるが、それは人としての死には違いない。

そうならないために擬似的に何度も敗北を味わわせ、生き足搔《あが》くように仕向ける。だからこそ講師は敗者に鞭打《むちう》つのだ。ちなみに勝者は一〇分ほどの休憩の合間に水や軽食を口にできるが、その後すぐに講師によって行われる訓練でほとんどを吐き戻す。こちらは『勝利が一時的なものでしかない』という教訓だ。どちらにせよ叩きのめされることには変わりない。

そんな中、研修生の中でも弱者の理熾は、一時間ほどの休憩を経て起こされ、今度は刃引きされた武器での戦闘訓練が始まる。力加減のできない研修生同士ではなく、死なない程度に痛めつけられる講師《センガ》との戦闘訓練が、だ。

# 第八章 初めての○○

落ち着いた今、理熾が一番苦労するのは、やはり『暴力の使い方』だと思い知らされる。

研修を思い返せば『暴力反対！』と暴発しかねない過激なものだが、叛乱《はんらん》は一度も起きなかった。いや、起きるだけの気力も体力もなかったと言うべきか。

ただ他者を傷付ける覚悟のなかった理熾には『攻撃の重み』を心に刻んだ得がたい経験だと言えるだろう。


時刻は夕方を回ったあたり。野蛮な研修が終わりを告げ、ようやくあけみやへと帰ってきた。地獄の初心者研修を何とか終えた理熾は、茫然《ぼうぜん》自失《じしつ》とも言える酷い状態であけみやの玄関をくぐり、研修が終わった事実を確認するように「ただいま、セリナさん」と声を掛けた。

「リオ君お帰りなさい。研修はどうだった？」

「大変でした。もうこの一言に尽きるかと」

何ともげんなりした雰囲気で答える理熾。外傷はないが、ことごとく疲れている。ようやく解放されたことに対する実感が出てきたようだ。

「そ、そう……ご飯でも食べる？」

「はい、いただきます。やっぱりここの食事は別格ですね。研修で食事が出ましたけど残念でしたよ」

時間のない中胃に詰め込むように口にした食事を思い浮かべながら「無料《ただ》なんですけどね」と理熾が笑う。

実際は全く笑っていられない状況だったが。

「そう言ってくれると嬉しいね。それじゃ今日のおすすめでいいかな？」

スフィアに来てからの日常にようやく戻ってきたと実感した。とはいえ、あけみやで生活したのは研修期間の日数と変わらないのだが。

勢いよく「はい、是非！」と答え、用意してもらった夕食は過去最高の美味さだったのは言うまでもなく、風呂へ入って部屋に戻ると麻痺《まひ》していた疲労感がドッと押し寄せ、理熾は気絶するように寝落ちした。

翌日、理熾は朝食を終えて部屋に戻って色々と考えをまとめていく。というのも研修期間中は勉強も含め、最初のクラス選択以外は本当に時間がなかった。常に何かに追い立てられるかのような詰め込み教育と戦闘《殴り》訓練《合い》。どう考えても常軌を逸している。

　そんな最中に販売された『初心者セット』は、考えるまでもなく買っていた。実はこれが研修費用だったのではないか、と今になって思うほど高額なセット価格二〇〇〇カラド。

　研修当初の理識では一〇〇パーセント買えない金額だったのだが、クラス選択で手に入れた潤沢なる【神託《オラクル》】報酬にて支払ってしまった。無駄遣いかもしれないが、購入に後悔はない。

（クラス選択時の【神託《オラクル》】報酬が凄かったんだよね。SPは勿論、カラドに装備……って、装備受け取ってないじゃんか。うわぁ……ホントまさかだよ。せっかく手に入れた装備を身に着けないで殴り合いとか…）

　どうやら間をすっ飛ばしたクラスを手にしたことにより発生した報酬は、〈武神〉と〈空間使い《ディメンショナー》〉のものを除く全てを勝手に取得されていたことで実のところ正確なものはわからない。

（あぁ、でもそのときはまだ《亜空間》なかったから別に良いか）

　と頭を切り替えてすぐに〈武神〉クラス解放報酬の【神威の護手】、〈空間使い《ディメンショナー》〉解放報酬の【繋ぎの指輪】を受け取りそれぞれ身に着ける。

【神威の護手】の見た目は洋風甲冑《かっちゅう》の手甲部分を装備している感じか。手甲の丸みの部分や関節は、金属板が重なり合うように配置され、稼動域が狭まるようなことはない。また、金属それぞれに反りが付いており、衝撃を受け流す・発散させるような機構らしい。

　金属を使用しているため少し重いが、殴って良し、受けて良しの優秀な防具であり、武器だった。ついでに皮製の手袋《グローブ》並に動かしやすいため、【神威の護手】を付けたまま他の武器を持ったり、手作業が行えたりする。さらにありがたいことに整備不要《メンテナンスフリー》の代名詞、【自動修復《セルフヒーリング》】まで付いていた。

難点を挙げるなら、最高位クラスの〈武神〉の報酬としては攻防共に随分と脆弱な装備な気がする。しかし、今の村人装備の理餓にはこの上なく素晴らしいモノでもあった。

対して〈空間使い《ディメンショナー》〉の報酬、【繋ぎの指輪】は【空間魔法】を使う際のMP消費を下げる効果を持ち、《亜空間》に限ればコストがゼロになる。まさに〈空間使い《ディメンショナー》〉御用達と言えるだけの能力を持っているため、理餓はこっそりと『売ったら結構な金額になりそうだな』と思ったりもする。売るつもりは毛頭ないが。

ちなみに手甲があるので、初心者セットの中にあった紐《ひも》を指輪に通して首から吊るしていた。

理餓は『さて、スキルはこれからどうしようかな』と考えながらステータス欄を開く。

名前：ミカナギ リオ

年齢：13　職業：武神・空間使い《ディメンショナー》　称号：両立者《ダブルスタンダード》／開拓者《エクスプローラ》

Lv：2　SP：70　HP：280　MP：149

筋力：104　敏捷：97　体力：99　知力：124　魔力：78　幸運：5

所持金：24500 カラド

武器：神威の護手(自動修復《セルフヒーリング》) new　手ごろなナイフ　防具：布の服　運動靴

装飾：繋ぎの指輪(空間魔法 MP 削減) new

※スキル

パッシブ　：言語知識《バイリンガル》　武術指南 Lv3　魔術指南 Lv2 NEW　魔力感知 Lv3
魔力操作 Lv5　体術 Lv9　成長力強化 Lv3　身体能力強化 Lv3
状態異常耐性 Lv3 NEW

アクティブ：空間魔法 Lv2

ユニーク　：武神 Lv2≫ 武器の心得《マスターウエポン》(全武器装備解放：パッシブ)、戦技の極意《バトルマニア》(全武技使用解放：アクティブ)、二刀流《ダブルフォーム》(同一武器同時使用) NEW
スキル取得 Lv3(SP を消費してスキルを取得できる、消費 SP が 30 以下のものから選択できる※ユニークスキルを除く)

業《カルマ》 NEW　：虚弱化《アビリティロスト》 NEW

備考：討伐ランクG

体力やＨＰが尽きて休憩、怪我やＨＰが危険域に入れば回復というのを三日も繰り返していたことで、ステータスの伸びが半端ない。安全圏での『養殖』に当たるが、こういう力ずくのブーストは今後ご免こうむりたい。ひ弱な現代っ子の理織としては、どうせなら楽にとんとん拍子に向上したいものである。

それにしてもスキルやクラスの希少性に比べ、Ｌｖ・装備があまりにもちぐはぐすぎる。【武神】持ちなのに布の服とは…未だに周りからは村人Ａにしか見られないこと請け合いだ。

（研修中に追加で何とか取れたのが【魔術指南】と【状態異常耐性】。【魔術指南】は【空間魔法】のためで、まだ全然だからＬｖも低い。んで、【状態異常耐性】は完全に業《カルマ》対策…というより業《カルマ》の状態異常でＬｖ上げ中。いつでもどこでもどんな状況でもフル稼働で、だからたった三日でＬｖ３にまで上がってる。きっと【成長力強化】の効果もあるだろうけど）

順番にスキルの具合を確かめていく。基本的にパッシブしか持ってないので数値以外では確かめようもないのだが。

（にしても…スキルの上がり方が尋常じゃないなぁ…【成長力強化】も対象が多すぎてなのか、サクサク上がるし……というか〈武神〉のＬｖ２があっさり出てるんだけど？　誰だよ、誰も取ったことないとか言ったの）

などと突っ込みを入れていく。頼みの綱の【スキル取得】も気が付けばＬｖ３に上がり、解放制限が緩和された。これを期に新たなスキルを、と思うも考えさせられる。

以前みたいにＳＰがないのではなく、多くて迷う贅沢な悩みだった。

（いくつか思い付くのはあるんだけど全部取るわけにも…って、【必要経験値減少（ＳＰ30）】が取れる！）

以前調べたときに候補に挙げていたスキルの一つ。条件緩和に従って表記されていたため、すぐに取る。

理織は『これでついに二歳児《Lv2》を卒業だ』と一人ほくそ笑む。

（って…あれ？　今まで気にしてなかったけど、ギルバートさんは『Lv1』って知ってるよね？　思い返せば、不思議な物言いだったなぁ…Lv1と年齢を見比べて頷いていたし…。もしかして…いや、だからこそ宿が無料なのかな？）

今更あけみやへと招かれた不可思議な理由に思い至る。抜けていると言われればそれまでなのだが、世界の常識をわざわざ他人から教えられることはない。Lvのことも研修のついでに偶然知っただけなのだから。それに周囲のことに注意を向けられるほど理織に余裕もなかったので仕方ない。

今知っているのはギルバートとギルドカード発行者の二人。共に追及がなかったことから、気にするだけ無駄か、と結論の出ない疑問は棚上げしておく。そんなことよりも考えることがある。

（横道にそれちゃったな…とにかく、研修で嫌ってほどわかったことだけど僕の能力は正直高くない。というかいっそ低い。まぁ、二歳児相当なんだし当然だけど。ついでに言うとせっかくのクラスも『僕が使う』から宝の持ち腐れ。一応研修最後の方には少しは攻撃を捌《さば》けるようにはなってたけど…それでも全然ダメ。これはもう先手必勝を取るために索敵系とか、隠密系とか取る方が早いかな…？）

戦闘行為《殴り合い》が弱いなら、そもそも『相手に攻撃をさせない』と究極の選択肢を最初に持ってくるあたりが理織だった。

確かに索敵・隠密能力で勝るなら、初撃は理織のものだ。しかし初撃で大きな痛手を与えられず、戦闘に持ち込まれたら負けることになる。いつかは克服しなくてはいけない一つのハードルだろう。

（せっかくのＳＰも方針が決まらなかったらただの貯金だね。パッシブ系で言うとＨＰ・ＭＰの自然回復を上げるのとか取った方が良いかも…？　でも回復するほど減らなかったら意味ないし…。うん、後回しにして、とにかく一度討伐依頼をやってみよう。ゴブリン系なら部位証明を持ち込むだけで良かったんだっけ？）

スキルは棚上げして一度ギルドに向かう。改めて依頼内容を確認してから出発する、と今日の予定を決め、即座に行動に移した。

ギルドへと向かう短い道中。普段ならボーっとするような隙間時間にも色々と考えるようになっていた。日本では考えられないほど頭を使っている。スフィアの常識が欠けている以上、予想と推測で動くしかないので仕方ないのだが。

そのお陰か、理熾はこれまで様々な新事実を確認している。スキルの重複効果、【体術】の有用性、低Ｌｖでのクラス選択、クラスの複数同時選択などなど。これらの発見は理熾にとって、あまりにも勝手が違う『異世界』の性質が大きい。

何を見ても、何をしても知らないことばかりでストレスになる反面、目新しく楽しいことばかり。当たり前がないのが当たり前…隣の芝は青いどころの話ではない。

スフィア人より物事に興味を持ち、スフィア人より深く考える。『スフィアに対する素人』だからこそ。そんな常識を持たない理熾の目でスフィアを見ると、随所に違和感や歪さが浮かび上がる。そこへ非常識《日本》の知識を当てはめて考えるため、スフィアの誰もが気づかない事実を発見していく。切羽詰った状況下でこれが思いの外プラスに働いた。

そうして理熾はスフィアに降り立ちたかだか一週間という短期間で初心者研修を終えられたのだ。

実はこの研修、能力の足りない者は途中で失格者として省かれ、最終日に向けてどんどん人数が減っていくが、詰め込み教育で忙しい研修生は気づかない。本来この研修を終えられるのは『討伐者として能力が足りる者のみ』なのだが、当の理織は全くわかっていなかった。

（うーん…どうしようかなぁ。前の薬草採取みたいなのもないしやっぱりペナルティのない常設依頼で良いか。そういえばこれからは『持ち運び』がかなり楽になるんだっけ）

【空間魔法】の一つに《亜空間》という魔法がある。これは虚空に自分の部屋を作るような魔法で、《亜空間》内の時間経過が極端に遅いため、基本的に腐敗や劣化がない。

（値崩れしてるときに物を買い込んで《亜空間》に保存。高くなってから売るのもありかな。劣化しないからホントにいつまで持っててても良いわけだし）

飢饉《ききん》のときにでも食品ばらまくかぁ、などとなかなか鬼なことを考えながら依頼を眺める。しかし理織にとって都合の良い依頼はなかったのは残念だ。

【討伐】ゴブリン系種族
＊依頼者　ギルド
＊依頼内容
対象は全てのゴブリン
ゴブリンの右耳にて討伐数のカウントを行います
また、上位種族の場合は討伐ボーナスをつけさせていただきます
常設依頼ですのでいつでもご利用ください
＊報酬　一体につき五カラドから

仕方なくこの常駐依頼のゴブリン討伐を行うことに決める。【神託《オラクル》】にも『ミニゴブリンの討伐』も入っているので倒しておいて損はない。いや…むしろ討伐初心者なら、このあたりからクリアしておいた方が良いだろう。

こういった常駐依頼は事後報告になるので、特に依

頼を受けることなくギルドを後にする。

目標は南の平原の外周部である森。森は未開の地であり、奥へいけばいくだけ魔物の領域になっていく。クラス選択で能力は増したが、まだまだ森を歩ける気もしない理織は、踏み入ることなく浅い場所での探索に抑える。中へ入っていくのはいつでもできるが、帰ってこられるかは別問題なのだから。

（自分のスキルやら能力を使いこなせてないしね。それに今は日帰りできないと精神的につらい。さっさといってさっさと帰ろう）

そんなことを考えながらすいすいと街の大通りを足早に進んでいく。何となく身体が軽く感じるのは、あの地獄の訓練から解放されたからかもしれない。

門をくぐって外へ出る際に守衛がギルドカードを確認する。今回もギルバートはいなかった。

（んー？　いつもいるわけじゃないんだね。まぁ、試したいこともあるし今回はいなくて良かったかも？）

理織は薄情な感想を持って出発する。ギルバートがいれば『挨拶＋近況報告＋会話』のコンボが発生して出発が大幅に遅れる可能性が高いからだ。

今回の目的は【空間魔法】の使用方法の確認と、近接戦闘の見直しの二本立て。理織は考えをまとめながら野原を進む。

（まず接近戦。僕の力は半人前。けど【武神】と【体術】のスキル補正である程度戦える。スキル様々だけど、それでも使いこなせてないから負けちゃう。センガさんの初戦を思い出せば、まぐれで勝てる程度には僕自身成長しているはず…つまり落ち着いてさえいれば、あれだけやったんだから一回くらいは倒せたはずってこと。まぁ、それが凄く難しいんだけどね）

改めて自分の弱さを考えると鬱になりかねない。さくさくと森の近くを歩いていると、資料で予習済みの魔物、ミニゴブリンを見つけた。思いの外平原の近くにいる魔物を見て理織は一瞬頭が凍る。セリナが危惧していたのは紛れもない真実で、すぐ身近に魔物がいることを嫌でも実感させられた。あちらはまだ理織に気づかずに「ぎゃぁぎゃぁ」と叫んでいるが、棒立ちしていればすぐに気づかれる。

理織はあえて森に踏み込み、さっと木の背に身を滑り込ませた。

相手は弱いとされるゴブリン種族の中でも最弱の一角。成長することでゴブリンになると資料にあった。見た感じ性別はない上に何も持っておらず…というかそもそも裸だった。

（何かそれを考えると出世魚みたいだなぁ…どう見ても美味しそうじゃないけど）

見た目は大体八〇センチメートルの三頭身ほどで猫背の人型。鼻が大きく肌が緑色でついでに薄汚れていたりする。一応は『人型』ではあるものの、あそこまでいくと動物に見える。ただし『食料』とは絶対に見えない容姿だ。そもそも食べる習慣などないが。

ゴブリン種族は群れる魔物の筆頭だが、目の前にいる敵は運よくたった一体だけ。

理織も初心者研修の戦闘《殴り合い》訓練を経たことで『殴り方』くらいは覚えているが、殺し合いはしたことがない。理織は自分の一撃から始まると思うと動きが強《こわ》張《ば》った。

しかしここは既に『魔物の領域』だ。人の常識…いや、理織の持つ『日本の価値観』など何の役にも立たない。ここはとっくに異世界《スフィア》で、今立っているのは弱肉強食の世界。固まっている場合ではない。

目の前の魔物は、討ち果たすためだけの目標である。それを覚悟で討伐者になったのだから、こんなところで躓いてはいけない……。理織は深呼吸を一つして、心を凍《決》ら《め》せた。

決断してからは早かった。息もつかせず枝葉を揺らして接敵し、左の拳で軽めの一撃を繰り出す。体勢を崩してから、右の拳での本気殴りで決める算段だ。が、初撃は振り向いた顔に綺麗にめり込み、錐揉《きりも》みしながら吹っ飛んだと思えば、近くの木にぶつかり動かなくなった。

（アレェ？　う…うーん…脆すぎない…？　『命を刈る』のは確かに心にクるけど…あっさりすぎて何だか現実感が薄すぎるよ？）

結構な気合を入れての行動だったのだが、まさか一撃で殺《たお》せるとは思っていなかった。あまりのあっさり感で初めての魔物の討伐。理織にしてみれば最早事故に等しい。

（ま、まぁ…無事死線を潜り抜けたことを良しとしよう。戦う以上は負け…いや、僕が死ぬ可能性もあるんだしね。っと、討伐証明を…右耳だっけ？）

腰に差しているナイフを引き抜き、耳を頭から削ぎ落とすという慣れない作業を行う。作業だと割り切らなければ、血臭にむせ返る。いや、それでもなお、気持ち悪い。

（こんなことしてまで討伐を証明しなくちゃいけないんだなぁ。僕の場合は《亜空間》があるから、腐ったりしないけど…これだけでかなりクるよね）

うんざりしながら切り落とした部位を《亜空間》へ取り込む。べたべたするミニゴブリンの血をそこらに生えている葉で急いで拭う。討伐後はできる限り早急に現場を離れるか、処理するのが常識とされている。鮫《さめ》などと同じで肉食系の魔物は血の臭いに敏感だからだ。

そして処理をするなら埋めるか焼くのが基本。このようなただの森の場合は、簡単に不死者《アンデッド》化する可能性が低いので、後処理をせずに現場を離れることが多い。

何がどれだけ現れるかがわからない以上、敵の増員を防ぐための討伐者の常識。だが理織はそんなことはせず、迷うことなく死体も《亜空間》へ放り込み、平原との境界程度の森の浅い場所まで戻って吐き出す。殴殺だったことでほとんど流れなかった血を、首筋にナイフを当ててこの場で抜いた。

理熾の考えた死体の利用方法…それは『撒餌《まきえ》』。討伐者の常識と理熾の考え方は全く逆だった。

（視界が悪くて奇襲を受けやすいのに、何がどれだけ出てくるかもわからない）

これは森を歩いたときの教訓と、つい先程得た実感の答えだ。能力値は以前に比べて格段に上がってはいるが、森での移動はそんな成長とは無関係に気力・体力を同時に消耗させる。

当たり前だが移動した分だけ帰り道が長く、迷えばそもそも帰れるかもわからない。それを身に染みて理解しているから来る発想だ。

（血の臭いに誘われて来る増員も、何がどれだけ来るかがわからない。それなら『自分に有利な場所』…視界が広く、敵を発見・攻撃しやすい場所を用意して『撒餌』で誘い込んで対処する。探し回るより遥かに楽で簡単で、平原なら逃げ切れる可能性も高いしね）

理熾の持つ行動の天秤は非常にシンプルだ。

敵を探すことと誘うことで生じるデメリットはさほど変わらない。森を歩くことと場所を整え待ち伏せするなら体力的に待ち伏せの方が楽。合わせて考え、森を歩きながら敵を探すとなれば、体力を消耗しながら襲撃を警戒する必要があるため、リスクは断然高くなる。であれば楽な方を採るのは当然だ。

『誰もやらない』のは理熾からすると警戒すべきラインであっても、止まるべきラインではない。効率とリスクを天秤に乗せ、利があれば平然と行う。理熾はできる限り早く自身を強化しなければならないのだから。

血抜きしたその足で平原に戻り、次は手の平に乗る程度の石を拾っては《亜空間》に放り込んでいく。淡々と準備を整えていくこの石の役目は投擲武器だ。

次に現れたのは先程と同じミニゴブリンが三体。同属の死体を見つけて共食いを始めた。その食事風景を見て理熾は思う。

（うわぁ…これ目的だけどこれはないわぁ…。まぁ、金魚も自分の卵とか稚魚食べたりするから、一緒…一緒…かなぁ…？）

凄惨な状況を身近な光景に置き換えて逃避する。金魚より目の前の光景の方が遥かに血生臭いが。

すぐに思考を切り替え、拾い集めていた石を《亜空間》から取り出して本気で投げる。ヒュッと風切り音を立てて投擲された石は、吸い込まれるように一体の頭に直撃してめり込んだ・・・・。

（ぎゃぁ！　威力高すぎ…陥没してるぅッ⁉）

一撃必殺だったものの、まさかの状況を演出してしまい絶叫寸前だがこれで良い。各個撃破は基本中の基本。残りのミニゴブリンが理熾を発見して襲い掛かってくるのを、冷えた頭の一部が察知する。

瞬間、またも全力で振り抜かれる理熾の右腕。放たれた石は動く的をものともせずに狙い撃ち、またも頭蓋に石をめり込ませて一体が崩れ落ちる。

残り一体…凍える頭で目標と目的を切り替える。

（…これからが本番だ。まずは避けることを考える。その次に反撃だ）

理熾はこの場にただ『経験値を稼ぎに来た』わけではない。まさに『戦闘の経験を積みに来た』のだ。そのための撒餌であり、そのための奇襲。

使いこなせない力など意味がない。現にクラスやスキルを使い切れていない理熾だからこそ強く思う。

（殴り合いにはもう慣れた。ちゃんと見て、判断して、防ぐか躱《かわ》す。それができて初めて『戦闘経験』になる！）

相手も素手なのでまさに殴り合いだ。ミニゴブリンにしてみれば本気なのかもしれないが、理織にとっては遅すぎる攻撃が来る。

振りかぶって放たれる握った右拳を左の手甲で受け、いなす。それだけで大幅に体勢を崩されたミニゴブリンは「ふぎゃっ」と啼《な》きながらたたらを踏んだ。敵の攻撃を流しきったところで理織は右の拳を振り下ろすと、軽い反動と共に空を舞う。

これで二度目の戦闘終了。何ともあっさりとした幕引きだった。

（うん、大丈夫。落ち着いていれば対処できる）

少しずつ自信を付ける。

そもそもあの研修にしても、ある程度基礎ができている中での戦闘訓練ならば問題はなかった。けれど全く何の技術も度胸もない理織が渦中に入れば当たり前のようにフルボッコにしかならない。普通ならめげて終わりなところを、最後には多少捌けているあたり、スキルとクラス補正が尋常ではない。一応理織の根性も。

またもや討伐証明を集めるついでに死体を回収し、最初に置いた撒餌《ミニゴブリン》の場所に追加する。次の魔物が現れるまでが理織の休憩時間であり、思考時間であり、練習時間だ。

考えるのと並行して石を拾い集めておく。残弾は多いに越したことはない。

（とりあえずこの調子でいこう。戦闘中に【空間魔法】も使えれば良いんだけどなぁ…そういえばセンガさん相手に発動したっけ？）

そんなことを思い《亜空間》から石を出し入れする。【空間魔法】は使い方が違うだけで全て同じ技術であるとされ、『空間の制御』のただ一点に集約される。荷物の持ち運び便利な《亜空間》、長距離移動の《転移門》、空間の断絶する《障壁》と、魔力の量や質によって展開距離、範囲、強度が自由自在であるため汎用性が高い。そして何より『空間に作用する効果』である以上、抵抗《レジスト》するのが難しい。普通の人は空間を『対象』として認識できないからだそうだ。

（まずは魔法を制御できないことにはね……。んー……空間を削る、削る……ねぇ？　とりあえず指の軌道をなぞるように削れるようになろう）

【魔力感知】と【魔力操作】のＬｖは〈空間使い《ディメンショナー》〉を手に入れたことで随分と高いが、未だにこの程度。まさにスキルのみ持ったような状態。たとえるなら上質な紙と多くの色鉛筆を渡されただけ。誰でも色鉛筆で紙に書き込めるが、上手な絵になるとは限らない。そこに技術が揃えばただの白紙から芸術も生まれるだろうが、理熾ではできの悪い似顔絵くらいにしかならない。

上等なスキルを渡されても今の理熾には生かす技術がゼロで、何とかしてそれを今必死に磨いている最中だ。

（お、できたできた）

待ち時間に実験を少し挟み、成功を喜びながら指を振る。瞬間的だが軌跡が歪む。空間が繋がっていないので光が直進できずに曲がって歪んで見えているのだ。

収納の《亜空間》と空間を隔てる《障壁》はセットで覚えるそうだが、今の理熾はこの程度。『便利に使う』のは遥か彼方。それでも理熾は初めての技術に喜ぶ。

この日は追加で五体のミニゴブリンを討伐して帰路に着いた。死体を放置しておくのも勿体ないので五体を《亜空間》へ。残りを残念な【空間魔法】で削り取った。理熾はようやく討伐者として歩き始めた。

初めて街の外でミニゴブリンを倒してから、今日で理熾の野外戦闘訓練兼資金集めは四日目を迎える。大したことないと理熾が考える討伐数は、蓋を開ければ単独《ソロ》の新人《ニュービー》がこなす数ではないが、本人は全く気づいていなかった。

こうした理熾の認識と常識とのズレは大きい。たとえば連日討伐にいくのがまずありえない。疲労もすれば怪我もする。身体を癒す時間も必要だし、当然心も同じくだ。一瞬の油断がそのまま生死を分かつ一手になる以上、休養すらも仕事になる。

このせいで単純に一般的な新人の数倍、熟練者と比較してもトントンの数なのだから、その異常さは理解できよう。しかし理熾からすると『怪我してないし、休憩は待ち時間がある。それに弱い相手《ゴブリン》ばっかだよ？』との感想になる。周りからすれば呆れるしかない返答だ。

その狩り方は毎回同じ。前回の死体をいくつか《亜空間》に保管しておき、撒餌として再利用。平原から石を投げて数を減らしての近接戦闘。パターン化された効率の良い工程は、他の討伐者からするとやはり異常になる。

戦闘回数が増えれば、それだけリスクが上がる。今まではたまたま低ランクの相手だったが、今後もそうとは限らないのだから。

そんな風に討伐者ライフを過ごした理熾はＬｖもそこそこ上がり、今では６。狩り尽くす勢いで撒餌を続けてランクも一つ上がった。ステータスはというと。

名前：ミカナギリオ

年齢：13　職業：武神・空間使い《ディメンショナー》　称号：両立者《ダブルスタンダード》／開拓者《エクスプローラ》

Lv：6　SP：90　HP：493　MP：299

筋力：232　敏捷：222　体力：224　知力：244　魔力：185　幸運：5

所持金：25100カラド

武器：神威の護手(自動修復《セルフヒーリング》)　手ごろなナイフ　防具：布の服　運動靴

装飾：繋ぎの指輪(空間魔法MP削減)

※スキル

パッシブ　：言語知識《バイリンガル》　HP回復速度上昇NEW　MP回復速度上昇Lv2 NEW
武術指南Lv3　魔術指南Lv2　魔力感知Lv3　魔力操作Lv5　体術Lv9
成長力強化Lv3　身体能力強化Lv3　状態異常耐性Lv3　必要経験値減少

アクティブ：空間魔法Lv2　索敵NEW　隠密NEW

ユニーク　：武神Lv2≫武器の心得《マスターウェポン》(全武器装備解放：パッシブ)、戦技の極意《バトルマニア》(全武技使用解放：アクティブ)、二刀流《ダブルフォーム》(同一武器同時使用)
スキル取得Lv3(SPを消費してスキルを取得できる、消費SPが30以下のものから選択できる※ユニークスキルを除く)

業《カルマ》　：虚弱化《アビリティロスト》

備考：討伐ランクF

このように、最初を思うと一〇倍どころではない。

(んー…さすがにそろそろ布の服はまずいよね…？　討伐者らしい格好もしないと…まぁ、一撃ももらってないけど。今日もとりあえず狩りにいこうかな)

ゴブリンの討伐を始めてから、いくつか気づいたことがあった。

まず、魔法を練習するためにはMPの回復速度が圧倒的に足りない。指輪でいくら消費が減っても、練習し続けるのはさすがに無理だった。そこで手に入れたのが【MP回復速度上昇】と、ついでに【HP回復速度上昇】の二つ。これで練習頻度が格段に増した。

次に理織の現状の能力では森にいる敵を探し出すことが不可能。また、敵からの奇襲を防ぐことを考えると【索敵】は必須。

【隠密】はこちら側からの奇襲を成功させるためにやはり持っていた方が有利なのは間違いない。

どちらもまだ熟練度は高くないのであまり役に立た

ないが、それでもないよりは遥かにマシ。こうして結果的に最初に思い浮かんでいたスキルは全て取り終えてしまった。

装備《服》についてては先延ばしにし続けているのが現状だ。

（今後どういう風にスキルを育てるか、だけど…いや、そもそも基礎スキルくらいしか知らないのはまずいよねぇ。鉄板スキルは汎用性が高くて強いけどそれだけだし、面白味に欠けるというか、堅実だからイマイチ『鬼札《ジョーカー》』的な強さがないよね）

そんなことを考えている間にも森へ着く。いつもの撒餌《釣り》ではなく、今回は昨日までと違って奥へ向かって引き返してくる予定。索敵&討伐《サーチ&デストロイ》の訓練を行うことにする。森を進みながら敵を撃退する技術を身に付けないとこの先やってられないだろうから。

森を進むとすぐにゴブリン四体を発見した。

ぼろ布を纏《まと》い、棍棒《こんぼう》や錆《さ》びた剣など、見るからに残念な武器を毎度のように持っている。ゴブリンはこの三日間の釣りで何度も倒しているので特に気にせず接敵。「ぎゃぁぎゃぁ」とうるさいゴブリンのど真ん中に割り込み、腰に差したナイフを頭上からL字に振るって分断。ナイフを引き戻すように左へと舵《かじ》を切り、二体のうちの手前にいたゴブリンの頭を左手で掻き分けて転ばせ、奥の一体の首を【手ごろなナイフ】で一突き。

踏み込んだ右足を戻しつつすぐにナイフを引き抜き、転ばせたゴブリンの首を踏みつける。軸を右足に変更して足場の首をへし折りつつ、一歩下がることで残り二体の攻撃を悠々と躱した。攻撃で態勢がブレたゴブリンたちに、この至近距離からナイフを顔へと投げ付け手前の一体を絶命させる。

流れるように味方が崩れ落ちる様に驚いている最後の一体は、改めて前方へ踏み込んで殴り飛ばした。

一般人でも勝てるゴブリン程度なら、討伐初心者でも苦戦しない。息すら切らさずに戦闘を終えた理織は、すぐに証明部位である耳を削ぎ、死体もろとも《亜空間》に放り込んだ。

死体は撒餌の他にも目くらましやトカゲの尻尾としての効果もあって重宝することだろう。理織のように持ち運びが簡単でなければできない方法だが。

そのままアクティブスキルの【索敵】と【隠密】を使いながら気にせずズンズン歩き、考えを広げていく。

（にしても【空間魔法】難しすぎだよ…思ったところが思った範囲に削れないから、危なくて使えない。《亜空間》なら上手く使えるんだけど…ん？　《亜空間》…か…。ちょっと試してみるかな）

思い立ったので即座に実験に移る。《亜空間》からゴブリンが持っていた残念ナイフを一本取り出す。右手に持ち、軽く振り回して具合を確かめてから、正面の開いた空間目掛けて思い切り振りかぶって投げた。飛んでいくナイフに《亜空間》を展開して収納する。

（うん、弾き出されないね。これでとりあえず第一段階終了。《亜空間》の中は時間の流れが『極端に遅い』らしい。ということは《亜空間》内で『動きが止まる』こともない…いこーる…？）

目の前の木を目標にして、先程のナイフを《亜空間》から取り出した。

すると展開された《亜空間》からナイフが発射され、ガッと音を立てて木に突き刺さる。

（おー凄い！　これで戦闘時に『投げる動作』を省略できる！　攻撃魔法がなくて物を投げるしか遠距離攻撃手段がない今の僕には画期的な方法だ！　…というか、これ相手の矢とかパクれるんじゃないの？）

一人で大満足だった。実験は上手くいったが、やはりあくまで実験だ。理織が投げて受け止めたので難易度は低い。しかし実戦で遠距離攻撃を《亜空間》で上手く受け止められるかは話が別。ざっくり結論を出し、さらに考えを進める。

（予想だけど《亜空間》は『物を包んでいる』だけなんだろうなぁ…空気を入れた風船みたいに物を一瞬で覆って、覆った中身を『亜空間化』している。そういう性質を持つ《亜空間》だから、今みたいに勢いを減らすことなく保管できた。取り出すときは風船のように覆った部分を壊せば良いって感じかな？　じゃないと『時間がほぼ止まってる空間』になんて物を入れられない……壁みたいなものだからね）

一般的な《亜空間》のイメージは、術者用の新たな部屋。その部屋は整理整頓を繰り返しながら荷物が詰め込まれては吐き出されていくというもの。しかしそうなると人それぞれの容量であっても『大きさ』や『数』の制限が必要だ。術者の技量によって調整が可能かもしれないが、そうであれば『調整する意識』もまた必要になる。

だがそんな意識のない理熾からすると、一回一回個別管理されている状態が一番しっくりする。そうすれば必要なモノだけ包みを破ればすぐに使えるから……と術者の感覚からの意見だった。

（この辺はわざわざ誰も考えないのかも？　そもそも『時間』に対する理解とかもないかもなぁ。まぁ、知らなくても十分便利だし…って、使い手があんまりいないんだっけ？）

結局一人の考えでしかないので答えは出ないと話を締めくくる。しかし話はこれで終わりではない。せっかく見つけた手段なのだから、もっと発展させるべきである。特に知識の乏しい理熾にとっては生命線になりかねない。

（【空間魔法】で《空間転移》ができるってことは『出入口』が作れるはず。つまり、同時に最低でも二つの空間を開けないと話にならない。入れました、出られませんはやばすぎる。で、《亜空間》は時間がほとんど止まってて入れないから、転移系には多分関係なくて、全く別の技術ってことだよなぁ）

うんうん、と確認するように自分で相槌を打つ。

ちなみに木から回収しようとしたナイフは、錆び付いていたためかあっさりと折れてしまったのでその辺に捨てて移動を始める。

（んー〈空間使い《ディメンショナー》〉になると狙いが精確になるって話だし、このあたりから『座標』って考え方が出てくるのかなぁ？）

疑問は尽きない。この便利な【空間魔法】の難しいところは習得者が極端に少なく、技術継承が確立されていないことにある。調べた中でわかるのは、センガが教えてくれた《亜空間》《障壁》《転移門》と空間を使っての防御・移動くらいだ。

実際それだけしかできないのだから、あとは効率の良い運用と工夫しかないのかもしれないが。

（まぁ……その前にまともに魔法が扱えないのを克服しないと。多少上手くなってるけど、実際使えるのは《亜空間》くらいだし。んー…出入口かぁ…イメージでどうにかなるかな？）

じりじりとMPを使いながら練習する。一応これでも周囲を警戒しながら森も進んでいる。この地へと来たほとんどの理由である魔法以外はきちんと成長中なのは何とも皮肉な話だった。

（っと…なんだアレ。オークってヤツかな？）

発見したのはオークと呼ばれる種族で、二足歩行のいかつい豚。理熾からすると見上げるのもつらくなる二メートルほどの巨体を、二本の足で支えて剣を手にしている。

特徴はゴブリン種族と同じくあまり頭がよろしくないのと、ゴブリンとは違いかなり攻撃力が高いこと。攻撃力の高さは単純に身体の大きさと重さが原因。考え事をしながらも歩いていたが、【索敵】と【隠密】を切らさず周囲に気を配っていたため、オークにはまだ気づかれていない。

やはり手に入れた二つのスキルの恩恵は計り知れない。

（うわぁ…お相撲さんより大きい…体重だと二〇〇キログラムくらいだっけ？　質素だけど防具と武器も持ってるし…僕じゃ危ないかなぁ…？）

危険を思えば回れ右するのが正しいだろう。ただこのまま逃げ回ってばかりもいられない。資料を読んだ限りでは、注意は必要だが勝てるはず。それに相手は単独行動中と力試しにはうってつけのタイミングでもあった。

理熾は狩りの幅を広げるために討伐の決断を下し、本日二度目の戦闘が始まる。

（あー…こんなことなら、ゴブリンの武器投げて保管しておけば良かった…）

今更思い付いても遅い。ただ殴り合うのも馬鹿らしいので《亜空間》から石を取り出した。

避けられればそれまでだが、関節を壊せれば動きが鈍る。奇襲という優位性《アドバンテージ》を手にするには一撃必殺か弱化させるかに限る。今は殺し切れるだけの情報がないので、弱らせることにし、オークの右膝を狙って思い切り投げつけた。

投げ込んだ石がオークの右膝に命中し、ガッと音を奏でると共にオークが崩れた。時を同じくして理熾が走り出す。

未だオークは『右膝が痛む理由』が理解できずに混乱中。武器であるはずの両刃の剣を、杖のように地面に突き立て、片足立ちでバランスを取っていた。体重を支えるために、前傾姿勢を取って下がった右肩狙い。武器を落とさせる狙いも含め、ギリリと握り込んだ右拳を遠慮なく振り切った。

相当な衝撃を理熾も受けつつ命中した攻撃は、ゴキンと肩の骨が抜けるか砕けるような嫌な音と感触がした。オークは理燧が行った一連の攻撃に何一つ反応できず、右肩を始点に仰向けにひっくり返る。武器などとっくに手放していた。

オークが持つ武器はただの鉄の剣のようだが、ゴブリンの屑《くず》武器を思えば十分なシロモノだった。すかさず握った両刃の剣は、初めて持つのに何の違和感もない。突き立つ剣を引き抜く勢いのまま、くるりと宙で手首を返すように回し、オークの首に刃を落とした。

右の膝と肩が砕かれているため、呻《うめ》く以上の抵抗すらなく、まさに奇襲のお手本のように、ずっと理燧のターンで戦闘は終わった。

（っはー…緊張したぁ…。にしても意外と石って強いなぁ。あ、そういえば討伐部位って牙だっけ？　耳だっけ？　…うん、まるっと保管しよう）

答えの出ない疑問は棚上げし、オークを《亜空間》に丸ごと放り込み奥へと進む。ちなみにこのオークは地球の豚と同じで食べると美味しい。余談だがランクの高い魔物の肉ほど味が良いとされる。

また、魔物のランクは強さで決まり、強さの目安は魔力量による。このため、魔力量が高いほど討伐の難易度も上がり、同時に食材としての価値が高い。

（肉の解体とかしたことないな。習うべき…いや、そんなスキルあるかも？）

最初に比べてSPが余り気味なので、気楽にスキルを取れる。しかし生命線には変わりがなく、何を取るにしても吟味の結果だ。

（うーん…【隠密】のお陰で先に攻撃を仕掛けられるけど、その分戦闘にならないなぁ。これじゃ単なる経験値稼ぎに来たみたいだね…ま、成長に必要なものだし別に良いんだけどさ）

そんなことを思いながら《亜空間》に仕舞った鉄剣を取り出す。強い装備ではないものの、これで殴るだけじゃなくなると喜ぶ。【手ごろなナイフ】を持っていても刃渡りが短すぎて結局超接近戦《インファイト》にしかならないのだ。

（って、そうだ。とりあえず屑武器を投げとかないと）

先のオーク戦でせっかく考え付いた遠距離攻撃手段がないことを悔やんだばかりだ。すぐに倒したゴブリンたちが持っていた錆びた剣と短剣を、それぞれ一本投げて保管しておく。

（よし、あとは戦闘中にタイミング良く撃てれば完璧かな。でもこれ使うなら投擲スキル持ってた方が良いかも？）

考えは広がるが、今後の課題と棚上げして奥へと進む。

どちらにせよ【空間魔法】を物理的に使うなんて発想がなく、投擲関連のスキルに関しては知識がゼロ。どうやっても今は手に入らない。希少魔法に分類されるこの魔法、元々細かい情報は知られていないが、その中でも明らかに特異な使い方を考案していることに当人は気づくことはない。

森を進む間もスキル案を出して諦めるを繰り返していると、斧を持った新たなオークを発見した。今回も理熾の方が早く見つけたため、奇襲の条件は揃っている…が、理熾は『うん、今回はガチでいこう』とその機会を見送る。

（ちゃんと相手の動き見て立ち回りも練習しないと…まぁ、そんなことすれば死闘だけど）

やることは簡単だ。音を出して自分を見つけさせるだけ。わざわざ草や枝葉に身体を引っ掛けるように、ガサガサと音を立てながら進む。立てた音にオークが気づいて鉄の斧を握り締め姿勢を低く…明らかに準備を整えていた。

まずは《亜空間》から両刃の鉄剣を取り出し、左手に持って装備を整える。開いた右手には石を取り出し、オーク目掛けて本気で投げ付け、戦闘開始の合図を送る。今回は気づかれていて狙い撃ちは難しいため、一番避けにくい胴体の真ん中。簡単な革の防具をつけているが、膝を壊した威力なら当たれば少しくらい動きを止められる算段だ。

――ヒュッ！

鋭い風切り音と共に飛ぶ石は、丁度胸の心臓辺りの革鎧に直撃してガッと痛々しい音を立てた。しかしオークは全く意に介さず突進して斧を頭上に振りかぶっていた。

（ただの石じゃ突破できないかっと、危っ！）

恐らく手持ちの鉄剣と同ランクの斧だろうが、重量も使い手も違う。まともにぶつかれば剣が欠けるし、むしろへし折れる。振りかぶられた斧をしっかり見て、一瞬だけ剣で斬撃の軌道に添えてそらし、身体は反対へとずらして受け流す。

すぐ横で斧が奏でたとは思えないようなドンッと音を立てて地面に突き刺さる。やはり力はかなり強いようで理熾の腕に痺れが来て…いや、単に理熾の受け流しが下手なだけだろう。

幸いにも身体も剣も傷めていなかった。

（もっと相手の力を綺麗に流さないとどんな装備を持っていても無駄っぽい。それより威力が凄い…速度はないけど、その分受け間違うと死ぬ）

下す判断は一瞬。理熾はすぐ横の地面に食い込んだ斧の柄を踏み、持ち上げるのを阻止しつつ足場にし、剣を担ぐように持って切り込む。

（当然一撃必殺で首を刈るッ！）

小さな労力、危険でより大きな利益を得る。理熾が求めるのは『効率良く敵を潰す』ただ一点。が、そんな思惑通りに事が進むばかりでもない。オークにとって『斧の重さ＋理熾の体重＋踏み込み』程度の重量では苦にならないらしく、足場にしていた斧の柄が軽々と持ち上がった。

踏み込みに合わせられる形で斧が持ち上げられたため、理熾は勢いよくオークの頭上を越えてしまう。跳び越えざまに首を、と一瞬思うも、用意していたタイミングよりも遥かに早く間に合わなかった。

仕方がなくオークの頭を一旦跳び越え、近くの木の幹を壁に見立てた三角跳びの要領でオークの背後を取って剣を振る。

これほどトリッキーな動きができるのはひとえに【体術】のお陰。振り下ろしで首を狙うも、無茶な体勢とタイミングの悪さで背中を浅く切るに留まり、オークの左足近くに着地。跳ね回る理熾に「グギャァ！」と怒声を発するオークは、すぐ傍にある顔目掛けて左腕を後ろに振って殴打を狙う。

直撃すれば頭が地面に落ちたトマトのようになりかねない攻撃を、着地直後の低い姿勢のまま前へと踏み込んで逃げ切った。そのまま距離を開けた理熾は素早く向き直り、改めてオークと対峙《たいじ》する。

バクバクと心臓が高鳴るのは、派手な動きによるものではなく、危機一髪のやり取りの数々から来る精神的なもの。今まさに命懸けの真最中だった。

（速度はない…から斧の振り回しも思ってたより避けるのは簡単。怖いのは遅い振りに騙されて受けたときの衝撃かな。それより問題なのは首とか頭の位置が高すぎる。やっぱり足から狙うべき？）

理熾に嗜虐《しぎゃく》趣味はない。切り刻む気もなく、首を一撃で落とせればそれが最善だった。そのためにはオークの頭の位置が高すぎ、そうなると頭を下げさせないことには倒せないという結論が顔を出す。

打開するために思考をフル回転させて作戦を練り、閃いた案を即、採用。あとは行動あるのみだ。

「あぁぁぁぁアアアアアア！」

理熾は思い切り叫びながら近付き、身体を大きく捻って剣を振りかぶる。

戦いの素人でもわかる攻撃。しかし声の乗った横薙《な》ぎの全力攻撃は、だからこそ重く速い。

鈍重なオークは斧で受け止めようと剣の軌道に斧を差し込むが、攻撃がぶつかる直前に理熾は剣を《亜空間》に格納した。剣と斧が打ち合う衝撃に備えていたオークは、たたらを踏んで前のめりにバランスを崩す。思い通りの結果を得たことを確認し、振り切った勢いでオークの目の前で理熾はくるりと一回転。オークがバランスを取るべく踏み出した足目掛けてすくい上げるように蹴り飛ばす。

ぐるりとすっ転ぶオーク。姿勢を維持しようと手を伸ばすが、その手が地面に届く前に、《亜空間》から改めて振った勢いそのままの剣を取り出し、首筋を刈り取った。

「ふぅぅぅぅ……思ったより危なかったなぁ」

数分も掛からないような短い戦闘。思わず口からこぼれた感想は、オーク一体を無傷で討伐した者の言葉ではなかった。そんな言葉と共に理熾は重要なことを思い出した。

「って、あぁあ！　せっかく準備したナイフが！」

既に終わった戦闘に対して頭を抱えても遅い。このことで気づくのは、やはり戦闘経験はまだ足りないということ。戦闘への思考速度が足りていないのだ。その余裕のなさは行動制限を余儀なくされ、危ない橋を渡らざるを得ない。つい先程の戦闘のように。

（はぁ…全然だめだ。一応倒せはするけどさ。オークの動きのパターンを覚えてからの方が良いかもなぁ…？人型だから対人にも応用利きそうだし）

反省して《亜空間》にオークと鉄剣を仕舞う。ただ対人としては身長と体重が違いすぎるので微妙そうだ。

落ちている斧を持ち上げ、少し振るって確かめる。

今回手に入れた斧も同じ鉄製らしい。細かく動かすことは無理な重さだが、バットのように振り切るなら何とか大丈夫だろうと考え《亜空間》へと放り込む。これで使える鉄の武器が二本手に入ったことになる。

（うーん…やっぱりある程度のメイン武器は用意した方が良いよね。それか近接戦闘の経験積むために短剣系で物凄く良いのでも探すかなぁ？）

腰に差す初期装備の【手ごろなナイフ】は使い勝手は良いが、武器にしては心許ない。そんなことを思いながら空を見て時間を気にする理craft。

森で一泊するほど戦闘も野営もまだ慣れていない。次はもっと『奥までいく』のを目標にして、今日はアルスへ帰ることを決意して歩き出す。同じ場所を戻るのも芸がないので少し外れながら。

その帰途でさらにオーク二体と遭遇したが、今回も運良く理熾の方が先に見つけた。【索敵】・【隠密】に加え、【体術】・【武神】の相乗効果は侮れないようだ。

オークたちはどちらも『重そう』なサイズの槍と剣の鉄武器を持っていて、歩きながら「ふごふご」と会話（？）をしていた。

（んー…まだオーク二体を同時に相手したことないけど大丈夫かな…？）

敵が二体ということで少し不安が残るが、オークとの多数戦も経験しておいた方が良い。今のところの経験はゴブリンばかりなのだから。

（とりあえず前回の失敗を踏まえて、《亜空間》からの発射を忘れない方向で。どれだけの牽制・攻撃力になるかわからないからあまり信用しないでおこう…あと、今回は数も二体になっているので奇襲に徹する）

考えをまとめ終えて『よし』と心を決める。

投擲用の在庫は石が一六。剣・短剣がそれぞれ一本、発射準備が完了している…と弾数を数えていく。

そのうちの石を《亜空間》から一つ取り出して右手に乗せ、狙いを定めたのは槍のオーク。槍は攻撃範囲が広いため、手持ちの剣や斧では不利になると思ったからだ。狙いは最初のオークと同じく踏み込むだろう右膝…意を決し、槍を持つオークに石を投げつけた。

理織が石を投げ込んだ瞬間、オーク二体の視線がギョロリと理織に向く。気持ちが焦るがお互いにもう遅い。賽《さい》は投げられている。

オークが少し動いたため狙いがずれたが、槍のオークの右脛《みぎすね》に直撃。したたかに打たれた脛を押さえるように「グギャァ！」膝を付いて悶絶した。剣のオークは理織と槍のオークを見てキョロキョロと視線を動かすだけ。敵は何も戦闘準備ができていない。

投げ込んだ側の理織は、何も持たずに駆け出している。狙いは動きを止めた槍のオーク一択。《亜空間》から先程手に入れた鉄の斧を取り出し、脛を打たれて右膝を立てているオーク目掛けてフルスイング。

防御など必要ない。何故なら理織が振るう渾身《こんしん》の一撃は、呻くだけのオークが何をしたところで受けきれない。

前屈みになっているオークの胴を、手前にある腕ごと一撃で断ち割る。威力は絶大。その攻撃で肘から先をあっさりと切断し、切り落とされた腕は空を舞って近くの木の枝と葉を掠めて揺らす。地面に残された身体は胴の左半分がバッサリと割け、血と中身をこぼしながら右へと倒れていった。その傍を理織が勢いを殺すことなく背後へすり抜け、足を地面にこすり付けてブレーキを掛けつつ剣のオークへと向き直る。

先程まで談笑（？）していた仲間が崩れ落ちたのを見た剣のオークは、怒声を張り上げながら大きな剣を軽々と振り上げながら近寄ってくるが、理織は既に一手打っている。向き直った瞬間に剣のオークに向かって《亜空間》から剣が発射されていた。

いきなり出現し、しかも勢いよく縦回転しながら飛んでくる錆びた剣にオークは驚き身を固める。しかし放たれた剣は、オーク後方の木にガッと音を立てて突き刺さった。

（うっわぁ…これコントロール超難しい！）

理織は外れた理由をすぐに理解する。《亜空間》の開き方で向きを定めるのは難しくない。しかし『狙い撃つ』となると取り込む際の角度や勢いも大事になってくるようで、調整もしなかったさっきの剣はご覧の通り。距離が近ければ問題なく当たるだろうが、遠ければ遠いほど影響が出てきてしまう。

理織は『要、改良！』と心に刻み、手持ちの斧で改めて剣のオークに突っ込む。その際にも『当たれば良いな』程度で残りの短剣を発射した。

今度の狙いは命中率を考えてオークの胴。再度出現した短剣に驚くオークだが、二度目ということですぐに立ち直り、剣を振り下ろして弾き落とす。簡単に弾かれたところを見ると、発射された短剣に威力はあまりないらしい。いや、威力がないのは理織の投擲能力の低さが問題なのだろう。

分析を進める間にも戦況は動く。

理織の狙いは飛んできた短剣を弾くために下げられたオークの右腕。重量と勢いで振り下ろした斧は、大した抵抗もなく腕を通過。攻撃の勢いで態勢を崩さないように斧を《亜空間》に取り込むことも忘れない。

前傾姿勢で無手になった瞬間、跳ぶようにもう一歩踏み込み、オークの胴にギチリと握った拳で防御を捨てた渾身の一撃を見舞う。

革鎧の防御力を突き抜けた衝撃はオークを前のめりにさせ「ゴフゴフ」と喘《あえ》がせた。丁度理織の額程度にまで下ってきていた顎を目掛け、全身を使った全力のアッパーを入れて頭をカチ上げた。顎に体格差を無視した強烈な手甲の一撃を許し、苦しみに噛み締めていた牙を砕いてのけぞるように跳ね上がって直立。ぐるりと意識を手放したオークの身体は、そのままゆっくりと背後に倒れていった。

最後に先程振り下ろした勢いが残る斧を《亜空間》から取り出し、首目掛けて刃を落とす。

戦闘が終わり、理織は「ふぅ」と息を吐く。二体を相手取っても戦闘時間は二～三分ほど。順調といって差し支えないだろう。

（何か…《亜空間》使えすぎない？）

理織がそう思うのも仕方ない。攻撃に限らず、行動を一つ行えば状態を元に戻すのにも動きを必要とする。今回の場合で言えば、武器を振って攻撃をした場合、その振り切った武器を手元に引き戻すといった手順が必要になる。しかし間に《亜空間》を挟むと『引き戻す工程』を飛ばせる。

その代償が『無手状態』なのだが、理織の場合は【武神】と【体術】の恩恵で、魔物とすらも殴り合いができてしまう。いや、リーチが急激に変わる理織に、相手が即時対応できていないと表現する方が正しいだろうか。

その上取り込んだ武器は『攻撃の勢いを保管する』ので、次に手に取る際は初速が付いた状態になり、いちいち振り被る必要がない。《亜空間》から発射できるとわかったときに気づいて実験し、前回のオーク戦のときに確立した方法だ。

（まぁ、武器の保管状態を忘れて取り出すとえらいことになるんだけどさ。勢いが付いているから手から武器がすっぽ抜けるとか）

攻撃に主眼を置けば恩恵だが、《亜空間》の中で勢いが減衰されないことは弱点とも言える。ただ取り出しただけのつもりでも、攻撃の勢いが付いた武器が周囲を傷付ける可能性がある。

どちらにせよ《亜空間》に取り込まれている装備の状態をしっかり把握しておかないと危険でしかない。

（《亜空間》に取り込んであるものの状態はわかる。でも忙しい戦闘中に確認できるほど簡単でもないから、何がどんな状態かを知っとかないと…）

管理は大変だが、理織がやったような『引き戻しを省く攻撃』はかなりえぐい。想定されていない動きに相手が反応できるはずがなく、攻撃する際の武器の慣性を《亜空間》に持ち込むため、攻撃後の姿勢制御や踏ん張りなどが少なく、隙が異常に小さくなる。

魔法を使っているにもかかわらず、その結果が物理的に反映される非常識。しかもあまりにも攻撃的に扱う様は他人が見ると異様な光景だった。

（さてと、とりあえずオーク持って帰らないと…って、うわぁ…中身が出てるや…。威力高いけど斧使うのやめようかなぁ）

げんなりしながら新たに手に入れた槍と剣、オーク二体を《亜空間》に放り込む。そろそろと言わず、随分前から《亜空間》の容量が気になっているのだが、今のところ全く問題ないらしい。既にゴブリン一〇体、オーク四体、鉄の剣二本、斧一本、槍一本と石やゴブリンの屑武器が入っているというのに。

改めて列挙すると凄い量だった。ちなみに飛ばしたものは折れたり、抜けなかったりと持ち帰ってもゴミになるだけ、と放置した。

（《亜空間》便利すぎる…一人でも戦争できそうなくらい物運べるよッ！）

【繋ぎの指輪】の効果で《亜空間》利用時の魔力コストがゼロなこともあり、思っていた以上に便利な魔法にテンションが上がる。

まさかの低燃費とはいえ、もう少し魔法らしい魔法を使いたいと思うが。

（火とか水出せればなぁ…野営というか、旅で全く困らないし、色々使えそうなんだけども。…アレ？　何か忘れてるような…あぁぁぁあ…コレダッ！）

【神託《オラクル》】初めての魔法！

達成内容＊魔法を使う
科学文明との最大の違いは魔法が存在すること！
つまり君には初体験が待っている！

報酬＊魔術のススメ

報酬が物の場合、増えすぎると邪魔なので一気には受け取らず、ちょくちょくと引き出しては換金したり使い勝手を確認していたが、この【魔術のススメ】は後回しにしていた。

魔法のために来たとも言える理織には非常に気を引かれるタイトルで、手に入れれば試したくて仕方がなくなる。しかし街中で魔法をぶっ放すわけにもいかない…。そうしたジレンマの折衷案が『アルスの外で手に入れて実験する』というものだったのだが、奇しくも【空間魔法】を手に入れ、その扱いに苦労しているうちに忘れてしまっていた。

（今僕に必要なのはまさにコレだ！　まさか魔法使えるけど使えないなんてことになるとは思ってなかったんだよ！）

実際に魔法自体は使えているのだから、正確に表現するなら『魔法らしい魔法を使えない』だろう。

すぐに報酬を受け取り、【魔術のススメ】を手に入れる。巻物《スクロール》でも魔術書《ブック》でもなく、ただの紙で束ねた資料だった。思わず理織は『うっわ…一番邪魔になるやつ来た』と神に呆れるが、あっさり諦めて資料に目を落とそうとする。

しかしここは危険区域《森の中》だ。考え事をするくらいならともかく『読みふける』わけにはいかない。森を抜けるまでは《亜空間》に入れておこうと思って取り込もうとするも何故か入らない。

（アレー？　もしかして容量オーバーかな？　うーん…別にいらないゴブリンでも吐き出しておこうか）

撒餌にしか利用しないゴブリンをドサドサとまとめて三体《亜空間》から吐き出し、改めて入れてみようとする…が、やはり入らない。

（え…？　このアイテムが入らない？　それとも凄く容量を使うってこと？）

よくわからないが結果は受け止めなければならない。

とりあえず《亜空間》の中身を、装備品を除いて全部吐き出してから入れてみるとあっさりと取り込めた。つまり『《亜空間》には入るが、非常に容量が大きい』事実が発覚し、理熾は思わず頭を抱えてしまう。この紙束は一体どれだけの容量を要求するのか、と。

その場で長々と実験するわけにもいかないので、さっさと終わらせるために巨大なオークから順番に大きい順に入れていくと、残りゴブリン五体のところで入らなくなった。

（ってことは、この紙束の容量がゴブリン五体と同等ってこと？　うっわぁ…何これ捨てたい…）

この場で読み捨てられれば一番だが、一度で覚えられるとも限らない。読むのが厳禁なので覚えるも何もないが。つい先程『良いことを思い付いた』と報酬を受け取ってしまった自分を殴り飛ばしたいと理熾は凹む。

後悔先に立たずとはよく言ったものである。

（まぁ、ゴブリンの使い道とか限られてるし良いか。どうせ撒餌だし…）

実際耳は落としてあるので報酬も保証されていて大した損害はない。自分をすぐに納得させ、ゴブリン五体はそのままに足を踏み出す。

今日は完全に終了気分。狩りに走り回る精神的な元気はない。

（何かテンション下がるなぁ…けどなんでだろ…？　情報の価値とか？　いやぁ…魔法の《亜空間》がそんな区別できるわけない…僕が設定すればまだわかるけどさ）

考えを進めながら帰路を急ぐ。

何事もなく進めればよかったのだが、森を抜ける直前くらいでオークに出くわした。一刻も早く帰って紙束を読みたい…というか魔法が使いたい理熾は、有無を言わさずオークに奇襲で挑む。

まずは膝に石の投擲、間髪入れず革鎧の隙間を狙った脇から胸元へ鉄剣の刺突。剣をそのまま手放して突っ切り、警戒を切らさずオークへ向き直ると力なくだらりと崩れ落ちていくところだった。鮮やかな手際はやはり奇襲に慣れ始めたからかもしれない。

ちなみに今回のオークは武器を持っておらず、理熾は『武器を持たないオークもいるのか』と命のやり取りをする殺伐とした中で緩く考えていた。

討伐部位がわからないオークは丸ごと《亜空間》いき。そこで代わりに吐き出したゴブリンの数はたった三体。紙束とオークを比較し、あまりにも少ないゴブリンの数に首を傾げる。

考えてみればおかしかった。ゴブリンは理熾より小柄で、体重にすれば二〇〜三〇キログラムくらい。対してオークは最低でも二〇〇キログラムはありそうだ。多く見積もってもゴブリン三体で一〇〇キログラム。オーク一体で二〇〇キログラムと釣り合うはずがない。

そもそも紙束がゴブリン五体というのもおかしな話だ。

（あっれー？《亜空間》の保存容量ってどうなってるの…？ まさかホントに情報量が基準に…？ いや、ゴブリン三体の情報量がオーク一体より勝ることないよなぁ…）

そもそも情報量を何で測るかもわからないので疑問符は増えるばかり。《亜空間》の使い手である〈空間使い〉《ディメンショナー》にとって、この事実はかなり重要だが答えを出せそうにない。

気づけば森を抜けてアルスが見えていた。警備兵にギルドカードを見せて街に入る。これで本日の討伐は完全に終了だ。安全圏に戻ったことでようやく息を抜ける。

（うーん…今日の夕飯は何だろうなぁ？）

出ない答えを棚上げする理熾は相変わらずの緩さだった。

# 第九章 ◆ギルド依頼

初のオーク戦を終えた翌日、討伐部位の確認などを含めて討伐カウンターに向かう。昨日は何だかんだで気を張っていたようで、風呂に入って食べたらすぐに寝てしまっていた。結局紙束の謎は解けないままだ。

「ふわぁ…」

のんびりと眠そうにあくびができるのも、ある程度討伐者として生計を立てられる見込みが生まれたから。以前のように『明日の食事に困る』といった赤貧さも今はない。

(あぁ…そろそろちゃんとお金払って泊めてもらわないとなぁ…さすがにセリナさんに悪いし)

相手がギルバートではないあたりにセリナのお節介さが窺える。

それにいつまでも命を預ける装備品を『戦利品』に頼っていてはいけない。そろそろ所持金もたまってきたので、新調していくことにする。元手が無料《ただ》なので拾い物は非常に重宝しているが。

そこで考えるのは主武器《メイン》。【武神】のお陰で扱える武器はほぼ全て。手持ちの装備は【神託《オラクル》】の報酬の手甲と指輪。それとオークから巻き上げた鉄武器たち。ぐるぐると装備に対して考えなくてはいけないことが散乱する。

こんなことを相談できる相手がいれば楽だが、新人《ニュービー》の理織にそんなアテはない。ともかく、何を使うにしても整備《メンテ》は必要。どちらにしても店を探す必要がある。

(まずはギルドでめぼしい店を訊いてみよう。昨日で疲れたし、今日はお店めぐりってことで)

こうして本日の方針があっさり決まり、ギルドへと足を運ぶ。

まず確認したオークの討伐部位はゴブリンと同じく耳。ゴブリンと違うのは、オークの肉は売れること。

といっても一切解体をしていない丸ごとの状態では随分と値が落ちるらしい。これは肉の価格が安いというより、ギルドが受け持つ解体の費用が非常に高いためである。解体費用を無視すれば肉の値段は随分と割高だ。

オークを始めとした魔物の討伐自体は、生粋の戦闘者なら難易度はそう高くない。事実理織は単独で二体まで同時に攻略している。しかし、オークなら一体の大きさが二〇〇キログラム以上ある。たとえ解体して半分の一〇〇キログラム捨てたとしても、一〇〇キログラム《それ》を持ち帰れるかと言われれば難しい。他に装備も荷物もあるし、持ち帰るために運搬用の荷車などを持ち込めば、今度は移動が困難になって本末転倒。

要は討伐するのは簡単でも食材として持って帰ることが難しい一般的な討伐者は、希少部位だけをその場で切り取ることになる。ギルド側はそれを買い取ることが多くなるため、解体の需要が非常に少なく専門の部署を用意していない。

それでも稀に解体依頼が持ち込まれることがある。それは大規模討伐依頼だったり、巨大な魔物であったりと、ギルドの利益になるような組織的な解体を必要とする場合だ。このため、討伐カウンターのギルド職員は、全員が解体の基礎知識を持っている。依頼されれば請け負うが、片手間に行っているため、先程の案件に当てはまらない場合は安くない解体料を要求されることになる。

（やっぱり解体技能は必須なのかなぁ……？　いや……『解体の依頼』をギルドに出せば良いのか）

普段は仕事をもらう立場なので気にしないが、仲介業が本業のギルドは依頼を出せば対処してくれる。理織は後受け依頼しかしていないので『仕事をもらっている』かは微妙だが。

中でもオークの肉は容易に量が手に入り、魔力を含むため美味いらしく、ギルドで確認した買い取り価格が一キログラムにつき一〇カラド前後。一体につき一〇〇キログラムの肉を売ったとすれば一〇〇〇カラド以上の収入となる。店頭販売時にはさらに色が付くことを思えばそこそこの高級肉だ。

《亜空間》に入らない量を無理して持ち帰る必要はないが、小遣い稼ぎには十分な金額なので、やはり解体した方が良いだろう。

「すみません。オーク五体の解体依頼を出したいんですが、依頼の形式や報酬金額の相談に乗ってくれませんか？」

『わからなければ訊く』の精神で、理織は相変わらず不機嫌そうな受付に声を掛けた。

作業中だったらしい受付は顔を上げて理織を一瞥《いちべつ》し、何かを探しながら口を開いた。

「素材の買い取り依頼であれば難易度と価格、数で決定することが多いですが…解体依頼ですよね？　であれば『拘束時間』で決定することが多いです。

オーク五体であればEランクの一日分……一〇〇カラドの報酬で相応ではないでしょうか？」

「その額が標準ですか？」

「はい。最低限で依頼を出しても、逆に報酬を上げることも可能です。

ただし報酬が低すぎる場合は受注が見込めないため、残念ながらお断りさせていただく可能性があります」

「ならオーク一体一〇〇カラドは破格の条件かな？」

「そうですね、下位ランクの受注者にとっては非常に喜ばしい価格だと思われます」

「道具・経費込みでも？」

「十分です。その条件で依頼を作成いたしますか？」

「お願いします」

ギルドの取り分は一割以上が基本だが、最低でも一〇カラドが必要。一カラドの依頼を出されても仕事が増えるだけで困る現実があるからだ。また、難易度や時期に応じて価格・報酬が上下するので、見極めて依頼を出したり受けたりするようだった。

ギルドへの支払いは全額前払い。逃走の抑止と依頼内容の確定が目的だ。今回の報酬額五〇〇カラドにギルドへの依頼費用を足した五五〇カラドを渡し、依頼を貼り出してもらった。

【緊急・その他】オークの解体
＊依頼者　リオ
＊依頼内容　オーク五体の解体業務
解体時間は一日の予定で朝九時からを考えています
作業終了後の拘束はありませんが、消耗品等の経費も報酬に含まれています
＊報酬　五〇〇カラド

完成して貼り出された依頼書を改めて確認する理織。

小さな依頼とはいえ、何かあれば自分に返ってくるので気になるのは仕方ない。

「ありがとうございます。あとはお願いします」

「承知しました」

「あ、それと鍛冶士さんのお店一覧とかありませんか？」

「おすすめの鍛冶屋、武具店は出せますが……そういった物はありません」

「なら、地図にその『おすすめのお店』を書き込んでもらえます？」

「少々お待ちください」

市街の地図を持っていない理織は、その場で買って書き込んでもらう。本来なら販売カウンターが望ましいらしいが、今回は在庫があったことで対処してもらえた。

そんな不機嫌そうな受付との淡々としたやり取りを終えて討伐カウンターを出る。残念ながら、ギルドでは鍛冶士の管理ができていないらしい。

しかしふと思う。

（アレ…？　作成系の窓口があるのに、鍛冶士の登録がないとかありえるの？　いや、作成のカウンターにいって『討伐者を紹介してくれ』って言われても受付は困るだろうし…ってことは単に討伐カウンターではわからないだけかも？）

よほど高名な作成者でもない限り、ギルドに窓口が設けられている時点で所属した方が得。

店舗を持つ者はまだ何とかなっても、個人で販路を開拓するのは非常に難しい。これに討伐者が持ち込む材料の仕入れや、納品ではなく店頭販売まで考えると作り手の鍛冶士一人で手が回るわけがない。

であれば結局は既に存在する組織に所属していた方が楽だし、販路や方法も学べて手っ取り早い。

何より来るか来ないかもわからない客を待つより、依頼の出ているものを納品する方が遥かに効率的だ。そう考えるとギルド員を管理できていないのはおかしかった。

（…とりあえず作成カウンターにもいってみよう）

理織は『ダメ元』と期待をしないつもりで足を運んだ作成カウンターで訊いてみると、あっさりと教えてもらえた。むしろ嬉々として紹介されていく店舗情報を思うと、わざわざ別口利用をする人がいるのも頷ける。主に討伐の受付は何故無愛想なのかと。

それにしても本当に横の繋がりが皆無らしく、相変わらず色んな意味で期待を裏切らないギルドだった。

ちなみに、討伐カウンターの『おすすめ店』の鍛冶士ランクはさほど高くなかった。

（訊く場所によって話が壊滅的に違うってどういうこと？　餅は餅屋っていうけど、さすがに組織的にまずくないの？　今度から最初に『どこにいけば教えてくれますか』って中央カウンターに確認した方が良いかもしれないね…）

疑問符が吹き荒れる。訊いたことに答えてくれるのは良いが、足りない情報をもらっても全く嬉しくない。これでは誤報と同じか、それ以上の被害がある。ギルドに対する疑問…というより不満が募る。

作成カウンターで改めて買った地図を見ながら街を散策する。少なくともギルド員として確認される鍛冶士は全て掲載済み、とのこと。

理織には装備の良し悪しなどわからないので片っ端から入っていく。

（うん、全くわかんない。そりゃそうだよね！　元々装備品に興味あるわけじゃないし。んーせっかくだし解析系のスキル取っておくかな…説明聞けば手に入る可能性高いし）

そんなことを考えながら店内を回り、ダメ元で解析系スキルを訊いてみるとあっさり答えてくれた。その理由は『解析系のスキルは習得がとても難しいから』とのこと。しかし手順は非常に簡単だった。

最初は解析系のスキルがない状態でひたすら知識を頭に詰め込む。図鑑や資料など何でも良いが、必要な分野に対する情報を頭に入れていく。そうして一通りの知識を揃え、試行錯誤しながら鑑定作業を続けていると、いつの間にかスキルが増えている…というもの。

そもそもスキルなしで鑑定できるなら『スキルが必要か？』となるのも頷ける。本末転倒というか、なんと言うか。

ちなみに、スキルを持つと鑑定時に対象のステータスを見られるので、スキル保持者は取得時にすぐ気づく。ついでに手に入れた時点でステータスを直接見られるため、対象に対する知識が必要なくなる。そうなると逆に『身に付けた知識の無意味さ』を感じる羽目になる。

何ともやるせない地雷臭のするマゾスキルとも言えるかもしれないが、見極める技術がなければ売買の際に不利になるので、結果的に取得率はそれなりに高い。また、解析系のスキルとは逆に偽装・隠蔽スキルも存在する。対象は何でも良く、基本的に『目利きを阻む効果』を持つ。スキルＬｖが鑑定者より隠蔽者の方が高ければ、でたらめなステータスを見せたり、隠せたりする。逆であればステータスの閲覧が行え、同一の場合は隠蔽側が勝る。

一方的に覗き見ることができる世界なのに『隠す方が有利』とはなかなか面白い構造だった。

（おぉぅ…ここに来て僕にとって必須スキルじゃないか。スキルとかクラスとか知られちゃまずいし、特に

Lvはヤヴァイ。…あ、でもこれだけデタラメなステータスなら『【隠蔽】持ち』に思われるかも…？）

別の可能性にも行き当たる。しかし『隠す気』のステータスなら、もっとわかりにくいものにするはずだと考え、結局必要になると再認識することになった。

そうして子供一人がうんうん唸って商品を眺めて回り、しかも何も買わずにスキルの話だけして去る理熾を、店員たちは本当に不思議そうな顔で見ていた。冷ややかしにしても変な態度だったのだ。

解析系スキルの名称は【鑑定】【診断】に加えて【解析】の三つ。それぞれの特徴は次の通り。

【鑑定】のコストはSP15で物体を、【診断】はSP20で生物を、【解析】はSP30でどちらも見極める。

これだけ聞けば断然【解析】を手に入れたくなるが、前者二つはそれぞれの分野に特化しているため、【解析】に比べて二倍の性能を持つ反面、対象外にはほとんど対応していない。ただ熟練度が高ければどのスキルでも生物・物体問わず見ることができる。となれば余り気味のSPの使用用途として【鑑定】【診断】の二つを取ってしまうのもありだろう。

（【鑑定】と【診断】を同時に持てば【解析】より高性能なんだよね。というより対象によって使い分けなかったら一緒に熟練度も上がっていくんじゃないかな？）

またも独自理論で物事を組み上げていく。だがここで問題になるのは所有率だ。【鑑定】は比較的簡単に手に入れられるが、徒労感が付き纏う条件から取得する者は少なめ。【診断】はそんな【鑑定】持ちの一〇〇〇分の一以下といわれ、【解析】持ちはさらに少ない。

他人にステータスを見られることが頻繁にあるわけではないので気にする意味はないかもしれないが、この状態で【鑑定】と【診断】の両方を持つのは少しイレギュラーすぎるかもしれない。

（うん、でもSPを無駄遣いするのは嫌だね。ここは

【解析】で代用しよう）

理熾の認識だと希少スキルではなく、単に習得が面倒な【解析】を少し迷って取得する。世のスキル所持者が聞いていれば黙っていないような内容だ。

手に入れた【解析】を使って早速周囲を見渡してみる。

「ぐぁっ……！」

瞬間、莫大な情報が頭に展開された。呻き声を上げながらすぐに目を閉じて視界を遮るも、過大な情報にふらつく理熾。店内だったために店員がすぐに駆け寄って「大丈夫？」と声を掛けて支えてくれた。

ふらつく頭を抱えて「はい、少し眩暈《めまい》が」と答えながら、使い慣れていない段階で全力起動するものじゃないと反省する。解析系スキルは対象を限定しないと大変なことになる。そんな教訓を得た瞬間でもあった。

その後は各店に入るたびに商品にフォーカスして一つ一つを【解析】していく。ステータスは見えるが、強度は数値化されていないので判断基準もあやふや。展示されている装備の良さがさっぱりわからない。

（んー……やっぱりわからないね。店員さんに訊いても微妙だし……舐《な》められてるのかもねぇ？）

子供が一人で装備を扱う店に出入りしても、冷やかしにしか見えないようで相手にされない。逆にスキルを訊いたときには説明をしてくれるのだから、よくわからない接客だ。理熾以外に客がいない店もあったのに。

（ともかく、僕の【神威の護手】って装備補正とかはそんなないけど、【自動修復《セルフリカバリー》】が凄く便利だよね。でも格闘系は基本弱いらしいし、これを主武器《メイン》にするには火力不足。だからって代わりの武器もないし……困ったなぁ）

途方に暮れる。武器のランクはともかく、残念ながらピンと来るものがない。

普通は一つのスキルを育てるため、選ぶ装備は一系統で、気にするのは効果とランクだけに絞られる。その点理織は『何でも使える』ので他人よりかなり選り好みができてしまう。制限がなさすぎて決めるのが本当に難しいのだ。

（《亜空間》に結構入るし、色々買い集めて使い捨てても良いかなぁ……？）

作り手が聞いたら激怒しそうなことを考える。

そもそも振り回すことしかできない理織は、手数と種類で封殺する戦闘スタイルのため、『強力な一本』よりも『それなりの一〇本』の方が強くなる。こうなると安上がりな反面、基準がなくてやはり選べなくなる。

悩みながらも教えてもらった店を一通り回り終えると夕方になっていた。残念ながら結果は芳しくない。

とりあえず良さそうなところが数軒あったので、後日改めて鍛冶士と相談する形で装備を整えようと結論を出し、朝方に上げた依頼を誰かが受けてくれたか確認しにギルドへ向かう。

『まぁ、今日の今日で誰かが来るとも思えないんだけどさ』といった感想を持ってはいたのだが……問い合わせてみると予想外の事態に陥る。

「ご紹介させていただいた内容で一〇名の応募がありました」

「えっ⁉」

オーク五体に一〇人掛かり。確かに高額な報酬と言われた『五〇〇カラド』と書いていた。だからといってこの食いつき具合はおかしいだろう。理由を思案していると

「つきましては不足分の四九五〇カラドの納付をお願いいたします」

「は？」

要約すると一人頭五〇〇カラド。今回の応募者一〇人分の雇用として処理されており、計五〇〇〇カラド。ここに報酬に対する一割請求でギルドに五〇〇カラドの支払い要請で計五五〇〇カラド。内、五五〇カラドの前払い金を除いた四九五〇カラドの請求が今まさに

理織に行われようとしていた。

（いや、おかしいよ！　どう考えても一人でできるよね⁉　というか報酬が多すぎとまで言ってたのに、何でギルド側が止めな……あぁ、止めるわけないか）

たまたま討伐カウンターで受注しているから普段は気づかないが、お役所仕事極まれるギルドでこんなトラブルは日常なのだろう。

討伐であれば『対象』に制限が掛かっており、特別なことがない限り同時受注は行えない。また、討伐されてしまえば次の参加者など発生しようがない。

（あぁもう……とにかく締め切ろう。これ以上来られても損するばっかりだし）

今更手遅れとも思いつつ、にこりともしない受付に声を掛ける理織。やはり世間《スフィア》は厳しいのだと肩を落としながら。

「この依頼って実は一人のつもりだったのですが……」

「そうなのですか？　でしたら依頼者にキャンセルの知らせを行いますが」

「え、そんなことできるんですか？」

「はい。当方としても依頼者の気に入らない方を派遣するわけにもいきませんから。今回の依頼形式が討伐・護衛・採取以外の『その他』に分類されるとはいえ、条件に抜けが発生したことに関しては当方にも不備がありますので」

討伐カウンターにおいて討伐・護衛・採取の三つが基本的な依頼となるが、今回はそれらのいずれでもない雑用扱いの『解体』。形式的《テンプレート》な依頼ではないがために依頼時に確認漏れが発生した。勝手に断るのも問題になりかねないので対処できる範囲で受け付けた結果が今回のことらしい。

無表情の中にも少し申し訳なさそうな雰囲気が見て取れる。もしかすると不機嫌なのではなく、単に表情を作るのが苦手なのかもしれない。

「ただ、キャンセルする前に一度契約を成立させてもらうことになります」

「…つまり？」

「今回なら追加となるギルドへの依頼料の四九五〇カラドを前払い金として一時的に預からせてください。その後一〇人の中から選別し、預からせていただいた金銭を返却する形を取りたいと思います」

「何故そんなことを…？」

キャンセルを前提とするならわざわざそんな手間を取る必要はないだろう。面倒なだけで何の利益にもならないのだから。しかしギルド側もそうはいかない。依頼者側の都合だけなら仲介料は迷惑料《キャンセル》と名を変える。それに少し条件を付け加えた同じ依頼だとしても、参加者をスライドさせることはなく完全新規扱いとなる。

不意の条件変更で誰もが不利にならないようにするための処置でもあった。

「ギルドの理念は『双方への依頼完遂』です。前払いの形を取っているのもそのためで、完遂した際の依頼料をいただき、まずは『ギルドへの依頼が正式なものである』と確定させる必要があります」

それが嫌なら『正式な依頼』とすることで、双方への報酬と懲罰の権限を確定させる。受注者が気に入らなくて蹴るのは依頼者の権利でもあるのだから。何とも面倒な話だが、今の懐事情なら足りるので、危うく大きな出費になりそうだったのを止められただけで十分だと思おうと理織は飲み込む。やはりお役所仕事だな、と考えながら。

最終的に応募者の中から選ぶこととなった。せっかく一〇人もの応募があったので二人組《ペア》のパーティにお願いすることにした。また、『二人で五〇〇カラドの報酬』とし、連絡はギルド任せ。早いほど嬉しい旨を伝える。

「では、明日の作業開始三〇分前までに問い合わせがあれば、そのまま作業に入っていただく形でよろしいですか？」

「そんなにいきなりで大丈夫なんですか？」

「確認は行いますが、リオ様がよろしければ問題ありません。急ぎの依頼も多いですし」

「なら僕も八時半くらいに顔を出すようにします」

「承知しました。当カウンターの受付にカードを提示していただければ対応するように手配しておきます」

「お願いします」

一問着あったものの、スムーズにやり取りを終えてギルドを後にする。

運が良ければ明日にはオークの解体が行われる。ついでに解体現場を見ておけば今後の参考にもなるだろう。理識はそんなことを考えながらあけみやへと足を進めた。

# 第一〇章

## ◆隠匿の鍛冶士

翌日ギルドへ足を運ぶと、カードを渡す前に昨日担当してくれた受付嬢が理織を見つけてくれた。何だかんだと時間を掛けて対応してもらったので顔を覚えられていたようだ。

「今朝、ほとんどの方がリオ様の依頼を確認しに来ましたよ」

驚くべきことに一〇人中八人ものギルド員が顔を出して状況を訊いてきたとのこと。残念ながら依頼者側の権限で二名に絞られたことを告げると、すぐに依頼《チェッ》掲示板《クボード》へと足を運んでいったらしい。

ギルドが依頼者から受諾し、確定した内容に口を挟むだけ時間の無駄。ごねたところで心証が悪くなって割りの良い仕事を回してもらえなくなるだけで損ばかり。選ばれる理由も依頼者次第なのでくよくよしても仕方がなく、それならさっさと別の仕事を探す方が良いらしい。

たまにごねて追い出される者もいるらしいが。

「え、そんなに条件が良いんですか？」

「そうですね…解体は確かに重労働ですが安全な作業なので、一日で五〇〇カラドともなると随分と高い報酬に思われますね」

「次からはもっと安くても良いってことかな」

「急ぐようでしたらやはり高めに設定しておいた方が良いと思いますよ」

全くその通りなので次回も一体一〇〇カラド程度の計算にしておくようにする。

それにしても周囲にそれらしい人がいない。どうやら空振りだったようだと理織が思っていると受付は続けた。

「ギルド員には条件変更の説明を行っており、変更後の条件で構わないと確認が取れています」

「え、じゃぁいつやるんでしょうか？」

「本日で日程を合わせていますが…」

「ん…？　でも誰もいないですよ？」

改めて見回してみてもやはりいなさそうだ。ちなみに今回の報酬は一人当たりではなく頭割り。後出しで条件を変えたので、ギルド員に確認を行っているとのこと。一連の流れを見ると優秀なのかもしれないと理熾の頭をよぎる。

「あぁ、なるほど。説明が足りず失礼しました。この場を待ち合わせにされると非常に込み合います。そのため、いくつかの待ち合わせ場所を当ギルドで設定させていただいています」

理熾はなるほどと納得する。確かにこの場で依頼者と派遣されるギルド員が待ち合わせすると混雑するだろう。特に護衛を雇う場合などは荷馬車をギルドに移動させる可能性もあり、非常に面倒だ。

そうならないための対策なのだろうが、ただの解体依頼の理熾は『ギルドじゃダメなの？』とも思ってしまう。

「今回は事前に設定されていませんでしたので、グリア広場を指定しています。お手数ですがそちらでお待ちください。また、ごく稀に『なりすまし』を行う輩が現れます。派遣したギルド員は符牒《ふちょう》を持っていますので必ず提示させて確認してください」

理熾は「あ、はい」と返事をしている間に依頼者側の符牒を手渡された。これらをお互いに見せ合い確認を行うとのこと。手の込んだ詐欺師対策に、定型の対応の強さを感じる。融通の利かなさは今更だが、問題への対策はきちんと積まれているらしい。全部が全部ダメなわけではないようだ。

説明を受けた理熾はギルドを出て待ち合わせ場所へと向かうと、すぐに件《くだん》の二人組が見つかった。目印の街灯を背に男が立ち、もう一人の女がその台座に腰掛けて話していた。

二人の男女は大した武装もしておらず、二〇歳前後だろうか。人違いだと恥ずかしいが、相手が気づいていないので理熾から声を掛けるしかない。

「すみません、オークの解体依頼を受けてくれた方ですか？」

「そうだよ…って、今回の依頼ってあたしたちだけって聞いたんだけど？」

「うん、リオさんのお使いか何かかな？」

目の前で繰り広げられる理織の子供扱い。確かに一三歳の中でも幼い見た目の理織がオークの解体を頼むのは不思議な話。それに羽振りの良い依頼内容からしても理織が依頼主だとは思えず、代役の可能性を考えているようだ。というより軽く見下されている感があった。

受付で聞いた話ではこの二人は理織と同じで新人《ニュービー》のペアパーティ。見下される理由もないのだが、やはり見た目で損をするのはどこの世界でも同じらしい。依頼主になってもこの扱いなのにはカチンと来るものがあるが、気にするだけ無駄だと理織は話を進める。

「初めまして、僕が依頼主の理織です。本日はよろしくお願いします」

いちいち目くじら立てても仕方がない。だがあえて丁寧に依頼主の符牒を見せながら挨拶する。負い目を感じてくれれば、ともっと打算的に二人の失礼を利用することにする。しかし

「え…マジ?」

「いきなりまずったかも…」

小言のやり取りは全て聞こえている。それでも理織はにこやかな笑顔で対応する。内心は『僕って超大人！』とか思っているが極力顔には出さずに出方を見る。

「えっと初めまして。あたしはライ、こっちがノルンです」

座っていた女《ライ》が立ち上がり、腰に巻いているウエストポーチから符牒を取り出しながら自己紹介をした。二人きりでパーティリーダーと呼ぶのもおかしな話だが、主導権を持っているのはこのライのようだ。

「それでリオさん、さっそく始めたいんだけど…オークはどこかな?」

しかもさらっと流すことにしたらしい二人は、軽く頭を下げて挨拶扱いにして仕事に取り掛かろうとする。勘違いを謝罪もせずに進める姿勢はあまりよろしくない……いや、全く良いはずがないのだが、相手が子供ということで舐めているらしい。

そんな態度に理織は気にする素振りをせずに話を進める。当然だがこの二人に対する理織の評価はどんど

ん下がっていた。

「平原で解体作業をしたいと思います」

「え、街中《アルス》じゃダメなの？」

予想外の展開にライが質問する。平原は比較的安全とはいえ、やはり魔物や獣の世界。危険が少ないだけでゼロではない。街中で行えるならそれに越したことはない、と理織も考えていた。しかしそうもいかない現実がある。解体をやったことのない理織が考えるのは魚の下処理だった。

「僕も初めてのことなので疎くてすみません。けれど解体するときにニオイとか内臓とか出ますよね？　街中に解体できる場所ってありますか？」

理織の言葉を聞いて慌てる二人。台所で捌ける程度の大きさの魚でも生臭さは耐え難い。廃棄される生ゴミのことも考えれば相応に開けた場所が必要になる。しかもそれが身体の非常に大きいオークともなればなおさら。解体所なるものが近場であるならそれでも構わないが、交渉もせずに入れるとは思えない。

何より理織にはツテがゼロなので最初から平原で行う方向で考えていたのだ。

「ギルドなら……？」

「無料で開放されています？」

「うっ……」

解体に金を掛けすぎても意味がない。それに条件的に必要経費に含まれるため、報酬から差し引かれることになる。理織はどちらでも構わないが、そもそも解体依頼はギルドにも持ち込まれるのだから、解体所を開放しているのもおかしな話だろう。

このペアはやっぱりあまりよろしくないらしい、とさらに理織からの評価が下がる。

「あ、ええ…そうですねぇ…。外へ出るんですか…うーん…装備取ってきて良いですか？」

最終的にはそんな歯切れの悪い質問をされる。理織は「何か出てくれば対処するつもりですよ」とは言ったものの、見た目で舐められている現状では何を言っても無駄だった。それに依頼主が子供で、血のニオイを振り撒き魔物を呼ぶ可能性のある作業中に、無防備な背中を預けるのもまた依頼者の子供。普通の考え方ならば狂気の沙汰だった。何より『依頼主に守られる討伐者』とはどんな冗談か。いくら『護衛を務める』と依頼主が言おうとも、身を守る術はどれだけあっても損はなく、丸腰では逃げることもままならない。

改めて南門を待ち合わせ場所に設定して一度分かれる。既に受けてしまった依頼に、ライとノルンは『はずれ』を感じて装備を取りに走り出した。これ以上依頼主の心証を悪くしないために。随分と手遅れな決意だったが。

分かれてから二〇分後、門で合流して出発した。ちなみに時間潰しのために覗いた詰所には今回もギルバートはいなかった。

（全く、ギルバートさんは何を遊んでいるんだか）

理織は二人と共に門を抜けながら恩人に対して心の中で文句を言う。何とも罰当たりな子供だった。

そのまま見晴らしのいい平原をしばらく進む。相変わらずのいい天気。上空を流れる雲も綺麗なものだった。

サクサクとある程度進んだ辺りで理織はおもむろに口を開く。

「それではこの辺で始めましょうか」

「え？　オークがないけど」

周りを見渡して返答したライの言葉には棘《とげ》が交じる。オークの死体を『運んでいく』か、『置いてあるか』のどちらかだと思っていた二人。門を出るときにないのなら、見張りか何かを立てて平原に置いてあると予想していたのだ。

それが門からしばらく離れた場所に連れてこられ、目の前には何もない。というより見渡す限りの平原だ。これをいたずらと思わず何と言うのだろう。

その辺を知ってか知らずか、依頼者の理織は二人の動向を気にせず行動する。

「ん？　あぁ…そうか、今から出します」

ライもノルンも呆気に取られて「「え？」」と口にし、ぽかんとした表情を浮かべるのを横目に、理織は質問する。主導権を取り返すために。

「一体ずつが良いですか？　それとも二人それぞれで解体しますか？」

「え、ああ…二人で一体ずつやるつもりだったけど…う」

訳がわからないまま返答するライ。理織は「わかりました」と告げて《亜空間》からオークを取り出すと、ライもノルンも顎が落ちたかのようにあんぐりと口が開く。

何もないところからいきなりずるりとオークの巨体が現れれば誰でもこうなるだろう。内心で得意げな理織は「さ、お願いします」と涼しい顔で告げる。この状況を当たり前に受け入れている様子に二人は改めて驚愕する。

「え、えぇ!?　何これ！」

「まさか荷物袋…いや、ボックス系の装備…？」

ちなみに前者の慌てているのがライ。後者の驚きの中で一応予想を立てて呟いているのがノルンだ。

その慌てる姿を見て小さな依頼主は少し溜飲を下げるが、驚きから立ち直る素振りがないため、二人に声を掛けた。

「時間制限はないですがそろそろ始めませんか？」

「は、はい」

「あぁ…うん、頑張る」

理織に促された二人の手がようやく動き出す。驚きは尾を引いているが、依頼主が見ている前で『サボる』わけにもいかない。そんな様子を見て「お願いします」と改めて理織は告げ、解体を見守る体勢に入る。

これは理織が出した初めての依頼。ギルドを介しての依頼なので持ち逃げや雑な解体はしないだろうし、物と場所を指定して勝手にやってもらうこともできた。しかしあえて理織は同行した。

本命はオークの解体方法を学ぶためだが、ツテを持たない理織が人脈を広げるにはまず人に会うことが大切。それに依頼主なら気兼ねなく接せるし、支払いも良いので邪険にされない…というのは後付の理論。単に人に会う機会になると思ってのこと。だが、残念ながら『アタリ』とは程遠い人選だった。年齢が近く、同じ新人《ニュービー》であれば仲良くなれる可能性もあると思っていたが、蓋を開けてみると侮られただけのようで少し後悔していた。

そこで理織は切り口を変えてみる。

「ちょっと質問なんですが、ライさんとノルンさんの装備ってどこで買いました？」

混乱の中、解体作業を始めた二人に問い掛ける。それぞれが革鎧を身に纏い、ライの腰には短剣、ノルンは槌と二人の装いは変わっていた。

もしも良い鍛冶士を知っているなら教えて欲しいと思っての質問だ。

「あぁ、ノルンが見習いやってるから、そこでノルンが作ったのとか、師匠の試作品を使わせてもらってるよ」

「うん、ライに材料とかもらって作ってるね」

「ノルンさんが……？」

人物への解析系スキルはマナー的にあまりよろしくないらしい。敵対しているならともかく、ステータスを見るのは個人情報を覗き見するのと同じだからだ。

とはいえ、気づかれればという前提がある。実際に気づける者はごく少数なので、気にする必要はない……と、マナーやスキルに対して理織なりの解釈を入れ、すぐに【解析】を通してノルンのステータスを展開した。

名前：ノルン

年齢：34

種族：ハーフドワーフ

職業：戦士／鍛冶士

Lv：45

❇スキル

パッシブ　：槌術 Lv5　斧術 Lv3
　　　　　　腕力強化 Lv3　火耐性 Lv2

アクティブ：槌技 Lv3　斧技 Lv2
　　　　　　装備調整 Lv3　装備作成 Lv2

見て思わず『予想以上っ！』と唸ったのは年齢のことだった。能力値が見えないので自身の強弱は不明だが、少なくとも必要な情報は手に入ったのでよしとする。

（うーん…三四歳でＬｖ５が最高なのか……しかも一つだけ。これが普通レベルだとすると僕は異常だなぁ）

一週間ほど前まではユニークスキルがたった一つだけだったのが、今やスキルは一八個。内二個がユニークで、愛嬌に業《カルマ》まで手に入れた。ついでに最高はＬｖ９の【体術】と、なんとも豪勢なステータス欄。

人と能力値やスキルを見比べたことがなかったので、改めてクラス選択の有用性を垣間見る。たった一週間で…いや、一度のクラスチェンジでノルンの三〇年を追い越してしまっていた。

成功していなければ今頃ただの業《カルマ》持ちの無能で終わっていたことも思い、身が震えた。

「最近ノルンも色々作らせてもらえるようになったみたいでさ」

「うん、今までずっと下積み…いや、整備《メンテナンス》しかさせてもらえなかったんだけどね」

そう言って笑う。理織にはあまりわからないが、職人と呼ばれる人たちは下積みをこよなく愛する。そういう技術を持ってこそ生きると信じている。実際はそんな下積みで使い手の癖などを見極める能力を付けさせるためらしいが。

そこで理織は『自分に合う装備がないなら作れば良いじゃないか！』と閃く。だが自分専用《オーダーメイド》は値が張る…そこで未だ作り手として未熟なノルンにお願いし、安く上げるといった方法を。

「…ノルンさん、だったら僕の装備を作ってくれませんか？」

「え!?」

「ライさんと同じく、材料やお金はお支払いします。ただ…あまりお金は持ってないので、それほど報酬を出せませんが」

未熟者に正式に依頼をすると言う。ノルンにとっては青天の霹靂《へきれき》だった。初対面の状況で、しかも最も重要な腕すら見ないで一体何を言っているのかわからなかった。

「それは嬉しい言葉ですが…自分で言うのも悲しいけ

れどまだ半人前です。そんな僕に直接依頼をするのはどういう理由ですか？」

ノルンの解体する手は止まっていた。

指名依頼とは『貴方でなければならない』という特別な意味を含む、最も名誉な依頼だ。たとえ半人前でも…いや、だからこそ気軽に受けるのも断るのもはばかられる。

「あ、いやぁ…そんなに意気込まないでください。ノルンさんは僕が望む装備を作ってくれるだけで構いません。材料と手間賃がもらえる練習品だと思ってもらえれば…その分僕は装備が安く手に入りますしね。当然ノルンさんの腕が上がればその分値段を上乗せしますし、逆に僕がノルンさんの装備を必要としなくなれば依頼しません」

意気込むなと気楽に話す理燉の言葉を聞いてノルンは考える。理燉は『とにかく安く手に入れたい』と言う。しかも粗悪品でも構わないとまで聞こえる。討伐者は『命を懸ける職業』なのに、飄々と装備品の優劣を問わないと言う。問題なのは値段なのだと。

ノルンもライも全く見たことがないタイプの討伐者だった。言っていることは、命よりも金の方が大事としか聞こえないのだから。

他人がノルンをどう評価するかはわからない。しかしはっきり言えることはある。

「お話は嬉しい、です。けれど…その話には乗れない」

ノルンは搾り出すように言葉を紡ぐ。そして思った。あれは『作成者を侮辱する言葉だ』と。

ノルンも客を相手に『大切に扱え』と押し付ける気はないが、最初からぞんざいに扱う宣言をされて装備を渡せるはずがない。どれだけ未熟な作成者でも、作るときには心を込める。だから使用者のライに不満はないし、ノルンも作成に妥協はない。ライの装備は全てそのときのノルンの最高品質ばかり。装備一つで生死を分かつため、お互いどこまでも本気なのだ。

「僕の作る装備は、まだ商品として扱えない。そんなモノを売るわけにはいかないし、使わせるわけにもいかない」

ノルンは生産者として宣言した。

最低限商品として成立するものであれば、あとは使用者の選択に委ねられるだろう。しかし半人前の今、どれだけ嬉しい話でもこの一線は譲ってはいけない。職人の誇りを試されているに等しいのだから。

だが、理熾の思惑とは全く外れていた。

「え？　うん、だから安く手に入るんじゃないの？　しかもライさんが使ってるんだし、僕も同じようにしたいってだけなんだけど？」

理熾にはノルンの言い分が全くわからない。単なる売買の話で、職人がどうとかの深い意味はない。

理熾からすれば装備を扱うのは買い手の勝手だし、その結果を手にするのもやはり買い手の勝手だと思っている。だからこそ買い手は『商品を選ぶ』のだから。

そう、装備は選ぶものであって、押し付けられるものではないのだ。

「…ちょっと待って。そっちから何か来るから少し後ろに下がってください」

街から出ると常に稼動させている理熾の【索敵】が、気配の変わった森の様子に気づく。そのすぐ後。解体している近くの森から目を充血させ、大きな剣をぶおんと振りながらオークが一体現れた。

血の臭いを嗅ぎつけてみれば仲間の解体現場にぶち当たり激怒しているようだ。威嚇するように「ぶるろろおおお！」と鼻息荒くいななき、身を沈ませた。

一歩下がって身構えるライとノルン。その脇を通り過ぎ、入れ替わるように理熾が前に出る。

（また剣…まぁいいか）

思うことはそう多くない。今は目の前のオークを倒すのみ。

理熾はあっさりと頭を切り替え、対オーク戦での必勝パターンである投石＋首刈を選択した。

「危ないからもっと下がって」と理熾は改めて二人に声を掛け、ついに走り込んでくるオークに向かってゆっくり歩き出した。途中で《亜空間》から石を取り出すのも忘れない。先程までとがらりと変わる状況変化に、固まる二人はその小さな背中を見送るしかできない。

理熾は攻撃範囲に入ったと思った瞬間、歩きの歩幅を一歩だけ思い切り前に踏み込み石を投げた。歩いている動作中にいきなり石を投げ込まれたため、オークは反応できずに右足の脛に石の直撃を受ける。しかし「ブヒィ！」とわめいて少し痛がる程度で怪我すらないらしい。

（…ゴブリンなら一撃なのに何ともないのか。そういえばこっちの攻撃がばれてからだと石でダメージ与えたことないや。あ、ステータス見てみよう）

目の前のオークが気兼ねなく個人情報を抜き取れる敵対者だと思い出し、すぐに【解析】を稼動して情報を盗み出す。

名前：オーク

Lv：16

✻スキル
パッシブ　：剣術Lv3　肉体強化
アクティブ：剣技Lv2

理熾がまず思ったことは『え、Ｌｖ高くね？』だった。しかし『Ｌｖは年齢以上』の常識からすると、討伐者は最低でもＬｖが20なければ務まらない。そう考えればオークのＬｖが16くらいというのはそれほど高い数字ではなく、むしろ理熾が低すぎるだけだった。

（よく勝てたな僕。Ｌｖが10も違うよ？）

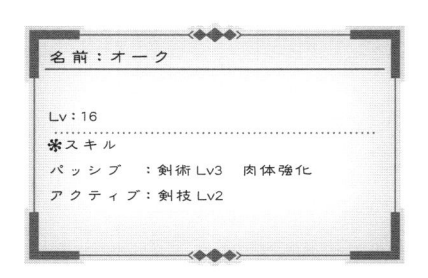

どれだけＬｖ差があれば安全かは不明だけど、と苦笑いしながらも行動する。必勝パターンが崩れ、戦況が変わってしまった。しかしやることは一つだけだ。何よりただの解体依頼で雇った者を戦わせるわけにはいかない。

まずは武器で正面から打ち合うことを決めて前へと駆ける。オークも剣を振り被って対峙した。

理熾の初撃は《亜空間》から取り出した剣で、前進の速度を乗せて攻撃でオークの右腕を狙う。今までを考えても、武器を奪えば勝てるのだ。だが武器を持っている腕を狙うのは本来おかしな話。武器によって一番守られている箇所を狙う、その矛盾に理熾は気づかない。

何もない虚空から急に現れた剣に驚き一瞬固まるも、即座に反応して剣の軌道を自らの剣で弾くオーク。その後の理熾の攻撃も全て阻まれる。そしてオークが力任せに弾いたときに、理熾の姿勢が崩れた。今度はオークが攻撃する番へと変わり、剣と剣が打ち合う音が何度も鳴る。

（むぅ、Ｌｖ３の【剣術】って凄いのかな？）

剣戟《けんげき》の最中にそんなことを思考える。速度は理熾が、威力はオークがそれぞれを圧倒する。理熾は受ける剣とは正反対に身体を運ぶ動きで、触れれば致死のオークの攻撃をそらし続ける。

外野から見れば苦戦しているように見えるかもしれない。だが、理熾はまだ余裕があった。何せオークと正面切って打ち合うことを『選んでいる』のだから。

「がぁぁ!!」

気合なのか、痺《しび》れを切らしたオークは叫びながら理熾を力任せに横に薙ぐ。一瞬宙に浮かされた理熾を追うように前進し、真っ二つにするためにオークは剣を振り下ろした。身動きが取れない理熾は、振り下ろされる剣の腹を、手に持つ剣で横から全力で叩くが、オークの振り下ろす剣筋はほとんど揺らがない。代わりに叩き付けた反動で理熾自身の身体を強引に剣筋から離脱させて横へと避けており、全力で振り切ったために体勢を崩したオークを逆に斬り込んだ。

まずは通り抜けるように胴を薙ぐ全力の一撃。さらに背後へ抜けた瞬間に、身体を半回転させた振り向きざまの軽い一撃を背中に。浅く薙いだだけの背中はともかく、全力で振り抜いた横っ腹は革鎧を裂いて重傷だ。しかし崩れることもなく、怒声を上げながらオークが理熾を追うように振り向く。しかも振り向きざまに裏拳のように剣を握った右腕を振り回して攻撃してきた。既にオークに向き直っている理熾は、慌てずに腕の『進路』に合わせて剣を振り下ろす。理熾が持つ鉄剣とオークの腕とでは耐久度も鋭さも段違いだが、残念ながら腕の三分の一ほど食い込んだ場所で剣が止まったため、すぐに剣を手放して振り抜かれる腕をしゃがみつつ横に躱した。

お互いを削り合うような剣戟の結果は理熾の勝利。

腕に三分の一も剣が食い込んでいるのに、武器を手放さなかったのは凄いの一言。しかもオークは使い物にならない右腕を諦めたのか、剣を左に持ち替え交戦の構えを取る。ただ現在進行形で腹から血抜きされるオークは、すぐに膝が落ちて動けない。このまま数分も放っておけば死ぬオークを見、理熾は殺す決断をして両腕を持ち上げる。

「ごめんね」

そう言って《亜空間》から新たに抜き放ったのは鉄の斧。最早左腕一本が辛うじて動くだけのオークに防ぐ方法はなく、すぐに戦闘は終了した。

この結果に終始傍観者だったライもノルンも驚きしかない。何せオークは力が強く武器を持つ。これは非力な人が持ち得た優位性《アドバンテージ》を揺るがすことに他ならない。二人のような初級ランクなら、オーク一体を数人で囲んで倒す魔物だ。安全にそして確実に倒すためにも、それが常識だった。人はそれほどに脆いのだから。

それを二人から見れば苦戦していたとはいえ、単独で…それも無傷で撃破した。中級のDくらいなら単独撃破も可能だろう…が、相手は小さな子供。

そうした色々な思いをない交ぜに、呆然とする二人。

「ライさん、ノルンさん。悪いんだけどオークの解体って追加《おかわり》しても大丈夫かな？」

何も知らない小さな依頼主は「報酬は一体当たり一〇〇カラドだから、その分出すよ」と気楽に伝える。

息を殺すというのはこういうことだろうか。二人は呆然と理織とオークを交互に見ているしかない。

常識に疎い理織は『そんなに解体するの嫌だったのかな？』と見当外れなことを思う。本人たちは単に我が目を疑っているだけだというのに。理織は『まぁいいか』と疑問を棚上げして二本の剣を回収。せっかく徴収した武器を捨てるのは勿体ない。

これで鉄武器シリーズは計五本。剣三本、斧一本、槍一本になった。

（あぁ……槍使えば良かったなぁ）

これまた後になってから気づく。握れば使えるとはいえ、使ってみて実感しておいた方が良いに決まっている。以前の《亜空間》からの投擲実験のときと同じく後悔先に立たずだ。

剣を拾い、オークと武器を《亜空間》に回収してから振り返るも、まだ呆然とした二人がいた。その状況に振り向いた理織は思わずビクリとする。

（え…あの二人壊れてないよね…？　オークに指一本触れさせてないけど…何かあったのかな？）

解消されない疑問はやはり棚上げするに留まり、ゆっくり歩いて解体現場に戻って来るも、二人の視線は理織から外れない。既に五分くらいフリーズしていた。色んな意味で気まずい中、理織は「コホン」と一つ咳払《せきばら》いを入れ、「ところで二人とも。解体を始めてもらっても良いかな？」と作業を促した。

のろのろと作業を始める姿を眺めながら、昨日森の中で取ってきた葉っぱで剣の血を拭う理織。ノルンから見て、武器の扱いや手入れがあまりにも悪かった。そもそれまで理織がいたのは武器を扱う知識が必要な世界ではなかったから当然なのだが、血糊《ちのり》など目で見える程度だけやっている感じなのだ。

「すみません、武器の整備《メンテ》を僕がやっても良いですか？」

「え？　お願いできるならありがたいけど……」

理織の雑な扱いを見ていたノルンが堪《たま》らず訊く。いくらオーク産でもあまりに武器たちが可哀想だった。ありがたい申し出ではあるものの、理織の正直な気持ちは『そんなことより解体して欲しいんだけど……』という本音もある。今回はそのために雇っているのだから、当たり前だが。

「あ、あと、解体は一体くらい増えても大丈夫……です」

ノルンの言葉に重ねるように「やります」とライが答えた。どうやらフリーズが解除されたらしい。

それにしてもいきなり態度や言葉遣いがしおらしくなってしまった二人に、理織は戸惑うばかり。

（さっきまでの子供扱いはどこいったんだろ？　……もしかしてオーク退治で？　いやいや、解体頼んでるしまさか倒せないとは思ってないでしょ）

浮かんだ疑問は理織の考えにより即座に潰《つい》えたが、まさにその『オークを倒したから』なのを理織は知らない。ただ少なくとも状況が好転したことには変わりなく、好意的に解釈することにした。ちなみに二人は、この依頼自体を『おつかい』だと思っていたし、オークが出た時点で逃げ切るつもりだった。

オークは持久力があるものの瞬発力に欠けて遅いため、地形にもよるが振り切るのは簡単。だというのに一番考えられなかった、戦う選択肢を選んだ依頼主がオークに突っ込んでいくから逃げそびれたのだ。子供を見捨てられないという理由で。

結果的に全ての予想を裏切り、理織が倒してしまったが、未だに信じられるものではなかった。

「それとさっきの装備品の話ですが」

「うん、やっぱりダメかなぁ」

理織は残念そうにする。そこにはオークと対峙した力強さがかけらもない。何せ持っている装備はただの鉄の剣、鉄の斧。加えて防具は肘まである手甲くらいしかなく、他は防具とも呼べないただの布の服とあまりにも実力に見合わない姿だった。

「まだ駆け出しだから装備の良し悪しがわからなくて…装備の効果とか能力とかがさっぱりです。だから自分に合う効果とか装備の見極めをしたいんだけど、店内で使ってみるとかは無理ですよね？」

「確かに…」

装備には『特性』と呼ばれる特殊効果が付与できる。しかしこの特性は低ランクだと気休め程度の残念なものばかり。『錆びにくい』などのしょぼいものでもそれなりの額になる。また、装備品の状況に関係するような特性は見極めにくく、だからとわかりやすい効果を発揮するようなものに至っては実験することも叶わない。

特性付きは高価なため、手に取って振り回せるような陳列棚に置かれていないし、そもそも狭い店内で試用することも無理。そのまま実用装備にできれば幸いだが、欲しいのは良し悪しを見極める下調べ用の『実験装備』でもあるとも言える。

「そこでノルンさんが出てくる。ほら、店売り装備って店外に出せないから、ちゃんと使えないし効果もわからない。単に試着くらい、握るくらいならいいけどね。なのに実験するには値段が高い。欲しい効果の詳細を訊いてみれば別のものをおすすめされる。僕の質問に答えず、欲しいものも訊かず、自信満々で『君にはこれが良い』って言うんだよ。僕自身が自分に何が合うかもわからないのに、経験則だけで断言できるほど僕の底は狭くないと思ってるんだけど、皆が口を揃えてね」

理織は「おかしいよね」と苦笑いを浮かべる。これが昨日店を回った結果だった。

元々見た目から侮られるのは諦めていた。日本でもそうだったし、特にこの世界は強くなくては生きられないから、見た目からして強そうな方が得だろう。単に理織はその資質を持ってなかっただけなのだと。

だとしてもだ。店へ入れば勝手に人を測っては『これが良い』と渡される。好みや、大きさ、種類、戦い方など、選び方や選ぶ基準は千差万別。なのに気に入る気に入らない以前の問題で、理織の話をまともに聞かない。

逆に確信もない商品をわからないなりに理解しようとしているのに、理熾の見ている物全てをすすめるのもおかしい。理熾自身に目利きの才能がないのに、のっけから『お目が高い！』と声を掛けるなどどう考えてもおかしい。いっそ喧嘩《けんか》を売られているようにすら感じてくる。

知識がないから質問して、興味があるから手に取っているのに、誰もが理熾を軽視する。話を聞いた上でのおすすめであれば理熾も聞けるが、これでは選ぶことすら不可能だ。

回った店の中で違ったのはたったの四軒ほどで、その店には今日解体が終わってからいこうと思っていた。思わぬ収穫だったのは、この場に鍛冶士《ノルン》がいたことだ。

「装備は別に何でも良いと思ってる。けれど……いや、だからこそ、装備《どうぐ》は『所有者が使える物じゃないと意味がない』とも思ってる」

理熾の話を聞いてノルンは気づいてしまった。

目の前で静かに佇《たたず》む子供は誰一人侮ってなどいない。だが『使える物』を提示しない作成者を軽蔑している。作成物に対する知識を誰よりも持つのに、その知識を持つだけだから。

理熾の言い分は非常に単純。ただ『使える物を寄越せ』というたった一言に集約される。なのに何故か誰も理熾の要求を満たせない。仕方がないので、自分で見定めることにした。だから実験用の装備が欲しいと言う。

何とも作成者《ノルン》の耳には痛い話だった。

「リオさん」

「ん？　あぁ、愚痴ってすみません。別にノルンさんを責めてるわけじゃないんですよ」

「いえ、僕たちが悪いです。それよりもさっきの装備作成の件、受けさせてください」

「おぉ！　やったね！」

ライに引き続き何故かノルンまで心変わりをしたらしいことを理熾が喜ぶ。

直近の問題が装備の更新だ。討伐者としての現状は『裸よりはマシ』程度の物しか身に着けておらず、せめて『初心者として恥ずかしくない程度』にランクアップしなくてはならない。期間に対する討伐数などを考えると既に初心者ではないのだが、本人はまだ知らない。

「ちなみにノルンさんの仕事場ってどこかな？」

「フィリカの店ってところです」

聞いた名前に思い当たらない。少なくとも昨日見た店の中にはない。ギルドで出してもらった店は一通り回っているので、鍛冶関連のギルド員ではない可能性が高い。

この段階で既に嫌な感じがするが、理熾は「知らないお店だね」と素直な感想を述べて濁して続ける。

「師匠の許可も取らないとダメですよね？」

「はい。だから師匠に訊いてみて了解を得られたらになります」

作業場を使うわけだから許可がないとダメに決まっている。そんな当たり前のことを何故か二人して失念していた。

手が止まったままだったノルンに「ねーノルン、そんなことよりあたし一人でさせないでよ！」とのライからの苦情が飛び、慌ててノルンも手を動かし始めた。まだ朝の時間とはいえ、さっさと終わらせて『フィリカの店』にもいかなくてはならない。開始早々に増えたオークの分もあるので、作業は急ピッチで行われていった。

結局この日、六体のオークを解体するのに三時頃まで掛かってしまった。二人共動物や魔物の解体はできるが、スキルを持つほどではないのでこんなものとのこと。休憩を入れつつだったが、理熾からすると特に施設もなしにあの巨体を解体するのに掛かった時間が一体につき一時間だと思うと十分早い。やはりこの世界の住人は逞《たくま》しいようだ。

解体を終えたノルンは地図に印を付けてくれ、そのまま師匠の許可を取りに先に店へと向かった。依頼については、ギルドに納めた五体分の報酬とは別に、一体分の一〇〇カラドを手渡して完了した。あとは彼らがギルドから支払ってもらうだけで済む。

ちなみに二〇〇キログラム強の巨体は、合計で九九八キログラムと一トン近い肉塊に化けた。改めて考えるとその解体速度は驚異的だ。

新たに倒したオークの討伐報酬と、解体した肉を合わせて買い取ってもらい、収入は諸々含めて二・四万カラドを受け取った。今後もオークを重点的に狩れば収入の確保は難しくなく、これで今度こそ金欠から解放された瞬間だった。

ギルドで受け取った報酬をステータス欄へと落とし込み、ノルンが弟子入りしているフィリカの店を目指す。

名前だけで判断すると、何となくカフェや洋食屋などの飲食店を想像するが、ノルン曰《いわ》くれっきとした装備品を扱う店。それもほぼジャンルを問わず全ての要望に応えるとのこと。一体どんな店か、はたまたどんな師匠かと想像を膨らませて目的地に辿り着いた。

既に理織は何十軒も店を回っているため、何となくそれらしい雰囲気がわかるようになっていたが、見上げるこの店には他者を傷付ける道具を売る血生臭さや、金属などを扱う重厚感とでもいうべき重苦しい印象がない。あまりにも想像とかけ離れたただのありふれた一軒家。やはり名前同様、カフェテリアのような見た目で、勘違いかもと考えさせるほどに装備を売る雰囲気が感じられず、躊躇いを感じながらも開け放たれている扉をくぐって店内へと足を踏み出した。

内装はシンプルで雑貨屋のような佇まい。中央に大きめのテーブルが置かれ、店の奥にはカウンター。その奥には工房や住居があるのだろうか……扉のない通路があった。壁は立て掛けるように陳列するだろう商品棚で埋め尽くされているが、商品らしきものは一切置かれていなかった。

まさかの勘違いが頭をよぎったが、玄関がこんなに広い民家はないと思い直して「すみません」と中に声を掛けた。

すぐに「少し待ってくれ」と女性の声が上がり、トントンと落ち着いた軽い足音が聞こえてくる。

「いらっしゃい」

身長が一七〇を超えるスレンダーな赤髪の美女が現れ、きりりっとした鋭い声で出迎えられる。

装備を扱うような血生臭く、泥臭い場所にいるには完全に場違いな雰囲気。未だ確信が持てない理織は、ぶしつけながら問い掛けた。

「すみません、ノルンさんはいますか？」

「誰だ君は？」

ただ一言の疑問で一気に目が細まり、冷えた声で問い返される。ノルンの名前を出しただけで態度が激変するのだろうか、と疑問に感じながらも「理織といいます」と自己紹介をする。

「フィリカの店ってここで間違いないですか？」

違う店で知らない人を呼び出したら失礼極まりない。だが理織の自己紹介と店名の確認で理解したのか、美人は頬を緩めて「なるほど、君が『リオ』か」と頷く。

「…ということは貴方が師匠、ですか？」

「正解だ。残念だがノルンは君の武器も防具も作らない。大人しく帰ってくれると手間がなく私としてはありがたい」

思ってもみなかったまさかの門前払いに理織は思わず固まった。

# 幕間 ✧ 退屈な日常

昨日までの積み重ねを今日に使う。『新しいこと』は前日までの差分だけ。その日が過去の経験だけで過ごせるなら、一日を無駄にするのと変わらない。逆に言えば『毎日が同じ』と感じるのは、その差がほとんどないことになる。大体が過去の経験で何とかなる程度に理解してしまうと、日々はとてもつまらないものに成り果てる。

日常でよく目にするのが『出る杭は打たれる』って言葉。量産型《おなじもの》を作る世界では仕方ないかもしれない。けれど同じく『誰にも負けないモノを作れ』《オンリーワン》とも世間は言う。

矛盾って言葉があるけれど、由来を思えばそれよりも酷い。あれは客の質問に店主が答えられなかっただけで『被害がない』《こわれて》けど、現実は結果が出ても終わらない。

誰もが『努力は報われる』と強要し、そこに求める頑張りは『諦めなければいつかは』って甘い言葉まで付け加える。

大合唱のオンリーワンを目指して挫折すれば『諦めるのか』と責め立てられる。けれど誇れるほどのオンリーワンを手にしたら、今度は『出る杭は打たれる』と袋叩き。

やっぱり色々とおかしい。

あぁ、そうか。隠さないと打たれ、折られるから『能ある鷹《たか》は爪を隠す』のかもしれない。

けれど周りが気にしているのは『レッテル』で本質じゃない。鷹がいくら爪を隠したところで鷹は鷹。爪を隠すことに意味はなくて、すぐに『鷹だ』って理由だけで撃ち落とされる。

思い付く対処法は『折れた爪』を見せること。それなら誰からも怖がられず、撃たれることもなくなるかもしれない。でも折れた爪では餌を獲れずに結果的に餓死してしまう。せっかく手にしたオンリーワンでも、使えず錆び付かせてしまうなら、最初から『能なし』の何が悪いのだろう？

知恵や発想を必要とせず、ただ過去の経験によって流れる日常はどこまでも機械的。むしろその解決策を外れた場合にこそ、嫌がらせのようなツッコミが入る。それがたとえ改善策であっても怒られ、何度も……いや、一度でもそんなことになればやる気を出すのは難しい。

悪循環とまで言わないけれど、これでは過ごす日々から色がなくなる。ただただ『同じ』を過ごすだけで、色褪《いろあ》せて見えて…。

「理熾ー？　また変なこと考えてるの？」

机に頬杖を付いてぼんやりと窓の外を眺めていたところに声が掛かる。僕は視線を声の主へと向けた。

誰かはわかってるけど、見向きもしなければ何をされるかわからないし。

「図星だね！」

「…何か用？」

「うっわ、冷たい！　せっかくこのあたしが課題《プリント》を持って来てあげたのに！」

「うん、ありがと」

少し身体を起こして受け取ったプリントを机に置いてその横に突っ伏す。

今はご飯を食べて眠い五時限目。小林《こばやし》先生が受け持つ数学の時間。

でも当の本人は昼休みに届いた病院からの連絡に「俺の子が今まさに生まれる！」って叫んで学校を飛び出したらしい。本当にそれだけだったみたいで、誰も次の授業があるとは思わなかった。

結果二〇分くらいぼけーっと待ってから、日直が先生を呼びにいってようやく発覚。元々緩んでいた教室の空気は、自習の知らせで大いに盛り上がり、黄昏《たそがれ》ていた僕も声を掛けられたわけだね。

「でさー、ここから下がわかんないんだけど！」

「何でだよ…僕より頭良いんだから考えてよ」

「いやぁ、理熾って説明上手いからさー。先生とかすれば良いのに」

「平均点しか取れない先生とか僕は嫌だよ」

「でも数学は得意でしょ？」

「…ノート取ってれば何となくわかるけどさ」

「ほらね！」

何が「ほら」なのかはさっぱりだけど、とりあえず頼りにされていることだけはわかった。それに出された課題はやるしかない。ざっと目を通すと見たことないのがいくつもあった。

僕は「教科書貸して」とお願いしてパラパラめくって確認していると、横でにこにこと笑顔で答え待ち。もう少し自分で考えようよ。…なるほど、そういう意味ね。

僕が「答え書いてあるね」とシャーペンを手に取って呟くと、すぐに「え、どこ?」って顔を寄せて覗き込んできた。

相変わらず近いなぁ、と思いながらプリントを指差す。

「ほら、ここに『答えが3になるように証明せよ』って」

「それは問題だよ！」

うん、『問題文』って書いてあるしね。

でも出された問題には正解がある。じゃないと出題する意味がないからね。それと変な話だけど、問題文って『答えられるように書かれているもの』でもある。

問題がわからないと答えられないからだけど、問題なのに解決策が用意されてるっておかしな話だよね。

「まず問題の中の気になる数字とか意味ありげな文字を書き出して、『＝』の右が答《3》えになるような式で繋ぐ。最後にそれらしい説明を足せば完成」

教科書と見比べ、さらさらと書きながら話す僕の適当な説明に、隣で「その解き方絶対違う！」と騒々しい。答えが合ってればそれで良いじゃないかと思うんだけど。ま、合ってるかもわかんないけどさ。

そんなことを考えながらプリントと教科書を見比べ、違和感を持ちながらも解いていく。

近くで騒いでいたのに、気づけば僕の書き込む数式を感心しつつも、うんうんと頷きながら覗き込んでいた。

いや、だから近いってば。相手の額に手を当てて押

しのけていると
「相変わらず仲良いね。てか詩織《しおり》のアピール無視しちゃだめよ？」

「アピール違う！」

「はいはい、お熱いことで」

「穂波《ほなみ》！」

「んーっと、できた。はい、穂波。どうせプリント写しに来たんでしょ？」

そう言って終わらせたプリントを穂波に突き出すと、満面の笑みで受け取った。終わったタイミングで来るとか、なんでこんなに要領良いのこの子。

「さっすがー理熾ちゃん。私のことわかってくれてるね！　愛してるよー！」

「穂波⁉」

「はいはい、心にもないこと言わない」

手をヒラヒラ揺らして適当に流しながら、借りていた教科書を詩織に返す。はしゃぐ二人を視界の端に置いたまま外を見る。あぁ、今日も良い天気だなぁ。

そのとき何だか背中が重くなる。その理由は簡単で、単に穂波が枝垂《のり》れ掛かってきただけだった。

「理熾ったらこんなに可愛い子が近くにいるのに素っ気ないなー。ね、詩織ー？」

本人が言うのはどうかと思うけど、確かに詩織と穂波は二人して可愛い。

学校を超えて地域とか地区とかで考えても一、二を争うくらい。いや、正直そこら辺のアイドルなんて目じゃないと断言できる程度には。

見慣れた幼馴染の僕でもそう思うから、その他大勢からは可憐《かれん》な美少女二人組とか思われるだろうね。ま、この二人ってすっごく気が強いんだけどね。

もしかしたら非公式ファンクラブなんてものもあるんじゃないかな？　あ、アレって今思えば運営とかでお金取ってなかったらただのストーカー集団だよね。

やっぱり目立つのも考えものだね。

それの片割れが僕に覆いかぶさって頭にほっぺをくっつけてすりすりしている状況を、知らない人が見れば『リア充爆発しろ！』って睨み付けたかもしれない。というか今まさに殺意の目が殺到している真っ最中だから切実にやめて欲しい。

それに季節は中一の夏。そう、夏なんだよ。

これから数年以内にエアコンが入るらしいけど、今はまだない。このうだるような暑さでないんだよ。是非とも僕たちが卒業する前であって欲しい。あと二年…ダメそうだなぁ。

だから僕は「穂波暑苦しい、鬱陶しい」と抗議の声を上げ、身体を揺すって冷たく振りほどく。

重いし、暑いし、何より視線が痛い。もう少し自分の見た目を考えて欲しいよ。

「早く離れて！」

「はいはーい」

詩織の言葉に面白そうに穂波が応えて身体を離した。

僕は背中の重みと暑さと視線が遠のくのを感じて「ふぅ」と息を吐く。それでもまだうだるような暑さにぼんやりしてしまう。

午後一発目の授業が自習《自由》時間とか……超眠い。さっき頭使ったはずなのになぁ……。

「理熾、穂波の言うこと真に受けちゃダメだよ？」

「当たり前でしょ。穂波彼氏いるのに」

「そうなの!?」

絶叫するように驚いた穂波を見て、僕は「何で穂波が驚くの？」と疑問を口にした。

詩織も不思議そうに視線を向けてるし……どうしたんだろ？

「彼氏なんていないんだけど……」

「びっくりしたぁ……」

「アレー？　何かちょっと前に腕組んでにやけ姿の目撃情報が……」

確かあったはず。誰からだっけ……いや、ほんとにあったっけ？

うだる頭を回してぐるぐるしていると穂波が僕を指差して
「その相手はお前だぁ！」

「アレ、そだっけ？」

僕の返答がお気に召さなかったのか、グーで背中をドンと殴られてしまった。

身に覚えがございません。痛くはないけど、衝撃を受けて少し詰まる。おかしいなぁ…？

「一緒に本買いにいったでしょ！」

「ぁー…アレかぁ。何故あの暑い日に…というか穂波って暑さに強いよね」

そうか、ようやく思い出した。あの日は確かに暑かった、とシミジミ思い出す。最高気温三四度…アスファルトの上は地獄だったよ。

何か僕の感想が全部『暑い』ばっかりじゃないかな？　アレ、もっと色々考えてなかったっけ、僕。

横で話を聞いた詩織が「ずるい！」と騒ぎ出した。でも待って欲しい。本屋にいったのは僕の用事で、穂波とはたまたま途中で会っただけ。待ち合わせていったわけでもない…って説明したけど二人とも収まらない。

アレ、二人？　何で穂波も騒いでんの？

真面目に僕は『何この状況？』と思っていた。改めて言うけどこれは授業中。

自習時間でも騒げば隣の教室から先生が襲来するよね？　二人とも賢いのに今日は何なの？　暑さが悪いの？

「とりあえず二人とも落ち着こう。ほら、周りを見て…って、何で全員目をそらしてる⁉」

この教室に味方はいない。同級生たちは薄情だった。まさかこの年で世間の厳しさを知ることに…いや、今更かもしれないや。

美少女二人が騒ぐ姿は目立つ。その二人に挟まれている僕も必然的に目立つことになるけど、気が付けば日常になっていた。

僕の傍で騒ぐ綾瀬《あやせ》詩織《しおり》と五十鈴《いすず》穂波《ほなみ》の二人は完璧だ。見た目は…うん、見た目通り。勉強も運動も、ジャンルを問わず上位に食い込む天才肌。言葉で表すなら『優秀』の二文字。得意ジャンルはあるけど誤差程度で、お互いをライバル扱いしてるから余計に凄くなっていく。

中学に入ったばかりの頃、わかりやすいほど皆の視線を集めた二人。

嫉妬とか、憧れってああいう目をするんだよね。そうしてこの二人に近付くためにあの手この手を周りは使った。けど残念というか当然というか。何をしたところで、その圧倒的な性能《スペック》の前では全てが、本当に意味がなかった。

いやぁ、多分『圧巻』って言葉はあの二人に使う言葉なんだよ。二人と並ぶことは誰もできず、友達というよりは…なんだろ？　先生？　親…教祖？

うん、なんか宗教みたいな感じ？　皆の中心ってことで。

そんな二人は何故か僕に構う。嫌いじゃないし、むしろ好きだから良いんだけどね。

で、僕はと言えば見た目が子供。一二歳なんだから当たり前なんだけどさ。成績は平均、運動もそこそこ。二人に見劣る部分しかない。

劣等感《コンプレックス》を感じることはもうないけど、周りと同じで『二人が僕の傍にいるのは何で？』とは思う。

頼られるのが嫌だと思わない。けど「もっと適任者《できる人》がいるよ」って僕や周りが言っても聞いてくれない。

まぁ、無理なら断るから良いんだけどさ。

そういえばちょっと前まで色々とあったな、と思い出す。

中学に上がってすぐの頃に「金魚のフンめ」と言われた。僕は『そういう意見もあるか』と納得するだけ。単に「そうなんだ」と相槌を打って終わった話だった。

次の日、呼び出しを受けて向かうと、美人二人に見下ろされて正座した昨日の相手が、到着したばかりの僕にひたすら謝ってきた。

どこからか聞いたらしい二人が作り上げたこの惨状に僕は絶句。そして被害者の僕が止めに入るっていう…。

ようやく収まったと思ったタイミングで、相手がこのおかしさに気づいて「二人がいなきゃ何もできないのか！」と言い放った。横で聞いていた二人がすぐに反応して「理織に何てことを言うの！」と吊るし上げそうになって、また僕が止めることに…。

お願いだから全員落ち着けよ。

他にも二人絡みだと脅されたことがある。

ある日、登校して席に座ったところで僕の眼前に封筒が突き付けられた。校章を付けるフェルト生地の色が違うから相手は上級生。『上級生が何の用?』って思ったのを覚えてる。体格もよかったかな。

突き出された封筒を受け取ると「体育館裏に来い!」って怒鳴って教室を出ていく『誰か』。

あぁ、これはアレだ。殴られるやつだとすぐに察してぐったりする。念のために封筒を開けて手紙を読むと、言われたことと同じ言葉が書かれていた。

周りがざわつく中「うーん…」と唸って考える。

いっても良いけど痛いのは嫌だし、殴られたら殴られたで二人がうるさそうな気がとてもする。

短い黙考の末、何でも受け入れてくれるゴミ箱さんに処理してもらって「今日も平和だなぁ」と現実逃避。

残りの授業を淡々とこなしてその日はそのまま帰った。

ほら、手紙には場所だけで『日付』も『時間』もないからいつでも良いっぽいしね。

全く巻き込まないで欲しいもんだよ。どうせ本命は二人のどっちかなんだからさ。

翌日、同じ人が教室に乗り込んできた。

僕は『二日連続って珍しいな』と疑問に思っていたら、目の前に仁王立ちして「何故来なかった⁉」って怒鳴られた。あれはちょっと怖かったかな。

でも僕には昨日用事があったし、一言も「いく」なんて言ってない。

相手が怒ってるのだけは伝わったから、用事があったことと、丁寧に「いく日を決めたら改めて手紙返しますね」って答えたんだよ。僕にも予定があるし、相手のお願いばっかり聞いてられないから、まずは予定を合わせないと。

するといきなり制服の胸の辺りを掴まれて、無理に立たされた。一瞬ドキリとしたけど、殴られなくてよかったかな。

そのまま机とか椅子とかをガシャガシャ掻き分けながら出口へ連れていかれる僕。

いや、皆見てないで助けようよ?

そこで親から「危ないときのために持っておきなさ

い」って渡された小学生御用達の防犯用の携帯警報機《アラート》を思い出した。

もう中学生だけど、いつ危ない目に遭うかもわからないからまだ持たされてたやつ。少しだけ『使う場面違うかも？』とは思ったけど、今は間違いなく『危ないとき』だからね。

このセンパイが来たのは朝の会が始まる前。まだ皆が「おはよー」って言ってるとき。

教室を出た辺りで鳴らした警報機《アラート》のせいですぐに騒ぎになり、僕の胸元を握り締めていたセンパイがわたわたと焦っていたのは面白かった。

周囲の注目を感じている間に先生が何人かが急いで来て、他の子を教室へ押し戻し始めた。先生は絶賛胸元を握っている腕を、睨みを利かしながら「瀬川《せがわ》、下級生相手に何やってるんだ？」と振りほどいてくれた。

「御巫大丈夫か？　よし、怪我とかないな。何があったか教えてくれ」

セガワと呼ばれたセンパイがアタフタする中、その場で僕への質問が開始された。

いや、だからまだみんな登校中なんだってば。せめて場所移して欲しいよね！

本当のこと言って二人が暴れると色々めんどくさいことになりそうだったし、さっさと解放されたくて「ちょっと引っ掛けて音が鳴っちゃいました」って答え、念のために「ごめんなさい」って謝るとしばらく考えて「そうか」って納得してくれた。

その間ずーっと生徒指導の先生がセンパイを睨んで威圧してた。あの二人に関わるとこういうことになるから懲りてくれれば良いんだけど。

あ、そうそう。そのセンパイとは仲良くなったよ？

何がキッカケで仲良くなるかわからないね。

そうだ教科書やノートが破られてたこともあった。

先生が黒板に書いてないことは教科書に載ってても、テストに出ないから別にいらないし、ノートは読み返すことないから別に良いんだけどね。

ただ「ノート提出な」って先生に言われたときはちょっと困った。そのときは単に「忘れました」って言って流したんだけどさ。

そのままノート代わりにメモ帳使ってたんだけど、すぐに詩織と穂波にバレちゃった。犯人捜すって暴れそうだったから解決策を考えたんだよね。

教科書はページがビリビリに破られていたわけじゃなくて、綴《と》じ部分を裂かれていた。ルーズリーフの綴じるファイルがない感じといえばわかるかな？　多分破りやすいように引っ張ったんだろう…というか教科書を縦に破るって『どんな怪力だよ』って感じだね。

結局バラバラにされているから、そのままじゃ使えない。持っていって見つかっても面倒だし。

たまたま父さんが『自炊する』とかで便利なスキャナーとか、本を切る道具を買い込んでたのを思い出してさ。あぁ…でもお母さんに「またそんなゴミ買ってきて！」とか怒られてたなぁ。

部屋は少しだけ広くなるかもしれないけど、本の背表紙落としちゃうと売れなくて捨てるだけになっちゃうし勿体ないからね。…ま、お父さん結局全部やらずに飽きちゃったみたいなんだけどね。

でも大丈夫。僕が代わりに使うから、と意気込んでバラバラの教科書を一ページ単位にしてデータ取り込み。読めないページは二人に借りてコピー。ついでに無事だった教科書も同じようにして、白紙のルーズリーフに使う分だけ印刷。

ちょっと手荒いけど、使う場所だけ持っていくようにしてから荷物が減って楽になったんだよね。

二人は「これじゃ借りれない…」とか言ってたけど、同じクラスだから最初から借りれないよ？

そんな風に入学してから一カ月くらいは色々あった。小学校が同じだった友達はそんな色々に誘われても「絶対嫌だ」って断ってくれた。いくら僕でも知ってる友達にされたら凹むから良かった。

気が付くと詩織と穂波に僕も含めて『不可侵』ってことに…。むしろ不参加組は『結構長かったな』くらいの感想しかなかったみたい。

いや、そんなこと思ってる場合じゃないよ。お願いだからやめようよ。というか僕は普通なんだからもっと友達しようよ？

と、そんな平和なはずの今。周りは完全に敵地《アウェー》。

ちょっと『現実逃避』をしてみたけど変わらなかった。くそぉ…誰か助けてくれても良いじゃないか。そんな皆して『お前何とかしろよ』って目で訴えるのやめてよ！

「で、詩織はどこにいきたいの？」

「え…？」

「いいなー！」

僕の問いに穂波が羨ましがるけど、穂波《お前》の相手をしたから詩織が駄々っ子なんだよ！　全くもう！

とりあえず今は無視に限る。

「いきたい場所あるんでしょ？」

「うん！　今日あたしの家に遊びに来て！」

「別に良いけど今更じゃ…」

何回もいってるし。というか、そんなことで良いの？

思わず首を傾げてしまう。

「良いの！　ゲームしよう、ゲーム！」

「あ、私もいくー」

無視したのに相変わらず精神力《メンタル》強いな穂波…しかもこっそり入ってきてるし。

まぁ、二人はじゃれても喧嘩しないから良いけどね。今回もいつもと同じようにあっさりと仲良くなって二人できゃっきゃとはしゃいでる。

僕は『プリントもう良いのかな？』と思いながら二人を眺めていると、今までと違う視線を感じた。

「とりあえず二人とも静かにしようか。あそこで清水《しみず》先生が無言で睨んでるからさ」

僕が視線を送ると二人もつられてそっちを見る。

すると国語教師がまさに教室の扉に手を掛けて進撃を開始しようとしているところであった。

二人とも万能な上に素行も良いのでほとんど怒られることがない。でも、今回は逃れられない。現行犯だしね。

「綾瀬さん、五十鈴さん！　隣まで声が聞こえてますよ！　課題は終わったんですか？

ほら、他の子もちゃんと静かに自習しなさい！　自分の席に戻りなさい！」

僕は小林先生の課題《プリント》はもう終わってて席から動いてない。清水先生が出した注文全部完璧にこなしてる。

悠々と少しひんやりする机に突っ伏した。

「うぅ…理織ぉ…」

「もっと早く教えてよぉ…」

「いや、僕も気づいたのついさっきだし。それより早くしないと時間なくなっちゃうよ？」

僕の言葉に我に返り、食い入るように僕のプリントを写していく。二人とも僕よりも圧倒的に成績が良いのに何なのさ。

授業だと長く感じる五〇分も、自習《自由》時間となれば短く感じる。残り時間はあまりない。時間って平等じゃないよね。

それにしても『もしかしてまたテスト前に教える羽目になるんじゃ？』と思いながら、五時限目の終了のチャイムを聞いた。その後すぐに清水先生が再襲来して「そこの三人、職員室に来なさい」とにこやかに告げて去っていった。『三人』ってまさか僕も入ってる⁉　そんなとばっちりを受けた話はまた今度にする。

小林先生のプリントは二年生用の『一年生で習った復習用』だったのが後から発覚。だから一年生の一学期も終わってない僕らにはほとんど答えられないはずって説明をして先生が謝った。

おかしいと思ったんだよね。詩織から借りた教科書の後ろの方に載ってる問題もあったし。

ちなみに。

まともに答えを埋めたのは何人かいたけど、全問正解は僕たち三人だけ。うん、成績とか考えたらそう思うだろう。

でもさ。先生は教壇から何故か僕に視線を合わせて「こんなことがあっても人のを写すのはダメですよ」と言ったのだけは納得いかない。くそぉ…二人が僕のを写したのにぃ…。

神様のおねがい／完

# あとがき

著者

書籍版では初めまして。Ｗｅｂ版の方は毎度おなじみ、もやしいためです。

とうとう書籍化してしまったこの話。

思い返せば初めて打診をいただいたのは、小説家になろう運営様を経由したサイト内のメールからです。

一通り読み終えて最初に思ったのは「手の込んだイタズラするなぁ」でした。小説家になろう公式からの通達。出版社名から始まってＨＰ・メアドは元より、担当編集者名とその方のメアドまで記載されている。信用に足る材料は数多くあったのに、それらを一旦脇に置き、その日はとりあえず『見なかったこと』にして寝たのを鮮明に覚えています。

翌日、改めてメールが存在することを確認し、ようやく現実なのだと理解しました。それでもまだ『打診くらいはやるか』程度のもので、疑心暗鬼のまま返信をする内に書籍化の話が進んで行きました。メールを重ねる度に多くの質問を行う私は、非常に面倒な相手だっただろう…いえ、未だに十分面倒な著者ですね。

今だから言えますが、担当編集さんと直接お会いした時ですら、書籍化の話を全く信じていませんでした。担当してくれるのがこの人じゃ無かったら本になっていないかもしれません…という話をしつつも、まだ疑っている部分もあります。多分店頭で並んでいるのをレジに持ち込み、買った本を部屋に帰って読み終えてようやく実感するのでしょう。

…きっと実感できると思いますよ？

そんな経緯からようやく出版にこぎつけた拙作。担当の編集さんが「もやしさんの改稿率が標準になるとヤバいですね」と笑うほど修正がかかっています。最早流れが残っているだけで、ほとんど書き直したレベルですね。やはり二年以上も前の文章を読むと手直しが止まりません……。

そんなネガティブなのかポジティブなのかわからない情報はさておき、イラストを担当してくれた伊吹のつさんには頭が上がりません。自分が用意した簡単なキャラシートだけで、よくもここまで思い描いていた理想を形にしてくれるとは！　ラフ画の段階で口を挟むところがほとんど無く、むしろ余りのできの良さにキャラデザに合わせて自分の想像の方を修正したほどです。

賞賛の言葉ばかりが浮かぶ中、あとがきでも改めてありがとうと伝えたい！　と、この場を借りてお礼を入れさせてもらいます。

さて。今更ですが、あとがきらしく本文にも触れていきましょう。

この『神様のおねがい』は、なるほどと唸らせたり、ハッとしたり、スカッとする瞬間のために書いています。一冊目では、ただの子供でしかない主人公が、一筋縄ではいかない状況に頭をひねり、自分の力を育てながらファンタジー世界の日常・非日常を攻略していく姿を描いています。是非とも『自分だったらこの場面ではどうするか』と想像しながら読んでみてください。

数多く訪れる、当然の不具合と不測の事態に、主人公の理識はどのように立ち向かっていくのでしょうか。楽しんでいただけたら幸いです。

もやしいため

イラストレーター

# あとがき

このたび、イラストを担当いたしました伊吹です。

コーヒーを淹れながらダラダラ絵を描いていたら、いつの間にか趣味を拗らせて絵で仕事をしていました。そのうち趣味を拗らせて喫茶でも開くようになるんでしょうか（笑）。あとがきにはギルド受付嬢のブレイクタイムです（このキャラには実は秘密が⁉）。読み進めれば読むほど魅力的な本作品、一ファンとしても今後の展開楽しみにしております。

伊吹のつ

MAG Garden NOVELS

# 神様のおねがい

発行日　2016年12月25日 初版発行

著者 もやしいため　イラスト 伊吹のつ


発行人　保坂嘉弘
発行所　株式会社マッグガーデン
〒102-8019 東京都千代田区五番町6-2
ホーマットホライゾンビル5F
編集 TEL：03-3515-3872　FAX：03-3262-5557
営業 TEL：03-3515-3871　FAX：03-3262-3436
印刷所　株式会社廣済堂
装　幀　佐々木利光（F.E.U.）



ISBN978-4-8000-0626-4 C0093

著者へのファンレター・感想等は弊社編集部書籍課「もやしいため先生」係「伊吹のつ先生」係までお送りください。

本作品はフィクションです。実在の人物・団体・事件等には一切関係ありません。